お茶と探偵⑬

ローズ・ティーは昔の恋人に

ローラ・チャイルズ　東野さやか 訳

Agony of the Leaves

by Laura Childs

コージーブックス

AGONY OF THE LEAVES
by
Laura Childs

This edition published by arrangement with
The Berkley Publishing Group,
a member of Penguin Group（USA）Inc.
through Tuttle-Mori Agency,Inc.,Tokyo

挿画／後藤貴志

熱心なミステリ伝道師であるパットとゲイリーに。

謝辞

サム、トム、ボブ、ジェニー、ダン、それからバークレー・プライムクライムでデザイン、宣伝、コピーライティング、営業を担当してくれているすばらしきみなさんに心からの感謝を捧げます。また、インディゴ・ティーショップの面々が繰り広げる冒険の数々を楽しんでくださるすべてのお茶愛好家、ティーショップ経営者、書店経営者、司書、書評家、雑誌のライター、ウェブサイト、ラジオ局のみなさんにもとっておきの感謝を。

ローズ・ティーは昔の恋人に

登場人物

セオドシア・ブラウニング……インディゴ・ティーショップのオーナー
ドレイトン・コナリー……同店のティーブレンダー
ヘイリー・パーカー……同店のシェフ兼パティシエ
アール・グレイ……セオドシアの愛犬
マックス・スコフィールド……美術館の広報部長。セオドシアの恋人
パーカー・スカリー……ビストロのオーナーシェフ。セオドシアの元恋人
トビー・クリスプ……パーカーの店のシェフ
シェルビー・マコーリー……パーカーの恋人
デイヴィッド・セダキス……水族館の事務局長
ジョー・ボードリー……弁護士
ピーチズ・パフォード……四つ星レストランのオーナー
バディ・クレブズ……水産業者
ライル・マンシップ……サヴァナのレストランのオーナー
シャーロット・ウェブスター……園芸クラブの会長
メイジェル・カーター……慈善団体の代表者
デレイン・ディッシュ……セオドシアの友人。ブティックのオーナー
ドゥーガン・グランヴィル……デレインの恋人。弁護士。セオドシアの隣人
リビー・ラヴェル……セオドシアのおばさん。唯一の親類
バート・ティドウェル……刑事

I

緑色をした巨大コンブの先端が優雅にたゆたい、水草でできた隠れ場所からハタとスズキが顔を出す。海のインディカー・ドライバーの異名をとる銃弾形のマグロが、広大な水槽を銀色の筋のようにびゅんと突っ切っていく。

「すごい」

厚さ十四インチ以上もの強化ガラスで仕切られた容量一万九千リットルの水槽を魅入られたようにのぞきこみながら、セオドシアはつぶやいた。

この日はサウス・カロライナ州チャールストンにあるネプチューン水族館のグランドオープンで、インディゴ・ティーショップを経営するセオドシア・ブラウニングは来賓と大口寄付者をもてなす内輪のパーティでお茶とスコーン、それにティーサンドイッチを出す役目を仰せつかっていた。けれども目下のところは、堅苦しいパーティをちょっと抜け出して壁一面の海の展示にもぐりこみ、うっとりした気分で巨大コンブの庭園とサンゴ礁を堪能していた。遠くで声がするし、上のほうでも小さくおしゃべりしているのが聞こえるけれど、ここにいるいまだけは、それらを頭から完全に締め出すことができた。

「ここにいるんじゃないかと思っていたよ」品のいい男性の声がした。

セオドシアは巨大水槽から視線をはずし、ホットピンクのピンヒールでくるりと向きを変えた。

「どうしても抜け出したくなっちゃって」そう言って笑みを浮かべ、かぶりを振った。「でも、わたしがいないとだめなようなら……」

彼女は丈の短い黒いカクテルドレスのしわをのばした。店のケータリング責任者兼マスター・ティーブレンダーであるドレイトン・コナリーは、足で床をコツコツと叩いて柔和な笑みを浮かべた。セオドシアにはわかっている。ドレイトンがここに来たのは彼女を引きずってでもパーティ会場に連れ戻すためだ。寄付をした人全員がつどい、この最新鋭の水族館のために多額の小切手を切って本当によかったとたがいにねぎらい合っている場へと。セオドシアも美術館や芸術団体、各種慈善事業の支援には積極的だが、それを自慢げに吹聴する気にはとてもなれない。

「ところがなんと、お茶のカウンターはヘイリーが実にうまくさばいてくれていてね」

身長六フィート、髪に白いものが目立つ六十代のドレイトンは、細身のヨーロッパスタイルのタキシードに赤と濃紺のカマーバンドで一分《いちぶ》の隙もなく決めていた。

「しかも、今夜はほかにも三つのレストランが料理を出している。どこも絶品もののカナッペやパテ、新鮮なシーフードを水族館の寄付者と来賓にしきりに勧めているよ」

ドレイトンは言葉を切り、カササギのようにいたずらっぽく首をかしげた。

「会場が会場だけに、シーフードを使ったつまみというのは違和感がないでもないがね」

彼は水槽に数歩近づき、黒々とした海水をのぞきこんだ。

「みごとなものだな。海の底とリーフが完璧に再現されている」

「思わず見入っちゃうわね」

そう相づちを打ったとき、水槽の壁面に映った自分の姿が目に入った。たっぷりとした鳶《とび》色の髪、イングランド系の白い肌、高い頬骨、ふっくらした唇にめぐまれたセオドシアは、きまじめで上品な印象がある。しかし、その内面には相反するふたつの性格が共存している。いかにも南部女性らしい気品に富む一方、並はずれた独立心と度胸の持ち主でもあるのだ。自分の権利のためならためらうことなく立ちあがるし、忙しいビジネスの世界に身を置きながらも寄せられる難問は片っ端から引き受ける。おまけに困っている人に手を差しのべるのもいとわない。このあくなき勇気と退屈をよしとしない性格とがあいまった結果、彼女の青紫色の瞳はいま、昂奮したようにせわしなく動いていた。

「このままいつまでも見ていられそう」そのつぶやきはドレイトンに向けたものでもあり、ひとりごとでもあった。

セオドシアは生まれながらにして海を愛し、巨大なザトウクジラから極小サイズのイソギンチャクまで、海に棲むありとあらゆる生き物を愛している。毎年、ハリハースト・ビーチの巣からウミガメの赤ちゃんが這い出す頃になると、生まれたてのカメたちがおなかをすかせた海鳥飛び交う危険な砂浜を進んで、やがて安全な海に入るまで見守る手伝いをしている。

それにもちろん、大西洋の荒波が打ち寄せる広大な半島に建設されたチャールストンに暮らすセオドシアは、絶えず水と接しているにひとしい。めまいがしそうなクーパー・リバー橋で車を飛ばしていなければ、地元産の海エビや新鮮な牡蠣《かき》に舌鼓《したつづみ》を打つか、愛犬のアール・グレイをおともに半島の先端にあるホワイト・ポイント庭園をジョギングするかしている。そもそも、すぐ近くのチャーチ・ストリートにある自分の小さなティーショップで忙しく立ち働いているときにも、心地よい潮の香りが生暖かい風に乗って運ばれてくるのだ。

「水産資源の危機と持続可能な漁業とやらについて、ヘイリーからかなり本格的な講義を聞かされてね」ドレイトンはほほえんだ。「それによれば、アミキリとキハダマグロはクレープやチャウダーの具材として出してもかまわないが、マジェランアイナメは法律で厳しく規制されているそうだ」

「何世紀にもわたって人類が信じてきたこととは裏腹に」とセオドシア。「海の漁獲資源には限りがあるものね」

「嘆かわしいことだ。われわれ人間はなんでもかんでもめちゃくちゃにするきらいがある」ドレイトンは人差し指で分厚いガラスに触れ、いっそう深刻な表情になった。「知っていると思うが、今夜は〈ソルスティス〉からも人が来ている」

〈ソルスティス〉は、セオドシアが前につき合っていたパーカー・スカリーが経営しているレストランで、タパス料理とワイン・バーが自慢の人気ビストロだ。

セオドシアはうなずいた。「ええ、知ってる」

「そのせいでシャンパンと騒がしい場所を避けているのではあるまいね」

「まさか」セオドシアは肩をすくめた。セクシーなワンショルダードレスを着ていたから、造作もなかった。「べつに気まずいことなんかないもの」パーカーとは時間をかけて話し合った。二年にわたる交際に終止符を打つべきか率直な意見を交わした結果、お互いにすっかり吹っ切れた。少なくとも、彼女のほうはそう思っている。「ふたりともさばさばしたものよ」

「ならいい」ドレイトンはわし鼻ごしに彼女を見おろした。「では、今夜はすでにパーカーと言葉を交わしたのだね」

「ううん、シェフのトビーとだけよ」

トビー・クリスプは〈ソルスティス〉のチーフシェフで、バーのタパス料理とダイニングルームの低地地方料理《ロー・カントリー》をつくりつつ、厨房のムードを盛りあげている人物だ。

「でも、パーカーもそのへんにいるのはまちがいないわ。そのうちばったり会うんじゃないかしら」

ドレイトンは水槽から離れ、しばし言いよどんだ。

「あと十分ほどで、ボタンがはじけ飛ぶほどふくよかな水族館の事務局長、デイヴィッド・セダキスのあいさつがある」彼は視線を下に向け、アンティークのパテック・フィリップの腕時計を軽く叩いた。「いや、正確に言うならあと五分だ」

「わたしもその場にいるのが政治的に正しいと言いたいのね。セダキスさんもあなたの大切なヘリテッジ協会の理事のひとりだから」

「きみに拍手してもらえるとたいへんありがたい」

「だったら行かなきゃ」

ドレイトンはフェンシングの指導者のように軽くお辞儀をして急ぎ足で立ち去ったが、セオドシアはあせって騒々しい人混みに戻ることはないとばかりに、壁一面の海に視線を戻した。

いったい海のなにが、わたしの心をとらえて離さないのだろう。彼女は身を乗り出し、ひんやりしたガラスの壁面に頬をつけた。たぶん、父が操縦するJ－22級ヨットでセーリングしたときの記憶――波をすいすいかき分けながら、サリヴァンズ・アイランドとパトリオッツ・ポイントを結ぶ水路を航行した――が呼び覚まされるからではないかと思う。風を受けて大きくふくらむ黄色いスピンネーカーがまざまざと目に浮かび、舵輪を握る手の感触がよみがえり、そのわずか数インチ上で父の力強い手が待機していたのを思い出す。

すばらしかったあの頃。

ずいぶん昔に両親ともこの世を去り、セオドシアはひとりぼっちになった。実際、いまも健在な親族はケイン・リッジ農園に住むリビーおばさんだけだ。だけどセオドシアには家族も同然のドレイトンとヘイリーがいるし、毎日のように店に集ってくれる大事な友人やお客がいる。

わたしは恵まれている。本当に恵まれているわ。

目を閉じると、感謝の気持ちがこみあげて胸がいっぱいになり、思わず知らず顔がにんまりとした。

だって最近は……。

なにかが水槽にぶつかった。軽くコツンという程度で、音が聞こえたというより振動を感じたといったほうが近い。

好奇心を刺激されて、セオドシアはゆっくりと目をあけた。水槽のなかに目をこらす。最初の数秒間は、自分が見ているものの正体がさっぱりわからなかった。こっちを見ているものの正体と言い換えてもいい。厚いガラスのせいで、彼女に視線を送ってくる生き物は拡大され、ゆがんで見えた。

セオドシアははてなと首をかしげた。次の瞬間、朝霧が突然晴れるように目の焦点が合い、なにがどうなっているのかはっきり見てとれた。

目と鼻の先で顔がゆらゆら揺れている！　人間の顔だ！　血の気が失せて紙のように白い肌。目を剝《む》きすぎて白目しか見えない。

セオドシアは手で口を覆った。恐ろしくてたまらないのに、顔をそむけることができない。せわしなく目を動かすうち、網のようなものでがんじがらめになった男の人が水槽のなかでゆっくりと上下しているおぞましい光景が見えてきた。必死の形相を浮かべている。そのとき、ゆらゆら揺れている、というよりもほとんど生気の抜けた手がゆっくり持ちあがり、ガラスの壁を弱々しくひっかいた。

嘘でしょ！　まさか、そんな！

にわかにセオドシアの世界が激しく揺れはじめた。その男性の左手に印章指輪がはまっているのに気づき、ありえないと思いながらも慄然《りつぜん》とした。

指輪に気づかなければ、かつてのボーイフレンドとはわからなかっただろう。

「パーカー？」彼女はうめくように言った。

両脚の力が抜け、動揺が全身を駆けめぐる。いま目の前で起こっているおぞましい出来事が、クロロホルムをひたした布きれのように襲いかかり、セオドシアは思わず膝をついた。短くしゃくりあげながら呼吸しているのに、空気が肺まで達している気がまったくしない。湿った不吉な霧を思わせる重苦しい闇に迫られ、いまにも気を失いそうだ。

セオドシアは両手をきつく握りしめ、無駄とわかっていながらガラスの壁を叩いた。こんなのありえない。こんなことがあっていいわけがない。かつてのボーイフレンドが目の前でコルク栓のように揺れているなんて！

セオドシアはガラスに指をつき、小さくうめき声を洩らした。パーカーの身体がからみついた網のなかでねじれ、魚が怯えたネズミのように散っていく。あの魚たちも彼の死を察したのだろうか？　彼女の動揺と恐怖を感じとったのだろうか？　彼女が必死の思いでガラスを叩いた振動が、魚たちにも伝わったのだろうか？

一匹のウツボがパーカーの頭のまわりでゆったりと円を描いたそのとき、ようやくセオドシアは大きな悲鳴をあげた。

2

まさしく悪夢だった。チャールストン消防署のレスキュー隊が記録的なタイムで到着したものの、おこなわれたのは救助《レスキュー》ではなく、つらい回収作業だった。

「信じられない」セオドシアはドレイトンに言った。「ふたりで彼の話をした矢先にあんなことが起こるなんて」

唇が局部麻酔《ノボケイン》を打たれたようにこわばり、周囲の出来事に現実感がまったくわいてこない。たぶん、軽いショック状態にあるのだろう。

ショック状態に陥るのも当然よ。そうならない人なんてどこにいるの？

ドレイトンも、店の若きケーキ職人にして料理の達人でもあるヘイリーも、一生懸命に励ましてくれる。とくにドレイトンは頼りになった。

セオドシアはこぶしにした手で両の目をぬぐった。光がはじけ、ゴロゴロした感じがする。

「こんなの嘘だと言って」とかすれ声でつぶやいた。

「残念ながら本当なのよ」ヘイリーが浮かない顔で言った。まっすぐなブロンドの髪と形のいい鼻をしたヘイリーは、いつもなら元気いっぱいでかわいらしいが、このときは粉砕器に

かけられたみたいなありさまだった。背中が丸まり、ふだんは茶目っ気たっぷりの生き生きした目も輝きを失っている。二十代前半にはとても見えず、まるで二十も歳をとったようだった。

ガチャンという金属音が響き、ドレイトンが言った。「さあ、オフィスかどこか、一緒にいられる場所を探しにいこう。お茶でも飲もうじゃないか」彼はセオドシアの肩に手を置き、水槽の前から遠ざけようとした。

しかし、金属音はしだいに大きくなり、なにがおこなわれているのかセオドシアにもはっきりとわかった。消防レスキュー隊が水槽から引きあげたパーカーをストレッチャーにのせ、三人がいる廊下を転がしてくるところだった。

「変わり果てた姿は見ないほうがいい」ドレイトンはいつになくうわずった声で言った。

しかし、セオドシアはそう思わなかった。「お願いよ、見たいわ。見なきゃいけないの」ストレッチャーが近くまで来ると、彼女はドレイトンの手を振りほどいて駆け寄った。ひんやりした金属の手すりをつかみ、ストレッチャーを押すふたりのレスキュー隊員に頼んだ。

「お願い、待って。彼を見せて」

レスキュー隊員のうち、モーリーという名札をつけた年配のほうが言った。

「いけません、見ないほうがいい」

「お願い」セオドシアはもう一度言った。「取り乱さないと約束するから」

赤と白の肩当てがついた濃紺のジャンプスーツ姿のきまじめそうな若いアフリカ系アメリ

カ人の救急隊員が、ストレッチャーの数歩うしろをついてきていた。彼はセオドシアたちのやりとりを耳にすると、医療かばんを持ち替えながら言った。「見て気持ちのいいものじゃないですよ」

「そんなことはわかってます！　第一発見者はわたしなんですから」

男性陣はしばしためらったものの、やがてモーリーが同情のこもった茶色い目をセオドシアに向けた。「本当にいいんですね」

セオドシアはうなずいた。

モーリーは顔をしかめ、黒いビニール製遺体袋のファスナーの引き手を手探りした。大きな手をしばらくもぞもぞ動かしたのち、さっと引いて遺体袋の半分までおろした。

「きゃっ！」ヘイリーが手で口を覆ってあとずさりした。「もう、やだ！」そう叫んで、くるりと背を向けた。彼女には刺激が強すぎたらしい。

けれどもセオドシアは背筋をぴんとのばしてストレッチャーのわきに立ち、かつてのボーイフレンドを見おろしていた。張りのない肌、閉じてはいるもののわずかに飛び出た目、血の気のない唇。まだとても若く、いつも元気いっぱいですぐれたアイデアの持ち主だった彼がなんの前触れもなく死んでしまうとは、とてもじゃないけど信じられない。それも溺死だなんて。セオドシアの背筋を冷たいものが走り、いまごろパーカーは神の腕に抱かれて安らかに眠っているのだろうかと考えた。そうであってほしいと心から思う。そうに決まっている。今夜ひとりになったら、人目をはばかることなく悲しみにひたれる自宅の小さなコテージに戻ったら、キャンドルを灯して彼のために祈ることにしよう。

「もういいですか？」救急隊員が声をかけた。セオドシアが気を失うのではないかと心配しているようだ。彼女が強靭な神経の持ち主なのを知らないのだ。「もう運び出してもかまいませんか？」

ドレイトンがうしろから近づいてきたのを感じながらも、セオドシアはまだパーカーの遺体を見おろしていた。ドレイトンはいたわりとなぐさめの言葉をかけ、セオドシアはありがとうと感謝した。しかし同時に彼は彼女の腕を引っ張り、うしろにさがるよううながした。パーカーを通してやるために。

「セオ？」ドレイトンが声をかけた。

セオドシアはパーカーの遺体に背を向ける気になれないながらも、あきらめたようにため息を洩らした。そのとき、パーカーの口がO《オー》の形で固まっているのに気がついた。まるで、ようやく救出されてびっくりしているかのようだ。もっとも、完全に手遅れだったわけだけど。

レスキュー隊員と救急隊員がいらいらと落ち着きなく身体を前後に揺すっている。さっさと仕事を終わらせて、家に帰りたいのだろう。

しびれを切らしたようにモーリーが口をひらいた。「おそらく、水槽の上の通路から足を滑らせたんだろう」彼もまた、説明しなくてはいけないと思ったようだ。

もうひとりのレスキュー隊員がうなずいた。「大水槽の上は通路が迷路のように走ってますからね。しかもどれも金属製だ。さぞかし、つるつると滑りやすかったことだろうね」

「一般人を舞台裏に入れちゃだめですよ」そう言ったのは救急隊員だった。

モーリーが身を乗り出してファスナーをあげようとしたところ、引っかかってあがらなかった。どうしても閉まらない。もう一度やっても、やはりだめだ。モーリーは顔をしかめ、手早くファスナーを下までおろした。裂けるような音が響いた。あらためていちばん下からあげようと考えたからだが、その際に、胸の上で軽く組んだパーカーの両手がのぞいた。レスキュー隊員が作業できるようわきにどくべきところだが、セオドシアは首をかしげながら、まじまじと見入った。

これは……いったい……どういうこと？

心臓が飛び出しかけ、少量のアドレナリンが全身をめぐるのを感じながら、目の前に横たわるパーカーの遺体をあらためた。つらつら見るうち、ふいにパーカーが死にいたったおぞましいいきさつに疑問を持った。

「彼は落ちたんじゃないのかも」

セオドシアの声は小さくて抑揚がなく、救急隊員、レスキュー隊員、それにいつの間にか来ていた不安そうな表情の水族館職員がぼそぼそ話す声にのみこまれ、ほとんど聞こえなかった。

「なんだって？」ドレイトンが彼女のほうに耳を近づけた。「いまなんと言った？」

セオドシアは身体の向きを変え、大きくひらいた目でドレイトンを見つめた。そこには強い怒りとともに驚愕の色が浮かんでいた。「警察に通報しなきゃ」かろうじて聞こえる程度のかすれ声で言った。それから落ち着きを取り戻すと、ふたたびストレッチャーに手を置いて、有無を言わさぬ口調ではっきり告げた。「もう一インチたりとも動かさないで」

「なんだって?」ドレイトンはまだ事情が理解できず、さっきと同じ言葉を繰り返した。「いったい全体きみはなにを……?」

「パーカーは水槽に落ちたんじゃない」セオドシアは言った。「突き落とされたんだと思う。それからなんらかの手段で……どういう手段かまではわからないけど……」声が一瞬震えたものの、すぐに張りが戻った。「浮いてこないよう押さえつけられたのよ」

そこでもうひとりのレスキュー隊員が口をひらいた。その声はその道のプロらしい好奇心にあふれていたが、同時に怪訝《けげん》そうな響きを帯びていた。「なにを根拠にそうおっしゃるんです?」

「手を見て」セオドシアは言った。「両手ともあちこち切れてる」

レスキュー隊員はかぶりを振った。「どういうことかさっぱり……」

「その傷は……わたしが思うにおそらく、犯人に抵抗したときについた防御創よ!」

バート・ティドウェル刑事はセオドシアがこの世でいちばん好きな人物というわけではないが、頭が切れて根気強く、チャールストン警察殺人課を率いている。

強引で口うるさく、偏屈になることもしばしばだ。粗野でぶっきらぼう、ぎょろりとした目、恰幅《かっぷく》のいい体にはさまよえる気象観測気球を思わせるおなかがついている。クロウ・リバー殺人事件の犯人を逮捕したという触れ込みでチャールストンに赴任してきた彼を見て、部下の刑事と巡査は啞然とした。とても敏腕捜査官には見えなかった。それどころか、のろまな役立たずという風体だ。だが、それはとんでもないまちがいだった。ティドウェル刑事がこのうえなく横柄で、親切な警察官から怒れるカミツキガメに豹変することを、彼らはただちに、場合によっては苦い思いとともに学んだのだった。

刑事はネプチューン水族館に到着すると、セオドシアとドレイトンに向かってぶっきらぼうに二言三言声をかけ、そのあとたっぷり三十分間姿を消した。いまは戻ってきてセオドシアから話を聞いている。

「事情を聞いた海洋生物学者のひとりによれば」刑事は言った。「ご友人は入ってはいけない場所を探索していたと考えられるそうです」

「ありえるわ」とセオドシア。

刑事はたるんだ顎《あご》を左右に揺らして話をつづけた。

「そして足を滑らせ、水槽の上部を覆っている大きなネットに落ちてしまった」

「たしかにネットにからまっていたわ」セオドシアは言った。漁網にかかって逃げられないイルカのようだった。ただし、からまっていたのはイルカではなくパーカーだったわけだけど。

刑事は無表情でつづけた。「それなら納得がいきますな。ミスタ・スカリーは作業用通路から安全ネットに落ち、そのいきおいでネットがはずれてともに水槽に沈んだのでしょう」

「でもパーカーは泳ぎが得意だったのよ」セオドシアは反論した。「なのになぜ水を蹴ってあがってこなかったのかしら？」パーカーがヨットで帆走する姿や、ヒルトン・ヘッドにあるお気に入りのビーチでボディボードに興じる様子が目に浮かんだ。「水は苦手じゃなかったのに」

「さっきの話につけくわえるなら、ネットにからまった故人は少々パニックを起こし、浄化装置に頭をぶつけたと思われます。もちろん、最終結論は監察医がくだすことになりますが」刑事はそこで言葉を切り、ふっくらした大きな顔に無念の表情を浮かべた。「ご友人が転落したのは、脳動脈瘤か心臓発作のせいとも考えられます。あの若さではまれですが、まったくないわけじゃない。とにかく、それについては監察医が――」

「彼の手を見た？　傷だらけだったわ」

「では、水槽に巨大なサンゴ礁があったのもごらんになったでしょうな」刑事は訊いたが、いたわるような思いやりのある口調だった。「故人は激しくもがくうち、サンゴの尖ったところで手をひどく切ったにちがいありません」

セオドシアはしばらくその答えに思いをめぐらした。「その可能性はあるわ。でも……」

「いずれにせよ、ひじょうにむごいことで――」

「お願いだから、故人なんて呼ばないで」

「では、なんと呼べばいいんです？」

「彼には……パーカーという名前があるのよ」

刑事はセオドシアを見やった。「ご存じならば教えてください。パーカー・スカリーはあんなところでなにをしていたんでしょう？　水族館の水槽に張りわたした通路にあがるなんて」刑事は脱いでいた帽子を頭にのせた。

「それはなんとも」嘘ではない。セオドシアには心あたりがなかった。あるわけがない。

「彼とは言葉を交わしていないのですね？」

セオドシアはいまにも気を失いそうだった。「交わしてないわよ。今夜は姿を見かけてもいないんだから」

「しかし、彼が来ているのは知っていた」と刑事。

「来てるだろうとは思っていたわ。〈ソルスティス〉も今夜のケータリングを担当しているのは知っていたもの。彼のところは、たしかええと、前菜と小皿料理を出してたんじゃないかしら。マグロのタルタルとか春巻とか」わたしったらいったいなにを言ってるの？　セオドシアは自分にあきれた。メニューなんか説明してる場合じゃないでしょ。酷使しすぎたせいなのか、脳がなんの役にも立たない情報まで吐き出している。話が横道にそれないようにしなくては。

「彼とのあいだになにか揉め事はありませんでしたかな？」

セオドシアは熱い石炭を肌に押しあてられたみたいにびくりとした。「とんでもない！」

「別れ話がこじれているとか？」

「なにが言いたいの？」セオドシアは刑事の質問の流れが気に入らなかった。

「こんなことを申しあげるのは、あなたがたが一緒にいるのを見たという人がいるからなのですよ」

セオドシアは文字どおり、歯を剝いた。「誰なの、そんなことを言ったのは？」

刑事はあとずさりした。「申し訳ないが、お教えするわけにはいきません」

3

鏡をのぞきこむと、とてもまともとは思えない女性が見つめ返していた。セオドシアはあわてて前かがみになり、冷たい水を顔にかけて紙タオルで拭き取った。それからクラッチバッグに手を入れ、くしとティッシュを出して髪をととのえ、洟《はな》をかんだ。

どうかしら。少しはよくなった？　だめ、たいしてよくなってない。全然だめだわ。

化粧室を出て左に向きを変えたとき、パーカーの友人でチーフシェフをつとめるトビー・クリスプにまともにぶつかった。ふたりはその場でたがいの胸に飛びこんだ。

「なんだってこんなことに？」トビーは声をうわずらせた。いつもはおしゃべり好きなぽちゃっとした顔に、悲しみの表情がくっきり浮かんでいる。「いましがたドレイトンと話をして、それで彼から……」そう言って顔をゆがめた。「聞いたんだ、きみが現場にいたことを」

「ええ」セオドシアは言った。「見るもおぞましい光景だった」

「溺れたそうだね」トビーはかぶりを振り、涙を払いのけた。「あの大きな水槽で」

「らしいわ」

トビーはセオドシアに目を向けた。「彼が溺れるわけがないよ」と、うなるような声で訴えた。

セオドシアは涙のベールごしに彼を見つめた。「あなたも変だと思うのね?」

「うん、おかしいよ。当然じゃないか。だってパーカーはヒルトン・ヘッドで育ったようなものだ。サンセット・ビーチからほんの一マイルしか離れてないところだ。サーフィンもやればボディボードもやる。ダイビングの講習だって受けていた。ちゃんと資格だって持っている」

「あなたも、パーカーが水槽に落ちてそのまま溺れたなんて信じられないのね」セオドシアはますます確信を強めた。

トビーは縮れたもみあげをかいた。「ネットにからまったとしても、それであわてふためくなんておよそパーカーらしくない。彼ならきっと……」

「バタ足するわよね」とセオドシア。「バタ足で水面まであがればいいんだもの」

「やっぱりそう思うだろう?」

「でも、上から押さえつけられてたらそうはいかないわ」

「ええ?」トビーは驚いた顔をした。「なにを言い出すんだい?」

「パーカーの手に切り傷がたくさんついてたの。わたし、見たのよ。レスキュー隊が運び出す直前に遺体を見たの」

トビーはきょとんとした顔をした。「水の上に出ようとして怪我をしたということかい?」

「というより、誰かと争ってそれで……」セオドシアはそこで大きく息をついた。「切りつけられたんじゃないかと思う」

トビーは問いかけるように両手を振った。「つまり……殺されたと？」

彼女はうなずいた。「そんなところ」心のなかでは、まさしくそうよ、とつぶやいた。

「警察にはもう話したんだよね？」

「ええ。でも、いまのところ、わたしの仮説にはあんまり興味がないみたい」セオドシアは怒りといらだちを感じつつも、声にわずかでもヒステリックな響きが混じりそうになるのをどうにかこらえた。

トビーは顔をしかめ、両手を白い上着のポケット深くに突っこんだ。頭にのせたシェフ帽が変な角度に傾いている。「誰か調べてくれるような人はいるかな。弁護士とか」

あるいはわたしとか、とセオドシアは思った。

「さあ」

「それにしてもどうしてなんだ？　いったい誰が？」トビーは咳払いをした。「そう、いちばん知りたいのはそれだよ。誰なんだ、あいつを突き落としたか、沈めたかしたやつは」

「それがいちばん知りたいことだわ」

「きみの考えでは本当に……？」

「あくまで仮説よ」と答えたものの、心のなかでは、まずまちがいないわとつぶやいた。

トビーはまだよく理解できずにいた。「だとしたら、動機は……」

「それがわからないのよ」セオドシアの思考はあらゆる方向に飛んでいた。でも、答えを見つけるつもりなら、トビーから始めるのがいちばんだろう。「パーカーはどうしてたの？最近ということだけど」

「仕事面の話かい？　それとも私生活のほう？」

「仕事のほうから聞かせて」そっちを調べるのがもっとも見込みがありそうだ。

トビーは大きくため息をついた。「ふたつめのレストランを買う交渉にかかりきりだったよ」

「サヴァナにある店でしょ」セオドシアは言った。パーカーがしばらく前から取り組んでいたのは知っている。

トビーは首を横に振った。「そうじゃない。そっちは少し前に流れたんだ」

「そうだったの？」初耳だった。「どうして？」

トビーは顔をしかめた。「くわしいいきさつは知らないんだ。でも、恐ろしげなやつが交渉にからんできたという話を聞いたな」

その発言にセオドシアの好奇心が刺激され、もうひとつ、ぶしつけながらも必要な質問にたどり着いた。「人殺しができそうなほど恐ろしいってこと？」

トビーはそう訊かれて考えこんだ。「どうかな。ぼくは会ったことがないんだよ」

「誰かしら？　名前はわかる？」

「うん、でも全員はわからないな。交渉はすべてよそでやっていたし、パーカーはべつのチーフシェフを雇うつもりでいたから、ぼくはあまり気にかけていなかったんだ」

セオドシアはしばらく考えこんだ。この情報はティドウェル刑事に話したほうがいいだろうか？　でも、わたしが感情的になりすぎて、無駄足を踏ませようとしてるだけだと思われるかも。それらの疑問が頭のなかで濾過《ろか》されていくまで、しばらく待った。やがて答えが浮かびあがった。そう、これよ。でも、セオドシアは藁《わら》をもつかもうとしているだけだと刑事は思うにちがいない。あの人は頭の古いがさつな人で、たいていの男性と同じく、女性の気持ちや直感にいくぶん否定的だ。話は丁重に聞いてくれると思うが、まともに取り合ってはくれないだろう。となると……振り出しに戻る。どうするべき？

「パーカーのオフィスを調べさせてもらってもかまわない？」セオドシアは訊いた。

トビーは彼女をぽかんと見つめた。「わかってると思うけど、警察が本当に事件性を疑ってるなら、明日の朝いちばんに彼のオフィスをしらみつぶしに調べるはずだよ」

「だから、いま調べたいの。今夜のうちに」

「本気かい？」

セオドシアは小さくうなずいた。

トビーは三秒ほど検討した。「いいだろう。でも……誰にも言わないでくれよ、いいね？」

「絶対にしゃべらないわ」

「セオドシア！」振り返ると、ドレイトンが廊下を大股で近づいてくるところだった。「もう帰れるかね？」

「ええ。トビーを送ってから、家に帰るわ」そう言って弱々しくほほえんだ。「あなたはへイリーに乗せてもらってくれる?」

「いいとも」ドレイトンはトビーと握手し、その背中を軽く叩いた。「残念だ。実に残念だ」とかすれた声を洩らした。

「ありがとう」トビーは言った。

ドレイトンはセオドシアに目を向けた。「ベッドにもぐりこんで、カモミール・ティーを飲むといい。とにかく心の休息につとめたまえ」

「いいアドバイスをありがとう」


しかしそれから約二十分後、トビーとともに〈ソルスティス〉の裏口をくぐったときも、セオドシアの頭のなかではまだ、途方もない考えが渦巻いていた。

「こっちだ」トビーは言うと、大きなコンロの上の電気をつけ、先に立って狭い厨房を歩いていった。ウォークイン式冷凍庫と貯蔵室の前をすぎ、パーカーの小さなオフィスに入った。トビーはカーペットの上を抜き足で進んで、明かりのスイッチを入れた。デスクの上に鎮座した真鍮《しんちゅう》の小型ランプから黄色い光が広がった。「ここだよ」その声は、いてはいけないところにいるような気持ちに突然襲われたのか、少し不安そうだった。

パーカーのオフィスには何度となく来たことがある。しかし、この二カ月はまったく足を踏み入れていなかった。セオドシアはためらうように突っ立ったまま、どこから手をつけたらいいのか、なにを見つければいいのかを考えていた。手がかり? 正しい方向をしめし、有力な容疑者に関するヒントをあたえてくれるもの？　セオドシアはお手上げというように両手を動かした。「自分でもなにを探してるのかわからなくて」

　トビーはうなずいた。

「ちょっと見てまわるだけにするわね」それでもセオドシアはまだその場を動かず、小さなオフィスをきょろきょろと見まわしていた。壁に貼ったポスターとメニューが目に入り、〝ザリガニ料理あります〟という金属でできたレストランの古い看板もあった。

「デスクから手をつけたらいいんじゃないかな？」トビーが提案した。

　セオドシアはパーカーの椅子にすとんと腰をおろした。最上段の抽斗《ひきだし》をあけると、いかにも男性らしくいろいろなものがごちゃごちゃ入っていた。ペン、切手、食べかけのスニッカーズ、名刺、小銭、昨冬のスティングレイズ（サウス・カロライナ州ノース・チャールストンを本拠地とするアイスホッケー・チーム）の試合の半券。

「このレストランは誰が引き継ぐんだろう？」トビーがつぶやいた。

　セオドシアは顔をあげた。「さあ、パーカーのお兄さんかしら？」パーカーの兄のチャールズ・スカリーは同じチャールストン在住で、家はミーティング・ストリートとブロード・ストリートの交差点近くにある。その人が、正確な法律用語でなんと言うのか知らないけれど、相続人だか受取人だかになるはずだ。

　残りの抽斗もあけていった。なにもない。古いソニーのウォークマン、ポケットナイフ、使いかけの黄色いリーガルパッド。プラスチック製の青いバインダーが二個出てきたが、どっちも中身は入っていなかった。

デスクの上はかなり片づいていた。ペンと鉛筆が一本ずつ。数枚の紙切れは大半が納品書だ。〝百万ドルを手にしたいなら、まず九十万ドルもうけよ〟と書かれた標語標識。そして四年落ちのｉＭａｃ。

セオドシアは指でキーボードに触れた。「彼はこれをよく使っていた？」

トビーは首を横に振った。「めったに使わなかったね。紙にメモするほうが好きだった」

「そうだと思った」椅子をくるりとまわしたとき、緑色の古い四段のファイルキャビネットに膝がぶつかりそうになった。最上段の抽斗をあけようとしたところ、鍵がかかっていた。

「このキャビネットの鍵は持ってる？」

「いや。鍵がかかってることさえ知らなかったよ」

「ふだん、パーカーは鍵をかけていなかったの？」

トビーは考えこむような表情になった。「パーカーは人を疑わないたちでね。細心の注意を払っていたのは冷凍庫だけだ。うちの店は数多くのシーフードを出している。きみも知ってのとおり、ああいうものは高価でね。最近じゃとんでもない値がついているんだ。だから施錠するのを忘れるなと、いつもうるさいほど言われてたよ。どこのレストランにも必ずあるからね、いわゆる……横流しというやつが」彼はため息をついた。「でもファイルキャビネットの場合は……どうだろう」

セオドシアはしばし考えこんだ。パーカーのファイルをこっそり調べれば、正しい方向をしめす情報が少しくらいは見つかるかもしれない。あくまで、もしかしたらの話だけど。彼女が空騒ぎをしているのでないかぎり。パーカーがあの巨大水槽にうっかり落ちて溺れたのでないかぎり。

デスクの上をながめまわしていると、側面にゆがんだ顔が彫られた陶器のマグに目がとまった。アマチュアの陶芸家が露天市で売っているたぐいのマグだ。手をのばしてマグを傾けると、驚いたことに金属が陶器にあたる軽い音が聞こえ、本物の鍵が手に滑り出た。しかし、よくよく見ると、真鍮の鍵は大きすぎて、ファイルキャビネットの錠前におさまるようには見えない。

「振り出しに戻っちゃった」セオドシアは言った。

「いい考えがある」トビーは言うと、デスクにあった金属のレターオープナーを手に取り、先端を錠前に差し入れた。それから力を入れずにそっと、何度も前後に動かした。

「そんなことをしたら……無理にこじあけようとして疵《きず》でもつけたら、忍びこんだことが警察にばれてしまうわ」セオドシアとしてもファイルキャビネットをあけたい気持ちはある。その一方、証拠を改竄《かいざん》してしまうようで怖い気もした。ティドウェル刑事の目には絶対にいいこととは映らないだろう。「だから、どうしてもやるというなら……気をつけなきゃ」

トビーはレターオープナーの先端だけを使って、しばらく錠前と格闘した。

「ここにちょっとした出っ張りがあるから、これをなんとかすれば……」

カチリという音が聞こえ、彼はしゃべるのをやめた。

「すごい」セオドシアはトビーのピッキングの腕にほれぼれとした。「やったじゃないの」

トビーは自己満足の笑みを浮かべ、最上段の抽斗をあけた。

「しかも錠前は壊さなかった」

セオドシアはうずうずしながら身を乗り出し、プラスチックのファイル見出しの上辺を指でさっとひとなでした。なにを見つけようとしているのか具体的にわかっているわけではなかった。見ればすぐわかるとなんの根拠もなく思いこんでいた。

ハンガーフォルダーを手早く繰っていくと、給与、福利厚生、保険、メニューなどと記されたファイルが並んでいた。抽斗の奥近くまでいってようやく〝検討中のプロジェクト〟と題されたファイルが見つかった。「これは調べたほうがよさそう」と小さくつぶやいた。

「パーカーはレストランをめぐる取引が原因で殺されたと思うのかい？」トビーが訊いた。

「どうかしら」とセオドシア。「妙な感じがするのはたしかよ。とにかく、なにか重要な情報が見つかりさえすれば……」

しかしキャビネットから出したフォルダーは、手のなかでくったりと折れてしまった。デスクの上でひらいたところ、まっさらな紙が一枚入っているだけだった。

「おかしいな」トビーは眉根を寄せた。「ぼくの記憶だと、パーカーは三、四件のプロジェクトを抱えていたはずなのに」

彼の目がセオドシアの落ち着かないまなざしをとらえた。

「きみの考えでは、つまり、何者かが……？」彼は言葉を濁した。

「パーカーのファイルを盗んだのか、と言いたいの？」セオドシアは言った。「ええ、ありうる。そう考えてまちがいないと思う」

4

月曜の朝、チャールストンの歴史地区はすっきりと晴れあがった。チャーチ・ストリートをぞろぞろ歩く早起きさんたちが、聖ピリポ教会のところで小さく半円を描いて迂回していく。通りにはみ出すように建つ由緒あるこの教会《チャーチ》こそ、ここがチャーチ・ストリートと呼ばれるゆえんである。空を流れるピンクと白のパフェのような雲が暖かで春らしい一日の始まりを告げ、海のにおいがかすかにただようなか、レストラン〈チャウダー・ハウンド〉とギフトショップ〈キャベッジ・パッチ〉が本日の目玉を宣伝する看板を、歩道の絶妙な位置に立てて開店にそなえている。

しかし同じブロックの少し先にあるインディゴ・ティーショップの店内では、セオドシアがふさいだ気分で少しぼうっとしたように小さな木のテーブルについていた。

パーカーがこの世を去ったなんて信じられない。まだ若く、彼女よりも二、三歳年下だった。それに、二週間前に室内楽コンサートで見かけたときの彼は、生気にあふれているように見えた。

彼のオフィスに入ったのは誰なのか。シェフのトビーに聞いたところでは、この二日ほど

は文字どおり次から次へと人が訪ねてきていたらしい。営業マン、不動産業者、ビジネスパートナー候補、銀行員、新しいガールフレンド。それこそ何十人にもなる。となると、それらを絞りこんで、ひとりかふたりの容疑者を割り出そうと思ったら、パーカーの手帳を手に入れるかパソコンの中身を見て見当をつけるしかない。どこから手を着ければいいか、というより、誰から調べればいいかという見当を。

ドレイトンが手に持ったティートレイをひかえめにカチャカチャいわせ、セッティング途中のテーブルをよけながらまじめくさった顔で無人のティールームを進んできた。

「どうだね、気分は？」彼は声をかけた。三十分後には店をあけなくてはならず、見るからに心配そうな顔だ。

「最悪」

「ローズ・ティーを持ってきたよ」彼は返事を待たずにトレイを置いた。透明なガラスのティーポットのなかで茶葉がいいぐあいに蒸らされている。

「うん」セオドシアはティーポットのなかで茶葉が踊ったりくねったりするのをぼんやりとながめた。この現象は〝茶葉の苦悶〟と呼ばれ、茶葉が舞い踊りながら熱湯にエキスを放出する過程だ。けれどもきょうは、くねる茶葉を見てもあの大きな水槽で助かろうと必死にもがいていた気の毒なパーカーを思い出すばかりだった。

ドレイトンはしばらく蒸らしたのち、湯気のたつ琥珀《こはく》色のお茶をセオドシアのカップに注いだ。

「もうマックスとは話をしたのかね？」

セオドシアは目をしばたたいた。「ううん。彼はまだニューヨークで画廊に顔を出したり、マスコミ相手にあれこれしゃべってる」

マックス・スコフィールドはセオドシアの新しいボーイフレンドで、いわばパーカーの後任だ。ちがう、そうじゃない。マックスと出会った彼女が、パーカーと距離を置いてしまったのだ。あらためて振り返ると、最低の気分になる。わたしったら、パーカーにろくなチャンスをあたえなかったわ。マックスに夢中になりすぎたせいで。

考えてもしかたない。いまさら、どうにもならないもの。

ヘイリーが焼きたてのアップル・スコーンを二個のせた皿を持って、さっそうと現われた。「はい、どうぞ」彼女は懸命に笑顔をつくろいながら言った。「焼きたてで、ものすごく元気が出るわよ。いままで味わったことがないほど新鮮なクロテッド・クリームと一緒にね」

そう言うと、自分の言葉か手作りスコーンでセオドシアが元気を取りもどすのを期待して待った。

「ありがとう、ヘイリー」セオドシアは言うと、やきもきした様子のドレイトンを見あげた。「ふたりともありがとう、いろいろ親身にしてくれて……」そこから先はうまく言葉が出てこなかった。

「セオ」ほがらかなヘイリーが姿を消しはじめた。「あたしたちもなにがなんだか」

「なんともおぞましいことだ」ドレイトンも口を揃える。

「ティドウェル刑事が捜査してくれてるのだけが救いよね」ヘイリーはそう言うと、ためらいがちに顔をしかめた。「たしかに、あの刑事さんのことはこの世でいちばん好きってわけじゃないけど」ヘイリーはティドウェル刑事の無愛想なところがどうしても好きになれないのだ。「でも、頭は切れるもん。粘り強いし。だから、いろいろ考え合わせると、捜査についてはなにも心配しなくていいと思うな」

「捜査がおこなわれているのかね？」ドレイトンの眉があがって一対の弧となった。

ヘイリーはあわてた表情になった。「ええと……うん、そのはずだけど」とたんにへどもどしはじめた。「だよね、セオ？」

セオドシアはお茶を一杯口に含んだ。バラの花びらの香りがほんのりするおいしい祁門茶《キーマン》だ。「さあ、どうかしら」

「いいかね」とドレイトンが口をはさむ。「犯罪を疑う者がいるからと言って、実際に犯罪がおこなわれたことにはならんだろう」

「まったく、石頭なんだから」とヘイリー。「あたし？ あたしはセオに賛成だな。パーカーの死はどこかあやしいもん。あやしいどころじゃないよ。彼がうっかり水槽に転げ落ちたなんて、とてもじゃないけど信じられないな」

「事故というのは起こるものだ」とドレイトン。

「だったら、パーカーはあんなところでなにをしてたわけ？」ヘイリーは食いさがった。

「たしかにゆうべは水族館の職員による見学ツアーがおこなわれてたけど、あそこはコースに入ってないはず。嘘じゃないわよ。クラゲの洞窟ならわかる。ヒトデの入り江もありうる。でも、巨大水槽の上のつるつるして危ない通路を歩かせたりする？　よく考えてみて」そう言うと強調するように髪を振り払った。

「その点についてはたしかに謎だ」ドレイトンも同意した。

ドンドン！

誰かが正面のドアを叩いた。

ドレイトンは面倒くさそうに振り返った。「誰だか知らんが、まだ早すぎる」

ドアを乱暴に叩き、なかに入れろと要求する観光客は不愉快きわまりない。それも、まだやかんや茶漉しを用意したり、お茶を量り取ったりしているさなかとなればなおさらだ。そういうときドレイトンは頭から湯気を出して怒る。

「ご近所さんかな？」ヘイリーが言った。地元の店主たちは朝のお茶とスコーンを入手すべく、いつなんどきなだれこんでくるかわからない。彼女は抜き足で窓に歩み寄り、赤いチンツのカーテンを払いのけた。「あれ、デレインだ」

「入れてはいかんぞ」ドレイトンがかすれ声で言った。近くで〈コットン・ダック〉というブティックを経営するデレイン・ディッシュと彼は、愛憎なかばする関係にある。わかりやすく言うなら、デレインの驚異的な資金集めの腕は高く評価するものの、辛辣な物言いとゴシップ好きな性格は好きになれないということだ。

「入れてあげるしかないわ」セオドシアは言った。「いつまでだってドアを叩きつづけるだけだもの。だって、わたしたちが店にいるのは知っているんだし。二十五分後には店があくこともね」

「二十分後だ」ドレイトンが訂正した。

ヘイリーは正面入り口に走り寄り、掛け金をはずした。「デレイン！」と猫なで声で出迎える。「びっくりしたわ」

デレインはヘイリーをろくに見もせず、猛然と店内に入った。

「セオドシア！」そう叫ぶと、木くぎでとめた床にピンヒールを速射砲のように響かせながら、セオドシアめがけて突進した。瞳がめらめらと燃え、肩までの黒髪がハート形の顔のまわりでなびく。彼女はトマトレッドのスーツに青白ツートンのエナメルのハイヒールというでたちだった。暑いくらいの春の気候がチャールストンに到来すると、デレインと彼女のワードローブの出番だ。

「お友だちのことは本当に残念だったわ」デレインは黄色いギフトバッグをセオドシアの手に押しつけ、真向かいの椅子にすとんと腰をおろした。「ゆうべも声をかけようと思ったんだけどね、でもあなたは……ええと、あれはなんて言うんだっけ……手がふさがっていたじゃない？　例のいやな男、ティドウェルと話しこんでいたから」

「なんなの、これは？」セオドシアはギフトバッグに見入った。プレゼント？　デレインから？　こんなのははじめてだわ。

「ほんの気持ちよ」デレインは言うと、紺色のシャネルバッグに手を入れ、化粧ポーチを出した。

渡されたバッグからは、黄色いタンポポのブーケが顔をのぞかせている。ほかにもなにか入っているようだ。

セオドシアは黄色い薄紙に指を差し入れ、精油が入った小瓶を取り出した。高く掲げ、ラベルを読む。「ラベンダーね」

デレインはふっくらした唇を赤く塗り、口紅のキャップを戻した。それから人差し指で手首の内側を軽く叩いた。「脈を打っているところにつける精油よ。ラベンダーはね……」そう言いながらポケットミラーに目をやり、赤く塗り直した唇にこれでよしというようにうなずいた。「気持ちを落ち着ける効果があるの」

「ありがとう」セオドシアは言った。「やさしいのね」

デレインは無理にはちきれんばかりの笑みを浮かべた。「だって友だちじゃないの」

「いい気遣いだ」ドレイトンはサービングボードからもうひと組カップとソーサーを取り、デレインの前に置いてお茶をたっぷりと注いだ。

デレインはぱっちりした目をセオドシアに向けた。「でも、そんなに落ちこむことはないでしょ」と明るく言った。「だって、パーカーと別れてからずいぶんたつもの。しかもあなたには、とってもすてきな新しいボーイフレンドがいることだし」

「ちょっと、それはないんじゃない？　パーカーとはいまも友だちなのよ」

少なくともセオドシアのほうは友だちだと思っていた。とはいえ、この二カ月ほどパーカーがどうしていたかはまったくわからない。もう、わたしのことなどなんとも思っていなかったとも考えられる。セオドシアと別れたあとの人生を満喫していたのかもしれない。

デレインはお茶をひとくち含んだ。「ねえ、セオ。あなたはいまあたしの昔の彼氏とつき合っていて、あたしはあなたのお隣さんとつき合ってる。古いことわざにもあるでしょ、政治は不思議な結びつきを生むってね」

「どういうことだね、デレイン？」ドレイトンが訊いた。

「要するに、ふたりともくっついた相手にこのうえなく満足してるってこと」デレインはテーブルごしに手をのばし、セオドシアの手を軽く叩いた。「信じられる？　あたしのドゥーガンがあなたのすぐ隣に住んでるのよ。すてきじゃない」

しかも、ドゥーガン・グランヴィルはデレインのいちばん新しい相手で、セオドシアのお隣さんだ。しかも、セオドシアのささやかな住まいの前の持ち主でもあり、家はもともとグランヴィルのかなり大きな屋敷の一部だった。デレインは目をぎゅっとつぶった。

「想像してみてよ。ドゥーガンとあたしが結婚するとしたら、あたしたち、お隣さん同士になるのよ。もう、きゃーって感じ」

「ぞくぞくしてきちゃう」セオドシアは調子を合わせた。そのときは引っ越すけどね、と心のなかでつけくわえた。

デレインは目をあけて首を傾け、とがめるような顔でセオドシアを見つめた。

「でも、朝刊の見出しのほうがよっぽどぞくっとしたわよ」

「ネプチューン水族館でパーカーが溺死したことを報じる見出しかね？」ドレイトンは椅子を引き、同じテーブルについた。

「そうよ」デレインは唇をとがらせた。「もうとんでもないったらないわ。よりによってこのタイミングだなんて」

「なんの話？」セオドシアは訊いた。デレインはいつになくわけのわからないことを言っている気がする。

「ネプチューン水族館のグランドオープンに傷がついちゃったじゃないの」デレインは嘆いた。「ドゥーガンが理事会のメンバーだっていうのに」

なんだ、けっきょくはそこなのね、とセオドシアは胸のなかでつぶやいた。自分の彼氏が理事会のメンバーだってだけじゃない。

「きのうの出来事はパーカーにとってもいいことじゃなかったのよ」セオドシアは言い返した。

デレインは自分の発言が少々冷淡に聞こえたと気づいたらしく、苦しい言い訳を始めた。

「ええ、それはわかってるわ、ハニー。べつに悪気はないのよ」そこで急に困ったような顔をした。「あたしったらもう、ばかなことを口走っちゃって。なぐさめの言葉やお悔やみを言うのが本当にへたよね。なんでもかんでもストレートに言いすぎちゃうんだから」

「まったくだわ」セオドシアは言った。

「このとおり」デレインはせわしなくまたたきを繰り返し、できるかぎり誠実そうに見せようとした。「心から謝罪するわ」

「いいわ」デレインがここまでの気遣いを見せるなんてはじめてじゃないかしら。もちろん、飼い猫をあやすときはべつにして。

デレインは立ちあがり、ジャケットの前をなでつけた。

「失礼する前に、ちょっと確認しておきたいの。たいしたことじゃないんだけど」

「なにかしら？」

デレインは唇をすぼめ、物欲しそうにほほえんだ。「市のチャリティー・イベントの借り物ゲームが木曜の午後にスタートするでしょ。あなたの参加予定に変更がないか、確認しておきたくて」彼女は人差し指を立て、前後に振り動かした。「忘れないでほしいんだけど、セオ、これはチャリティーなんですからね」

「忘れてないわよ」セオドシアは言った。忘れるわけないじゃない。この一カ月間、デレインから耳にタコができるほど聞かされてきたんだもの。

「その際に」デレインの話はまだつづいた。「あなたのチームは〈火曜の子ども〉の資金を集める手伝いをする約束だったわよね」

「ええ、でも……」セオドシアは口ごもった。昨夜あんなことがあったばかりだというのに、のんきに借り物ゲームに参加する余裕なんかないわよ。論外だわ。

しかし、セオドシアの考えることなどデレインにはお見通しだったようだ。

「実をいうとね、明日のランチに〈火曜の子ども〉の代表の方をお連れするつもりなの。あなたと引き合わせるためだけにね!」

セオドシアはうんざりしたようにかぶりを振った。「そんな……」パーカーの急死でまだ頭がうまく働かないし、盛大なお茶会をふたつひらくことになっているし、今週はここチャールストンでコーヒーとお茶の博覧会がスタートする。そんな状態でいるところへ、デレインときたらゲームのことであれこれ言ってくるなんて。

デレインの心配そうな口ぶりが突然、恐ろしいまでの脅し文句に変わった。

「絶対に参加してちょうだいね、セオ。あてにしてるんだから。〈火曜の子ども〉の支援を受けている危機的状況にある子どもたちも、あなたをあてにしてるのよ!」

まったくもう。「あなたがそういう言い方をするときはいつも……」

「本当なんだってば、セオ! なんとか抜け出してよ、この……この泥沼から。とにかく前に進まなきゃだめ!」

その後、セオドシアはちゃんと前に進んだ。インディゴ・ティーショップ内をバタバタと走りまわって骨灰磁器《ボーン・チャイナ》のカップとソーサーを置いていき、シルバーのバターナイフを並べ、角砂糖が入ったガラスのボウルを置き、シルバーの角砂糖ばさみに磨きをかけた。

「上出来だ」ドレイトンは彼女のすぐ隣で忙しく立ち働いていた。

こぢんまりと趣あるインディゴ・ティーショップの壁を飾るのは、米のプランテーションやチャールストン港のさまざまな景色を描いたアンティークの版画、それにセオドシアの手になるミニチュアのティーカップをあしらったブドウの蔓《つる》のリースなど。木の棚にはアンティークの皿が立てて置かれ、収集家垂涎《すいぜん》のカップとソーサーも一緒に並んでいる。ハイボーイ型チェストには缶入りのお茶、瓶入りのデュボス蜂蜜、それにセオドシアが選んだ〈T・バス〉製品がおさまっている。

セオドシアとドレイトンは椅子を並べ、キャンドルに火を灯し、三つのポットにそれぞれ異なるお茶を淹れると、ふたり並んで小さな店内を見まわした。なにもかもが完璧なまでに輝き、ダージリン、包種茶《パオチョン》、オレンジスパイスのふくよかな香りに充ち満ちている。

「もしかしてちょっと……やりすぎたかしら？」セオドシアは言った。

ドレイトンは体をそらした。「なにを言う、完璧だとも。ティーショップという空間を創りあげる作業は、あらゆる面において完璧な静物画を描くのに似ている。わたしたちはそれを見事にやってのけている。どのお客様もそうおっしゃるではないか」

「ええ、たしかに」

「ならば、優雅なお茶のサービスを提供しようという努力に疑問を持つのはどういうわけだね？」ドレイトンは少しむっとしたように尋ねた。

「けさはちょっと……気分がふさいでるせいかも」セオドシアは言った。

「かわいそうに。まったく気の毒でならんよ」

「元気を出さなきゃね」セオドシアはロング丈の黒いパリのウェイター風エプロンを首からかけると、ひもを前にまわして締め、前向きにいこうと気合いを入れた。せめてお客様の前だけでも。

「ねえ」ヘイリーが奥から姿を現わした。「本日のメニューを確認するけど、いい？」

セオドシアはうなずいた。この重苦しい気分から抜け出し、前に進まなくてはいけない。

「もちろんよ。きょうはなにを用意したの？」

ヘイリーは小さならせんとじノートをひらき、左に傾いた自分の手書き文字に目をこらした。

「バジル風味のトマトスープにブリーチーズとイチジクのジャムを塗ったクロスティーニを添えたもの。自家製シナモンパンにチキンサラダをはさんだティーサンドイッチ。それにオレンジ、マンゴー、クルミのシトラスサラダよ」

「バラエティに富んだメニューだな」ドレイトンは言った。「それではわたしも本日は全精力を傾け、新ブレンドのバタートリュフ・ティーを出すとするか」

それを聞いてヘイリーは鼻にしわを寄せた。「もう一度言ってもらえるかしら、そこのあなた。バタートリュフって言った？」

「ドレイトン考案の新ブレンドよ」セオドシアが説明した。

「ベースは紅茶で」ドレイトンは目を軽く閉じ、節をつけるように言った。「細かく砕いたバタークッキー、ピスタチオ、アーモンド、オレンジが入っているのだよ」

「お茶というよりもデザートみたい。でも、それって絶対においしいと思うな。いつものパターンとはちがう感じだけど」

ドレイトンは半眼鏡ごしにヘイリーを見やった。「人の意表を突くのが好きなものでね」

「言えてる。まあ、びっくりを通りこしちゃうときもあるけどね」

「それで、デザートは？」セオドシアは話を先に進めようとして訊いた。

「あ、そうだった」ヘイリーは気を引き締め直し、目の前の仕事に戻った。「パンプキン・ブレッドのパフェ、ひとくちブラウニー、それにもうひとつ、バター・ケーキをいまオーブンで焼いてるところ」

ドレイトンは顔をそらせ、小さくひかえめに香りを嗅いだ。「ああ、たしかに」

五分後、お客の一団がなだれこみ、それを合図に忙しい月曜日がスタートした。ヘイリーはなわばりである厨房に引っこみ、セオドシアとドレイトンはくるくるとティーショップ版バレエを踊りながらお茶を注ぎ、スコーンをのせた皿やジャムが入ったボウルを出し、汚れた皿を手早く片づけた。

「いま、ブロード・ストリート・ガーデンクラブから電話があったのだがね」ドレイトンがレジカウンターの電話を切りながら、セオドシアに声をかけた。「木曜のティーランチの予約をいただいたよ。可能なら四品のコースを、とのご指定だ」彼はそこで言葉を切った。「あの集まりはどこかお高くとまっていて、レディ・グッドウッド・インのロブスターのテルミドールのほうがお好みだと思っていたから、うちを選ぶとは少々意外だな」

セオドシアは片手に青白柄の中国製ティーポットを、もう片方の手にスコーンをのせた皿を持ってレジカウンターの前で足をとめた。「ゆうべのことを思えば、なにがあっても意外じゃないわ」

そのとき入り口のドアが大きくあき、悲しみに沈んだ顔がセオドシアの前にぬっと現れた。若い女性がセオドシアをひたと見つめ、蚊の鳴くような声を出した。

「ミス・ブラウニングでしょうか？　お話ししたいことがあります。わたしは……わたしはパーカーのガールフレンドです。いえ……でした」

ドレイトンのお薦め

インディゴ・ティーショップの
オリジナル・ブレンドティー

バタートリュフ・ティー

紅茶をベースに、細かく砕いたバタークッキー、ピスタチオ、アーモンド、オレンジをブレンドした、デザートのようなお茶。

5

およそ尋常でない朝を締めくくる強烈な一撃にセオドシアは完全に不意を突かれ、鋭く息をのむと同時に目をみはった。しかし、女性の顔に浮かぶ痛ましい表情に気づいたとたん、すぐさま冷静に戻って声をかけた。「今度のことは本当に残念だったわね」

そのひとことでふたりのあいだの張りつめた空気がやわらいだ。女性は人差し指を自分の胸に向けた。

「シェルビー・マコーリーです。やっとお会いできましたね」

セオドシアはうなずいた。「セオドシア・ブラウニングよ。でも、きっとご存じね」

シェルビーは大きくうなずいた。「あの……ふたりだけで話せる場所はありませんか?」

セオドシアは灰緑色のビロードのカーテンをくぐり、シェルビーを店の奥へと案内した。切手ほども小さな厨房の前を過ぎ、赤い帽子の山、ティーポットの箱、お茶のカタログが幅をきかせる乱雑で狭苦しいオフィスに入った。

「どうぞ、すわって」

セオドシアはデスクの向かいにあるブロケード織の特大の椅子をしめした。この店で〝お

椅子様〟と呼ばれている椅子だ。

シェルビーが腰をおろすと、セオドシアは野生のブドウの蔓でつくったリースの山をひょいと飛び越え、するりとデスクについた。高く積みあげすぎていまにも崩れそうなお茶のカタログの山をどかした。

「で……どうしてわたしのところに……?」そう言いかけてから、言い直した。「どういうご用かしら?」それでもまだ少しぶっきらぼうな気がして、さっきのお悔やみの言葉を繰り返した。「パーカーのことは本当に残念だったわ」

シェルビーは目に涙を浮かべながらうなずいた。

「もうなにがなんだか。ただただショックで」

そう言ってうなだれると、淡褐色のきれいなストレートヘアがカーテンのように顔にかかった。そこで気丈にもセオドシアにほほえみかけた。シェルビーはまだ若く、歳は二十六、七といったところか。きらきらした茶色い瞳に卵形の色白の顔。モデルかと思うほどほっそりしていて、下はスキニージーンズ、上は仕立てのいい白いシャツをはおり、裾を腰のところで結んでいた。

「彼とは、その、おつき合い……していたわけね?」セオドシアは言った。

「この二カ月くらいですけど」シェルビーは革編みバッグからハンカチを出し、涙をぬぐった。「わたし、彼にぞっこんでした。お互いに夢中だったんです」そう言って洟をすすった。

「でも、あなたのことはよく聞かされていたんですよ」

セオドシアはパーカーとつき合った過去を払いのけるように、手をひらひら振った。

「彼はあなたのことを、それは高く買っていました」

「あら、それはどうかしら……」

「本当なんです。パーカーはいつもあなたのことをとても褒めてました。実を言うと、そういうところがすてきだと思ってたんです。男の人のなかには、なにかにつけて昔の恋人を悪く言う人がいますよね。パーカーは絶対にそんなことはしなかったんです」

「たしかに、そんなことをする人じゃなかったわ」セオドシアはほとんど自分に言い聞かせるように、小声でつぶやいた。

「でしょう？　それに、こうも言ってました」

「どんなこと？」

「あなたは頭がいいって。単に頭がいいだけじゃなく、すごい切れ者なんだって」

「あの人ったら」みぞおちに妙な感じがしはじめた。シェルビーはちょっとあいさつに寄っただけではないようだ。わたしも単なるなぐさめ役としてこの場にいるわけではない。

ほんの一瞬の間をおいて、シェルビーが爆弾を投下した。

「そういうわけで、よければあなたに……少し調べてもらえたらと思って」シェルビーは悲しそうにかぶりを振った。「彼が溺れたなんて、わたしはこれっぽっちも信じていないんです」

あなたもなの？　セオドシアは心のなかで問い返した。

しかしセオドシアが次に発した言葉は、シェルビーの頼みを鼻であしらうにひとしかった。

「申し訳ないけど、頼む相手をまちがってる。もっと徹底的に捜査するようティドウェル刑事を説得するべきよ。真相を解明してほしいと」

「それはもうやりました」とシェルビー。

「そう」セオドシアはあわてず騒がず言った。

「でも、刑事さんは事故だと思っているみたい」

「本当に事故だったのかもしれないわよ」自分でも言いながらいやになった。なにしろ、セオドシア自身も事故とは思っていないのだから。

シェルビーがデスクの向こうからじっと見つめてきた。澄んだ茶色の瞳が涙の海で泳いでいる。

「でも、本気でそう思ってるわけじゃないんでしょう？　ちがいますか？」

セオドシアはひどくかすれた声で答えた。「ええ」

「だったら、少し調べてもらえませんか？　前にも何度か調査を手がけたことがあるそうですね。パーカーから全部聞いているんです」

それでもセオドシアは決めかねていた。「どうかしら。ティドウェル刑事はきっとかんかんになって怒ると思うわ」とは言うものの、あの人が怒っていないときなんかあるかしら？

シェルビーは小さく体を震わせた。「ティドウェル刑事。どうしようもなく不愉快な人だわ。昨夜会ったけど、もう最悪だった」

セオドシアはあらたな好奇心に突き動かされ、シェルビーの顔をのぞきこんだ。

「あなたもゆうべいたの？ ネプチューン水族館に？」

シェルビーはこくりとうなずいた。「ええ、三十分くらいでしたけど。パーカーのお手伝いでタパスのテーブルの準備をして、それが終わると……帰りました」

「家に？」セオドシアは訊いた。

「ええ」

「だったら、ティドウェル刑事と会ったというのはどういうこと？」

シェルビーは両腕を自分の体にまわし、少し前かがみになった。

「自宅まで訪ねてきたんです。部下を何人か連れて。悪い知らせを伝えに」

「あの人にしては思いやりがあるわね」

「そうでもないですよ。ほとんどずっと、無表情《デッドパン》だったんですから」シェルビーはふたたび小さく体を震わせた。「いやだわ、死《デッド》んだなんて。縁起でもない」

セオドシアは決断を迫られていた。シェルビーの肩を同情するように抱いて出口へと案内し、別れのあいさつをするか。あるいは二つ三つ質問をするか。パーカーが最近なにに関わっていたのか、ちょっと探りを入れるのもいい。

決断はむずかしくなかった。

「シェルビー、わたしがいくつかの観点から調べてみると言ったら、パーカーの日頃の様子を話してもらえる？」

「ええ、たぶん。できるだけのことはします」

「レストランをめぐってなにか問題はあった？〈ソルスティス〉のことで」

シェルビーはうなずいた。「多少なりとも。でも、どうして？」そこで彼女の顔が明るく輝いた。「あ、手がかりを見つけようとしているんですね？容疑者を」

セオドシアはその質問を聞き流した。「パーカーがなにかで揉めていたという話は聞いていないかしら。相手は個人でも法人でもかまわないわ」

「そうですねえ……あったような気もしますけど」

「納入業者、ビジネスパートナー、でなければお客さんとか」セオドシアは言った。

シェルビーは考えこんだ。「パーカーは何人かに腹をたてていたように思います」

「誰かはわかる？」

「ひとりはジョー・ボードリー」

「弁護士の人ね」セオドシアは言った。ジョー・ボードリーのことは虫酸《むしず》が走るテレビコマーシャルで知っているだけだ。離婚、借金、あるいは酒気帯び運転といった問題をボードリーが解決しますと謳《うた》う、三十秒の悪趣味なメッセージが流れるやつだ。「ボードリー弁護士がどうかしたの？」

「融資にからんだ話のようなんですけど」シェルビーは言った。「パーカーは追加の資金を必要としていて、ボードリーさんはいわばそこにつけこんできたんです。毎晩のように〈ソルスティス〉に現われては、できたてほやほやの自分たちの協力関係について熱弁をふるい、二百ドルもするクリスタルやシャトー・ラトゥールをがぶ飲みしていくんです。そうしてさんざん会合という名の無料ディナーを堪能しておきながら、けっきょくパーカーにこう告げたんですよ。きみの新しいレストランに融資するのは無理だって」

「その、新しいレストランというのは？」

「パーカーは〈カロライナ・ジャックス〉という名のシーフード専門レストランをオープンするつもりでいたんです。生牡蠣を出すカウンターと高級なダイニングルームの図面まできていたんですよ。レストランプランナーを雇って、候補地だって見つけてあったのに」

「場所はどのへんなの？」セオドシアは訊いた。

「ここからそう遠くないわ。イーストベイ・ストリートの〈ポルトフィーノズ・ピザ〉だったところです」

そこならセオドシアも知っている。観光客が多い地域に近いし、チャールストンでもにぎわいのある場所だからうってつけだろう。

「ほかにパーカーが腹をたてていた人はいた？　あるいは彼に腹をたてていた人でもいいわ」

シェルビーは忘れてひさしいわずかな情報を思い出そうとするように、手を額にあてた。

「レストランのオーナーの人がいたような」

またもやセオドシアはみぞおちの奥のほうがかすかにうずくのを感じた。

「誰だかわかる？　地元の人かしら。ひょっとして……サヴァナに店をかまえる人じゃない？」

シェルビーは顔をしかめた。「さあ」そう言うと、ぐっしょり濡れたハンカチでいま一度目をぬぐった。「それで……調べてもらえますか？」

「少し考えさせて」セオドシアは言った。しかし、心の奥底ではつぶやいていた――これはぜひとも調べるしかない、と。


セオドシアは犯行現場には戻らなかったが、〈ソルスティス〉には舞い戻った。ランチタイムが終わるとすぐ、ドレイトンとヘイリーにお客と料理をまかせ、愛車のジープに飛び乗って街の反対側に急いだ。玉石敷きの狭い路地をガタゴトと進み、裏口に車をとめた。

ここ数年で何度、この裏通りを走ってきてここにとめ、なかに駆けこんだだろうと振り返った。最近ではシェルビーが何度同じことをしたのだろう。

レストランは閉まっているように見えたが、誰かいるかもしれないと思い、裏口のドアを強く叩いた。あきらめかけたところで錠がはずれる音がしてドアがあき、スーシェフのルネ・マーティーンが顔を出した。

「やあ」セオドシアだとわかると、ルネの端整な顔に笑みがはじけた。「あなたでしたか」

彼はドアを大きくあけ、なかに入れてくれた。

フランス人とアフリカ系アメリカ人の血を引くルネは、カリブ海に浮かぶモントセラト島からの移住者で、チャールストンのジョンソン&ウェールズ大学の料理専門学部を卒業したばかりの才能豊かな若者だ。あと二年もすれば、チャールストン屈指のレストランのチーフシェフになるだろう。自分の店を持たないならば。

「大丈夫？」セオドシアはルネを軽くハグした。

ルネは顔をくしゃくしゃにした。「元気とは言えませんね。まだ……ショックが大きくて」

「当然だわ。こんな悲しい出来事にそなえておくなんて無理よ」セオドシアは厨房をのぞきこんだ。緑の野菜を入れたざるがカウンターに並んでいる。「下準備をしているんじゃないわよね？　今夜は店をあけないんでしょ？」

ルネはしょうがないじゃないかという仕種をした。「パーカーのお兄さんのチャールズから、いつもどおりあけろと言われたんです」

セオドシアはあっけにとられた。「ひどい！　普通なら数日は店を閉めるものでしょ、だってほら、死者への敬意をあらわすために」

「たぶんあの人はこう思っているんですよ、あいつらは単なる雇われなんだから……」

「でしょうね」セオドシアは大きく息を吸った。「で、警察はもうやってきた？」

ルネはうなずいた。「さっき帰りました。二十分ほど前だったかな」彼はカリブ海特有の心地よくてけだるいイントネーションをしていた。

これは明るい兆候だ。ティドウェル刑事がセオドシアの懸念をいくらか本気に取ったということだからだ。このまま全速力で突っ走って、パーカーの死は殺人の可能性が高いと考えてくれたらいいけれど。

「教えてほしいんだけど……警察はパーカーのオフィスでなにか興味深いものを見つけたか、押収したかした？」

「ぼくの記憶にあるかぎりでは、そういうことはなかったですね」ルネは言った。「オフィス内を調べてまわって、写真を何枚か撮っただけでした」

「パーカーのパソコンは調べた？」

「ひとりが前にすわって調べていました。重要と思われるものを警察のIT担当者にメールで送ったようです。それからUSBメモリを挿しこんで中身を全部コピーしていましたよ」

「鑑識のコンピュータ部門に送るんだわ」セオドシアはつぶやいた。

「パーカーのパソコンはパスワードとかそういうもので保護してなかったんです」ルネは言った。「それどころか、ここしばらくソフトウェアのアップデートもしてなかったんじゃないかな。古いワードが入っているだけで、メニューやレシピをメモっておくのに使っていたんです」

「パーカーはスケジュール帳を持っていた？」

「と思います。でも、どこにあるかはわからないな」

「ちょっと調べさせてもらってもいい？　彼のオフィスに入らせてほしいの」二度めだけどね、と胸のうちでつぶやく。

ルネは値踏みするような目をセオドシアに向けた。

「パーカーは気にしないと思いますよ。だって、ほら、前はあなたにぞっこんだったんだし」

「ありがとう」セオドシアの声は乾いてか細く、言葉がつかえる寸前だった。「とても大事なことなの」

セオドシアがパーカーのデスクについて、ぼんやりと椅子を左右に揺らしているところへ、チーフシェフのトビーが入ってきた。

「なにか新しいものは見つかった？」彼は尋ねた。

彼女は首を横に振った。「でも警察が調べたっていうから、なにか見つけてくれたかも」

「どうかな」トビーは首をかしげた。なにしろ、昨夜ふたりで探してなにも見つからなかったのだ。

「前にも訊いたのはわかってるけど」セオドシアは言った。「パーカーは誰かとトラブルになったり、揉めたりしていなかった？」

ルネが顔をのぞかせた。ずっと立ち聞きしていたのだろう。「サヴァナのあの男がいる」

彼がトビーに言うと、トビーもすかさずうなずいた。

「恐ろしい感じの人？」セオドシアは訊いた。シェルビーが言っていたレストランのオーナーだろうか？

「マンシップ」ルネが言った。「ライル・マンシップという名前だ」

「レストランを二軒持っている人？」セオドシアは訊いた。

「〈キメラ〉というしゃれたレストランと、もう一軒は〈ヴァイオレッツ〉という名前です」ルネが教えてくれた。

「繁盛してるみたい？」

「噂によれば、そうらしいですよ」とルネ。

「パーカーは地元の誰かともトラブルになっていたようなんだけど」

トビーとルネは顔を見合わせた。

「そんな話ははじめて聞きました」ルネが言い、トビーはただ肩をすくめた。

「ジョー・ボードリーはどう？」セオドシアは言った。シェルビーから聞かされたたかり屋ボードリーの話が、まだ強烈に頭に残っていた。

「そうだ」トビーが言った。「あの弁護士がいたな」

「融資を約束しておきながら、話を引っこめたんですよ」とルネ。

「でもそれだと、パーカーのほうがボードリーさんよりも怒ってるはず」セオドシアはひとりごちた。ボードリーだとしたら、パーカーのなにに腹をたてていたのだろう。原因らしいものはなさそうだけど。

「とにかく」ルネは言った。「ボードリーは下劣なやつです」

セオドシアはジョー・ボードリーのことを考えながら、壁に貼られた赤と黄色を使ったポスターをじっと見つめた。とりとめもなくあれこれ考えるうち、ポスターに〝チャリティー・パーティ〟という黒い文字が躍っているのが目にとまった。セオドシアの頭のピントが一瞬にしてもとに戻った。

「ボードリーさんに会って話を聞かなきゃ」

グーグルですばやく検索した結果、ジョー・ボードリーのオフィスはコロンバス・ストリートにあった。セオドシアはしばらく考えてから腕時計に目をやり、時間はあると判断した。あとまわしにするよりいますぐ行動するほうがいい。突然押しかけて質問すれば、相手に心の準備をする余裕をあたえずにすむ。

およそ十分後、セオドシアは風情ある赤煉瓦の高いビルの前に立っていた。細く白いよろい戸がつき、白い扉の両側で真鍮の燭台が輝いている。しかし、品格と風情があるのはそこまでだった。

なかに入ると、小さな待合室にはくたびれた顔をした五、六人がみすぼらしい家具に腰をおろし、受付デスクにもくたびれた顔をした受付係がいた。

「お名前をお書きください」受付係は顔をあげもせずにセオドシアに言った。

「お約束をしているわけではないんです」セオドシアは言った。「個人的な用件でうかがいました」

受付係が顔をあげた。

セオドシアは沈んだような笑みを浮かべた。「パーカー・スカリーさんに関することです」

受付係は五十を少し過ぎたくらいの赤い縮れ髪の女性で、ワイヤーフレームの眼鏡をかけ、とても人のよさそうな顔をしていた。

「気の毒な話ですよねえ。いまさっき新聞で読みました」

気心が合いそうな気がしてセオドシアは言った。「わたしはゆうべ、ネプチューン水族館にいたんです。どれほどおぞましかったか、とても言葉では言いあらわせません」

「それに、とてもいい方でしたのに」受付係は小さな声で言った。

セオドシアは受付係のデスクをながめ、ベティと書かれた木の席札に目をとめた。

「ベティ」と呼びかける。「一分でいいからジョーに会わせてほしいんです」

ベティは即答はしなかったものの、しばらくして指を一本立てた。

「ちょっとお待ちくださいね」

彼女は立ちあがって黒いタイトスカートをなでつけると、タフタがこすれる音をさせながら近くのオフィスに姿を消した。三十秒後、ベティは持ち場に戻った。

「お入りになってけっこうですが、ミスタ・ボードリーは二分だけと申しています。あいにく、午後は予定がぎっしりつまっているもので」

「それでけっこうです」セオドシアは言った。「ありがとう」

セオドシアがオフィスに入っていっても、ジョー・ボードリーは立ちあがろうとしなかった。そのかわりに顔をあげ、キーキーいわせながら椅子の背にもたれた。

「あの場にいたんだってね」

ガリガリにやせ、やつれた陰気な顔と鋭い黒い目をした人だった。くせの強いごま塩頭をしているが、見た目は四十代半ばといったところだ。

「そうです」セオドシアは足早に進み、ボードリーのデスクの正面に置かれた黒革のクラブチェアに腰をおろした。「とても見ていられるものではありませんでした」

ボードリーはしばらく彼女をじろじろとながめた。

「わたしには彼を生き返らせるような力はそなわっていないが、いったいどういうご用件かな？」

「いくつか質問に答えていただきたいんです」セオドシアは言った。

ボードリーは薄笑いを浮かべた。

「質問を携えたご婦人というわけか。で、質問というのは？」

「わたしは遺族の友人として、いくつかの点を正したいと思っています」

「というと？」

「パーカーのレストランに関することです」

「おたくもレストラン業界の人なのか？」ボードリーは訊いた。

「ええ、そんなようなものです。チャーチ・ストリートでインディゴ・ティーショップを経営しています」

「ティーショップね」ボードリーは脚を組み、足先をもぞもぞと動かした。

セオドシアはボードリーにからかわれているような気がしてきた。

「そうです。ですが、いまはあなたとパーカーが検討していたという資金調達取引について、くわしいことを教えていただきたいんです」

ボードリーはやせた肩をすくめた。「あれは取引というほどのものではなかったんだよ」

「ですが、取引について話し合いましたよね」

「ああ、たしかに話はした。しかし、合意にはいたらなかった」

「あなたはパーカーの事業拡大のために融資するはずでした」セオドシアはボードリーのオフィスを見まわした。額入りの写真が数枚、壁を飾る交差した二本のアンティークのゴルフクラブ、ロータリークラブからの感謝状。

「さっきも言ったように、たしかに話はした」

「事業拡大は実現しませんでした」とセオドシア。

「おもな原因はパーカーが資金を調達できなかったことだ」

「あなた、もしくは銀行からですね。なぜそんなことになったんでしょう？」

ボードリーは肩をすくめた。「前年の業績がよくなかったからだ」

「不況、景気後退」セオドシアはうながした。

ボードリーはうなずいた。「レストランはどこも影響を受けている。それはおたくもよくご存じのはずだ」

セオドシアはほほえんだ。自慢するようで気がひけるが、インディゴ・ティーショップは厳しい経済状況のなかでもさほど苦しい思いをせずにすんでいる。地元客のおかげか、ケータリングの仕事が増えたせいか、はたまた居心地のいいティーショップがいっときつらいことを忘れさせてくれるという理由で飛びこんでくる人々のおかげか、インディゴ・ティーショップは十二分ながんばりを見せている。

「教えていただきたいのですが、パーカーはどのようなレストランをオープンさせるつもりでいたんでしょう?」答えは知っているが、ボードリーの口から聞きたかった。

「シーフードだよ。パーカーはジョンズ・アイランドにあるなじみの小さなシーフード・レストランのような店をやりたがっていた」

その店ならよく知っている。〈フーリハン〉だ。最高の生牡蠣と茹でガニ、コリアンダーをきかせた自家製の絶品ホットソース。ゴルフをしにオーク・ポイントまで車で出かけたときに、パーカーが一度連れていってくれたことがある。

「でも、おふたりは合意にいたらなかったんですね」

「そうだ。そしていま……」ボードリーは大きくため息をつき、かぶりを振った。「彼はもうこの世にいない」

「さぞかしショックだったことでしょう」セオドシアは言った。ボードリーはこれっぽっちも残念に思っているようには見えない。平然と落ち着き払っている。ちょっと落ち着きすぎじゃないだろうか? いい疑問だ。

「まったくだ。おぞましいいきさつをニュースが報じていたよ」ボードリーはまだ椅子にふんぞり返っている。

デスクに目をやったセオドシアは、《ポスト&クーリア》紙がのっているのに気がついた。

水族館の溺死事故を報じる一面がひらいてある。

ただし、このときにはもう、あれは事故なんかじゃないとセオドシアは強く確信していた。

6

セオドシアがインディゴ・ティーショップに戻ったときには、ちょうど午後のお茶の時間になっていた。テーブルは五、六卓が埋まり、ドレイトンが両手にティーポットを持ってせわしなく動きまわっていた。セオドシアは思わず頬をゆるめた。このささやかな店を頼もしいスタッフがしっかり支えてくれることに安堵し、それと同時に感謝の気持ちがこみあげてくる。しかし、石造りの暖炉のそばの小さなテーブルにバート・ティドウェル刑事の巨体がおさまっているのに気づくと、セオドシアの顔から笑みが消えた。

「ティドウェル刑事だわ」彼女はつぶやいた。

ドレイトンがうなずいた。「ああしてきみの帰りを待っていたのだよ」

セオドシアは急ぎ足で近づくと、いかにも不愉快そうな表情で刑事を見おろした。

バート・ティドウェルは、この世になんの悩みもない荘園領主のようにのんきにくつろいでた。目を爛々《らんらん》と輝かせ、前に置かれたクリーム・スコーンと桃とペカンのブレッドを盛りつけたバスケットを物欲しげに見やりつつ、カップのお茶を念入りにかきまわしている。大きな手に握られた小ぶりのシルバーのスプーンはお人形のお茶セットのものにしか見えない。

「おいしいおやつを食べにみえるなんて、いいご身分ね」セオドシアはとがった声で一語一語吐き捨てるように言った。「パーカーの死はろくに調べてもくれないのに」

刑事は彼女の言うことを聞き流していたものの、けっきょくお茶をかきまわす不愉快な仕種をやめた。スプーンを置いて、ぎょろりとした目を彼女に向けたが、そこにはなんの感情も浮かんでいなかった。「あなたの言ったとおりでした」ようやく、世間話でもするような口調で言った。

セオドシアはまばたきをしてにらみ返した。今度はやけに思わせぶりだこと。

「なにが言ったとおりだったんですか？」

「おかけなさい」刑事は言った。

セオドシアは口をとがらせ、刑事の真向かいの椅子にぎくしゃくと腰を沈めた。

「ミスタ・スカリーは溺死ではありませんでした」刑事は黒い目を彼女に集中させた。「さきほど監察医から予備報告書が届きまして、それによると……」

「まあ」セオドシアは急に暴れ出した心臓を鎮めるかのように、手で胸のところを押さえた。ティドウェル刑事の言葉が衝撃波となって全身を揺さぶってきただけではない。それは無慈悲で究極的な真実であり、それを受けとめる覚悟が彼女にはまだできていなかったのだ。

刑事は体をぐっと前に乗り出し、早口でセオドシアに言った。

「話を聞くつもりはありますかな？　そうとうおぞましくてむごい話ですが。目に涙をにじませたり、大声で泣きわめくつもりならば、わたしはひとことだってしゃべりません」

セオドシアは背筋をのばし、気持ちを落ち着けた。

「聞かせて。どうしても聞いておきたいの」そう言うと膝の上で手を組み、きつく握り合わせて最悪の事態にそなえた。生々しく、ありのままの真実を知らされるのだ。

「よろしいでしょう」刑事はバスケットからクリーム・スコーンを一個取って皿にのせた。

「昨夜あなたが言ったとおりです。ミスタ・スカリーの死は殺人だったようです」

セオドシアは、三日月形の痕が残るほど強く、てのひらにつめを食いこませた。「やっぱり」と声をつまらせる。

「けさ、海洋生物学者のひとりが展示水槽の底に、アクアスケーピングの道具が落ちているのを見つけました」

「アクアスケーピングの道具」セオドシアはオウム返しに言った。「それはいったい……」

「名前から受けるきれいな印象とは似ても似つかぬ代物です」刑事はバターナイフを手に取り、スコーンを縦半分に割った。「要するに、ぎざぎざの刃がついた長さ三十二インチの外科用ステンレスばさみのようなものです。医学のプロならばメッツェンバウムと呼ぶタイプですな。それよりはだいぶ大きいですが。一目瞭然です」

「まあ」思っていたよりもひどい話だ。

「水族館の職員が拾いあげ、部下が監察医のオフィスに届けました」刑事は手をのばし、ラズベリー・ジャムをたっぷりとすくい、スコーンにこんもり塗りつけた。

「一致したのね」セオドシアは抑揚のない声で言った。「刃の形とパーカーの手についた傷が同じだったんでしょ」

「そうです」刑事は言った。「あなたがおっしゃるように、一致しました」

セオドシアは顔をゆがめた。「思ったとおりだわ」

刑事はスコーンにかぶりつき、大げさに目をぐるりとまわした。

「お話しすることはまだあります」彼はもぐもぐやりながら言った。

「なにかしら？」

「ミスタ・スカリーのポケットからメモが見つかりました。一部変質しておりますが」彼はべたつく手をひらひらさせた。「変質していると申しあげましたが、水に浸かっていたためです」

「なんて書いてあったの？」セオドシアは刑事の話に飛びついた。「少しは判読できた？」

刑事は残ったスコーンを置き、肘のところにあったファイルフォルダーを手に取った。手を入れて一枚の紙を取り出すと、テーブルごしに滑らせた。

「発見したもののコピーです」

セオドシアはその紙片に目をこらした。モノクロのレーザープリンタで印刷したものだ。鑑識が撮影したデジタル写真をプリントアウトしたのだろう。かすれて、ところどころ判読不能なタイプ文字が並んでいる。大半は消えて読めず、なんとか読める文字もひどくにじんでいる。それでも、うっすらと読み取れた。

どうか会ってほしい
説明なら簡単につく

「どこで会うつもりだったのかしら?」セオドシアは訊いた。

「あの巨大水槽のてっぺん付近でしょう」刑事は言うとスコーンを手に取り、ふたたびかじりついた。

「そう言えば、昨夜は見学ツアーをやっていたんだったわ」セオドシアは目を軽く閉じて思い返した。「多額の寄付をした人たちを対象にしたものだったはず。ええと……あれはなんて言うんだったかしら……そうそう、舞台裏体験ツアーよ」

「なんとも間が悪いことですな」

「簡単に説明がつくって、なんのことかしらね」セオドシアは読みにくいメモをプリントアウトしたものに目を戻した。

「さっぱりわかりませんな」

「パーカーはなにかをあやしんでいたんでしょうね。それで、犯人は……このメモを書いたのが犯人と仮定してだけど……彼の立場から釈明しようとした」

「あるいは彼女の、ですな」刑事が訂正した。

「これで、パーカーがおびき出されて殺されたことがはっきりしたわね」

「その可能性もいくらかはあるという程度ですよ」

「シェフのトビーからはもう話を聞いたの？」

「昨夜、数分ほどですが」

「パーカーがサヴァナの誰かと交渉していたことは聞いた？」

「それについては聞き込みの際、うちの捜査員がミスタ・クリスプから聞いています。くわしく調べたところ、鍵となるのはライル・マンシップという名の人物で、いくつものレストランのオーナーだということでした」

「そのマンシップという人は恐ろしげな感じがするとトビーは言っていた？」

「そんなことを言っていたようです」

セオドシアは大きく息を吸いこんだ。「実際、マンシップさんは恐ろしい人なの？」

ティドウェル刑事は会話を聞かれていないことを確認するように店内を見まわした。それからぐっと体を乗り出した。「これからお話しすることは絶対内密に願いますよ」

「ええ」セオドシアは答えた。「わかっているわ」

「ライル・マンシップは密輸および資金洗浄との関連を疑われた過去があるのです」

「本当なの？」いったいパーカーはなにに巻きこまれたのかしら？

「あくまで関連を疑われたにすぎませんがね。告発はいっさいされておりません。あの男の経歴には疵ひとつないのです」

「なにを密輸したの？」セオドシアは訊いた。

「麻薬です」

「しかも資金洗浄まで？　かなりの重罪に思えるけど」

「言っておきますが」ティドウェル刑事は言った。「司法省も財務省もそのような行為を厳しく禁じております」

セオドシアは刑事がスコーンを食べ終え、二個めに手をのばす様子をじっと見つめながら、つらつら考えつづけた。捜査は――いまや警察が正式に乗り出したのだから、捜査と言っていいだろう――おかしな方向に舵を切りはじめている。あのパーカーがドラッグに関わっている？　あるいは資金洗浄に？　直感は、ありえないと言っている。絶対にありえない。彼の関心はレストラン関係の交渉にしかなかったはずだ。それでも、はからずもなにかに巻きこまれた可能性はある。

「話しておかなきゃいけないことがあるの」セオドシアは言った。ティドウェル刑事がここまで教えてくれたのだから、自分も洗いざらい話さなくてはいけない気がしたのだ。

刑事の肉づきのいい口の片側がさがった。「なんでしょう？」

「ゆうべ、パーカーのオフィスを調べたわ」

刑事は表情を変えなかった。「意外ではありませんな」

セオドシアは話をつづけた。「でも、からっぽのファイルがあって、変だなと思ったの」

刑事は考えこむような顔で口をもぐもぐと動かした。「検討中のプロジェクトというファイルですな？　ええ、部下の報告書に目をとおしていて、わたしも変だと思いました」

「何者かが中身をこっそり盗んだのではないかしら」

「そしてその何者かが殺人犯だと？」

「そこまでは言い切れないわ」とセオドシア。「可能性はあるでしょうけど。もしかしたら、あのファイルには不利な証拠があったのかも……融資や財産などに関する証拠が」

刑事は嚙んでいたものをのみこんだ。「いずれにせよ、仮定の部分が大きすぎますな」

「パーカーのパソコンからはなにか見つかった？」

「これといったものはなにも。ハイテク恐怖症だったのかと思うほどでしたよ」

「たしかに、そういう面があったわね」セオドシアはさびしげにほほえんだ。もっとも、携帯電話を拒絶し、いまだにレコードをかけているドレイトンほど重症ではないけれど。「で、このあとはどうするの？」

「あなたは、なにもしなくてけっこう。わたしは捜査を続行します」

「でも、逐一報告してくれるんでしょう？」

「いいえ」

「このメモをコピーさせてもらえないかしら？」

「なんのためにです？」

「持っていればなにか……思いつくかもしれないでしょ」

「だめです」

「ずいぶんと意地悪ね。そもそも、パーカーの手に防御創がついているのに気づいたのはわたしなのよ。わたしが捜査のきっかけをつくったのよ」

「それについてはチャールストン警察殺人課も賞賛の念を禁じ得ません。さらに言うなら、未来永劫、感謝しつづけますよ。けれども……」そう言って刑事はスイートブレッドに手をのばしかけたが、すぐに考え直した。

「けれども……？」セオドシアは言った。

「けれども、ここからは、親愛なるミス・ブラウニング、あなたには一般市民の立場にしりぞいていただきたい。さてと、よろしければ、これから沿岸警備隊と約束がありますので」

「本気で事件に関わるなと言っているの？」

「お願いです」刑事は言った。「この事件の犯人はひじょうに危険で、ゆがんだ人格の持ち主なのです。だから捜査はプロにまかせなさい」

ティドウェル刑事の言葉がまだ頭のなかでこだましていた。セオドシアはニンジンのビスクスープが入ったカップを手に、オフィスにこもった。ティドウェル刑事から関わるなとお説教された傷を癒やさなくちゃ、と自分に言い聞かせる。

しかし、セオドシア自身はすでに関わっているつもりだった。パーカーとかつて交際していたことがその根拠だ。彼女が第一発見者だったことや防御創を指摘したことも。

スプーンでスープを数回口に運んだだけで、いつの間にか深く物思いにふけっていた。数分して、ドレイトンが入り口に立っているのに気がついた。ダージリン・ティーが入ったカップとクリーム・スコーンを手にしている。

「あら、ドレイトン」

彼は数歩、前に進んだ。「さ、なかに入って……これで紅茶とパンがあったら別世界だ」

「『たのしい川べ』の一節ね」セオドシアはほほえんだ。

「好意的な反応が返ってくると思ったよ」ドレイトンは言った。「少なくとも笑顔くらいは」

「わたしのことをよくわかっているわね。どんなものがわたしの心に響くかも、ちゃんとわかってる」

ドレイトンはお茶とスコーンをデスクに置いた。「やるつもりなのだろう？」彼は唇をぎゅっと引き締め、しわの寄った顔に希望に満ちた表情を浮かべた。

「やるってなにを？」セオドシアは訊いた。

ドレイトンはちょっと口ごもった。「パーカーの仇討《かたき》ちだよ」

セオドシアは大きく息を吸って背筋をのばした。

「古風な言いまわしというか、それでは中世そのものだわ。まるでわたしが甲冑《かっちゅう》を身に着け、馬を駆って黒の騎士を討ち果たしにいくみたいじゃないの」

「そのとおり！」

ヘイリーがいつの間にかドレイトンのうしろにやってきていた。彼女はセオドシアのデスクにメープル・ペカン・バターが入った小さなボウルを置いた。

「だってセオはいつも、弱者のために行動してるじゃない」

なんて恵まれているのかしら、わたしは。

7

夜になってもまだ暖かかったが、自宅の煉瓦造りの暖炉では小さな炎がパチパチと音をたてていた。赤と青の混じった炎がはじけては燃えあがり、面取りしたイトスギ材の壁に反射し、ぬくぬくとした居心地のいい雰囲気を醸《かも》し出している。

セオドシアはダマスク織のソファにゆったりと腰かけ、小さなコテージをしげしげとながめながら、ここを買ったのは正解だったとあらためて悦《えつ》に入った。もちろんお金の工面は大変だったが、それまではずっと借家暮らしだったのだ。いまや、ヘイゼルハーストというすてきな名前の小さなコテージは、彼女にとってかけがえのない存在となっている。

しかもコテージのすてきなことといったら！　外見は風変わりでありながら愛らしい――伝統的なチューダー様式のコテージで、つくりは左右非対称、素朴なシーダー材の瓦で藁葺《わらぶ》き屋根風に仕上げてある。十字に交差する切妻屋根、アーチ形のドア、さらには美しい塔が壁面にからまる青々としたツタとともにいっそうの趣を添えている。ある日突然、ヘンゼルとグレーテルの兄妹がこの歴史地区に舞いおりたならば、まずまちがいなくこの家の玄関にやってくることだろう。

内装もセオドシアのハートをわしづかみにした。玄関ホールは床が煉瓦で、ハンターグリーンの壁からアンティークの真鍮の燭台が突き出ている。リビングルームはといえば天井は梁《はり》が剝き出しで、ぴかぴかに磨きあげた木の床が美しい。以前から持っていたチンツとダマスクの家具も、青と金色のオービュッソン絨毯やアンティークのハイボーイ型チェスト、それに趣味のいい油彩画もこの部屋にうまく溶けこんでいる。

薪が大きな音をたててはぜ、頼りになるダルブラドール犬が美しい毛並みの頭をもたげた。

「調子はどう？」セオドシアは声をかけた。「晩ごはんはもうこなれた？」

すでに彼女はレギンスとTシャツに着替え、アール・グレイを夜の散歩に連れ出すつもりだった。たいていは、裏の路地をぶらぶら歩いて歴史地区に入り、ホワイト・ポイント庭園まで足をのばす。そこで、うねる大西洋を背中に感じながら一緒に走る。吹きつける風がマイナスイオンを発生させ、潮のにおいをかきたてるのを感じながら。

「さあ」彼女はリードを手に取った。「出かける時間よ」

そのとき、ねらいすましたように電話が鳴った。

「電話のベルに邪魔されちゃったわね」アール・グレイにそう言って受話器を取った。「もしもし？」

「ほんの数日ひとりにしたら、これだもんな。殺人事件に巻きこまれるとはね、まったく」

「マックス！」セオドシアはうわずった声を出した。「ひさしぶり！」そして最後に、「なんで知ってるの？」とつけくわえた。

「ダーリン」マックスは言った。「《ニューヨーク・タイムズ》の一面にきみがでかでかと出ているんだよ」

セオドシアは呆気にとられた。「それ、本当?」

「いや、実際には二面か三面だったけど、とにかく記事がのったことに変わりはない。きみの名前も含め、全部出ていた」

「まあ」セオドシアは言った。困ったわ。彼にどう思われるかしら?

「さぞかしショックだったろうね」マックスはいくらか声を落とした。それから咳払いをしてつづけた。「なにしろ、知っている人なんだから。それもとてもよく」

「あなたには想像もつかないでしょうね」セオドシアは言った。「水族館での出来事はもう……異常としか言いようがなかった」

「それに警察が捜査をしているんだって?」マックスはいったん口をつぐんだ。「記事にははっきり書いてなかったんだ。事故なのかそれとも……」

「殺人なのか」セオドシアがあとを引き取った。

「え? きみはそう考えてるの? 殺人事件だと?」呆気にとられたような声だった。と同時に、少し怯えているようにも聞こえた。

この部分に関してはひかえめに言っておくほうがよさそうだ。

「わたし自身はまだなんとも決めかねてるの。でも、警察の捜査がまだつづいていることだし」

「なるほど」

「だから、いまのところは完全な宙ぶらりん状態なわけ」罪のない嘘ではあったが、思わず眉をひそめた。わたしったら、どうしてたいしたことではないような言い方をしているの？　前のボーイフレンドが死んだ話をいまのボーイフレンドに聞かせているせい？　ええ、そうよ。おまけに、あまり悲しんでいる声にならないよう気を配ってもいる。ばかみたい。

セオドシアはあわてて話題を変えた。「いつこっちに戻ってくるの？」

「今週末までは無理だな」マックスは言った。「木曜日にサザビーズで印象派の作品が競りにかけられるんだ。それに《アーツ・ホライズン》誌の編集者にも会わなきゃいけないし。うまいこと言って、うちの英国家具のコレクションについて記事を書いてもらおうと思ってるんだよ」彼はそこで口ごもった。「せめて囲み記事だけでもなんとか実現させたいな。寄付してくれた人たちは少しくらいは世間に知られたいと思うものなんだ。評判になるとうれしいし、自分たちのお金が役に立ったと安心できるらしい」

「わかるわ、その気持ち」金曜か土曜までマックスが帰ってこないのは歓迎すべき知らせなのか、自分でもいまひとつわからない。それでも、彼がいないおかげでひとりの時間がちょうど確保できるし、自己流の調査を進めることができる。その一方で、彼にむしょうに会いたくてがっかりしている自分もいた。

「明日も電話する」マックスは言った。「それから、溺死事故のことはあまり考えないほうがいい。わかったね？」

「わかった」
「約束できる？」セオドシアはまたも眉をひそめた。
「約束するわ」

セオドシアは五分ほど約束を守った――二階に駆けあがってノートパソコンの前にすとんと腰をおろすまでは。キーボードの上で指をほぐし、急いでサヴァナのレストラン〈キメラ〉をグーグル検索した。結果、バンバーシュート社にたどり着いた。〈キメラ〉も〈ヴァイオレッツ〉もこの会社の傘下にある。

〝会社概要〟をクリックし、会社について書かれた短いパラグラフを斜め読みした。どうやら、会社はライル・マンシップが単独で所有しているらしい。なにしろ、歯を見せて笑っているオリーブ色の肌のマンシップの写真までのっているのだ。にこやかで愛想がよく、親しみやすい経営者。

でも本当にそう？　マンシップが裏で資金洗浄をおこなっているなら、レストランは単なる隠れみのということになるのではないかしら。彼の本業は、お金をグランドケイマン島かベリーズあたりのオフショア銀行に送ることなのかも。

そうだとして、誰のためにお金を移動させているのだろう。ティドウェル刑事はマンシップが麻薬に関わっている可能性があると言っていたけど、だとしたら顧客は麻薬の密売人ということになる。場合によっては麻薬カルテルかもしれない。セオドシアの気持ちはさらに数段階沈んだ。いったいパーカーはなにに首を突っこんでしまったのだろう？

それにパーカーのポケットから警察が発見したあのメモはどういうことなのか。もしかして書いたのはマンシップ？ まぶたを震わせるようにして目を閉じると、刑事から見せられた紙片がよみがえった。

どうか会ってほしい……説明なら簡単につく

アール・グレイがそばにやってきて彼女の膝に頭を押しつけた。セオドシアは毛で覆われた愛犬の頭をぼんやりと指先でなでながら、メモのこと、マンシップのこと、彼が経営するレストランのこと、そして芳《かんば》しからざる事業のことなどをつらつら考えた。

で、どうする？ マンシップに電話する？ パーカー・スカリーとどんな交渉をしていたのか、単刀直入に訊く？

そんなことをしても、まともな答えはひとつも返ってこないだろう。鼻であしらわれるか、言い逃れをされるか、悪くすれば一方的に電話を切られるのがおちだ。そうしたら、マンシップから手がかりになるなんらかの直感を得るなんて不可能に近い。直感でなく、第六感でもなんでも好きなように呼んでくれてかまわないけど。

じゃあ、どうしよう？ 車で出かけてみる？ いきなり訪ねていって、会ってもらえるほうに賭ける？　その思いつきは軽率だし、ずうずうしいし、だけど……うまくいくかもしれない。

パソコンをシャットダウンして立ちあがった。いまの思いつきを頭のなかで転がせば転がすほど、いい考えのような気がしてくる。思いつきで行動するのは、情報を入手するための賢明で隙のない方法なのかもしれない。

とにかく、明日の朝いちばんにサヴァナまで行ってこよう。早く出れば、正午までには店に戻れる。それまではドレイトンとヘイリーでうまいことさばいてくれるはず。

「さあ」セオドシアはアール・グレイに声をかけながら、明日になってもこの決意が消え失せていませんようにと祈った。「約束した散歩に行きましょう」

申し分のない夜だった。気温は十五度前後、インクを流したような濃紺の空で星がまたたき、そよ風が吹いている。セオドシアとアール・グレイは細い煉瓦道に入ったり、個人所有の風情ある中庭を錬鉄の門ごしにのぞいたり、かつては使用人専用だった古い通路を使ってビルとビルのあいだを通り抜けたりしながら、十五分ほど歴史地区をそぞろ歩いた。チャールストンのこのあたりはたくさんの魅力にあふれている。百五十年、あるいは二百年前のここはどんなだったのか、ついつい想像をたくましくしてしまう。脚を高くあげて進む馬が引く馬車がこれらの豪勢な屋敷へと進み、大きくふくらませたスカート姿の高貴な婦人や高い襟と丈長のジャケットを着た紳士たちが降りてくる。さぞかし美しいながめだったにちがいない。それに幻想的でもあったろう。実際、いまではもう、あの時代は幻となってしまったわけだけど。

いまや、バッテリー・ストリートに建つイタリア様式およびギリシア復興様式の屋敷の多くはB&Bとなり、キャリッジハウス（セオドシアの自宅のような）も小さな一戸建てへと姿を変えた。藍や米のプランテーションによって生み出された富も、どこかへ消えてしまった。

たしかに、こういう古い屋敷に住むにはたくさんのお金が必要だ。しかし昨今は、昔とはちがってこつこつ稼ぐしかない。

セオドシアとアール・グレイは海岸沿いの道を走り出した。波がザッパーンという音とともに打ち寄せては引いていく。その音が頭のなかで何度も何度もこだまする。

二十分後、筋肉が充分に温まり、両者ともいくらか息が切れてきた。セオドシアとアール・グレイは自宅のある通りまで戻った。

しかし、歩いているのはセオドシアたちだけではなかった。

ドゥーガン・グランヴィルの屋敷の立派な玄関に向かって、大股で歩いていく人がいる。よく見慣れた人影だった。

セオドシアは縁石に目をやった。やっぱり。ダークグリーンのジャガーがとまっている。ならば……あれは絶対にデレインだ。

「デレイン」セオドシアは呼びかけた。「こんばんは」

デレインは凶悪な暴徒に呼びとめられでもしたかのように飛びあがった。三百六十度ぐるりと見まわし、ようやくセオドシアの姿を認め、震える手で胸を押さえた。

「もう、脅かさないでよ」ぷりぷりと怒ったように言った。

「ごめん。そんなつもりじゃなかったの。ご近所見張り隊の一員なんだからしょうがないのよ」セオドシアはそこでにんまりとした。「見知らぬ人が通りをこそこそ歩いていくのが見えたものだから……」

「こそこそなんか歩いてないわ」デレインがむっとしたように言い返した。彼女は大きな白いレジ袋を掲げてぶらぶらさせた。「夕食を届けにいこうとしてたのよ」

「まあ」

「ドゥーガンたらかわいそうに、長時間働きづめなんだもの」デレインは愚痴をこぼした。「いま彼の法律事務所はてんてこまいなんですって」

「大きな案件を抱えているの?」セオドシアは訊いた。グランヴィルがいつも、なにかしら大きな刑事事件に関わっているのは知っている。

「使えないパートナーがいるのよ。みんなで追い出そうと画策してるみたいなんだけど」デレインはテーブルにとまった虫を払うような口ぶりで言った。「とにかく、ドゥーガンの健康のために〈オーバージーン〉で夕食を調達してあげてるの」

「ドゥーガンは幸せ者ね」セオドシアは言った。デレインは四つ星レストラン、それもサーロインのひとくちステーキ、ポーチドサーモン、仔牛肉のソテーなどが名物のレストランから毎晩のように夕食を取り寄せるのをなんとも思っていないらしい。

「でしょう？　ドゥーガンたらいつもいつも殺人的に忙しいの。でもしかたないわね、チャールストン屈指の一流弁護士なんだもの」

「ドゥーガンの食事にそこまで気を遣ってあげるなんて、あなたもりっぱだわ」

デレインが毎晩のように夕食を届けるのは、新しい恋人にしっかり目を光らせておきたいからだ。以前のグランヴィルは女たらしの異名をとっていた。デレインとつき合うようになる前は、ほとんど毎週のようにちがう女性を連れて歩いていたくらいだ。

「あたしなりにできることをやってるだけよ」デレインは謙遜にまみれた嘘くさい声で言った。それからぞんざいに手を振った。「じゃあね、セオ。おやすみ」そう言ってグランヴィルの家のアプローチを歩いていった。

「デレイン？」

デレインは一瞬ためらった。「なあに？」

「ゆうべの招待客のリストは手に入らないかしら？」

ドゥーガン・グランヴィルの手もとには一部あるはずだ。なにしろ、ネプチューン水族館の役員会に名を連ねているのだから。真っ暗ななかでも、デレインが顔をしかめ、リストを渡すことでどんな面倒が生じるかを計算している様子がありありとわかる。

「どうしてそんなものが必要なの？」デレインの声がふわふわとただよってきた。

「自分の好奇心を満足させたいだけよ」セオドシアは言った。

デレインはグランヴィルの屋敷の玄関に立ちつくしていた。黒いトートバッグとテイクアウトの料理を入れた白いレジ袋を左手に持ち替えると、ていねいに手入れした眉をつりあげ、いかにも殊勝そうなまなざしをセオドシアに向けた。

「やってみるわ、セオ。でも、ことわざにもあるでしょ……」

「ええ、ええ、わかってる。好奇心は猫を殺す、でしょ」

それはデレインお気に入りの言いまわしだった。セオドシアはくるりと向きを変えると、アール・グレイの先に立って濡れた芝生を急ぎ足で突っ切り、自宅の玄関にたどり着いた。足をとめ、口もとに笑みを浮かべながら愛犬を見おろした。

「でも、わたしは大丈夫」と小さな声でアール・グレイに話しかける。「だって犬がいるんだもの」

8

チャールストン―サヴァナ間の百マイルはちょっとした極楽気分を味わわせてくれる――平坦な一本道はマツ林や絵のように美しい村をくねくねと抜け、賛美の家としても知られる小さな白い教会やモモ、アスパラガス、紫キャベツ、オクラを売る農産物直売スタンドの前を通りすぎていく。太陽が輝く淡青色の空のもと、セオドシアはほんの数分だけパーカーのことを忘れることができた。生きているって本当にすばらしい。

中間地点を過ぎると、もう引き返せないと観念し、セオドシアは携帯を出して店に電話した。

出たのはドレイトンだった。

「どこにいるんだね？　ゴミ箱のなかから電話してるように聞こえるぞ」

「ちょうどアシュプー川を渡っているところ」

数秒の沈黙ののち、ドレイトンが言った。「なんだって？」およそ彼らしくないけたたましい声が返ってきた。「ふざけているのではあるまいね？　つまり、きょうはこっちには来ないつもりかね？」

「ランチタイムには間に合うよう戻るわ」セオドシアは約束した。「でも、やらなきゃいけない用事があるの。ここだけの話にしてほしいんだけど……」

「かまわんが」ドレイトンは警戒するように言った。

「例のサヴァナのレストラン経営者から話を聞くつもりなの。数カ月前にパーカーが交渉していた相手よ」

「サヴァナ！」ドレイトンは大声をあげた。「それはまたずいぶんと遠くまで。なぜ電話ですませないのだね？」

「パーカーとの交渉について尋ねたときに、相手がどんな表情をしているか確認できないからよ。体が発するシグナルをキャッチできないもの」

「たった一度会うだけでそこまでわかるものかね」

「たぶん」セオドシアは言った。これでは楽観的すぎる？「とにかく、わかるんじゃないかと期待はしてるわ」

ドレイトンはしばらく考えてから言った。「ちょっと訊きたいのだが、きみは仕事のないときに犯罪捜査の勉強でもしているのかね？」

あまりに思いがけない質問に、セオドシアは大声をあげて笑い出した。

「まさか、なんでそんなことを訊くの？」

ドレイトンは乾いた笑い声を洩らした。「ＦＢＩのプロファイラーみたいなことを言うからさ」

そうならいいのに、とセオドシアは電話を切りながら思った。そのくらい頭がよければどんなにいいか。

サヴァナは相も変わらず、魅力あふれる街だった。レースのような錬鉄で装飾された趣ある家々、緑豊かで大きな広場、公園型の休憩所、無数にある噴水。建造物や雰囲気はどこかチャールストンに通じるものがあるが、ここのペースのほうがのんびりしている感じがする。地元の人が母音を発音するときには、ゆっくりと口の運動をしているように見えてしまうほどだ。

パソコンのプリントアウトに目をやりながら、ハリス・ストリートを進んでアバコーン・ストリートに折れると、すぐにレストラン〈キメラ〉のペンキで色を塗ったしゃれた木の看板が目に入った。

〈キメラ〉は、渦巻き模様とギリシア風の図柄で装飾された摂政様式の古い屋敷にあった。

玄関前の階段をのぼり、磨きあげた木の両開きドアをノックして待った。反応がない。足音もしないし、すてきな店内へと招じ入れるべく最前線で張っている人もいない。

ひょっとして、誰もいないの？

玄関前の階段をおり、細い煉瓦敷きの通路をたどって裏にまわる。蝶の群れがひらひらと舞い、蜂が飛びまわるマグノリアの茂みを通りすぎた。円柱に支えられた石造りのポルチコを進み、大きな木のドアを一直線に目指した。誰かのお屋敷だった時代に勝手口として使われていたのだろう。ひょっとしたら、いまでも勝手口なのかもしれない。

　こぶしですばやく三回、ドアを叩いて待った。数分後、若い女性が戸口に現われた。面倒くさそうな顔を茶色い巻き毛が覆っている。かけている紫色の鼈甲縁の眼鏡が、藤紫色のブラウスとクリーム色のリネンのスラックスにぴったり合っていた。事務か会計担当の人だろう。

　セオドシアはにこやかにほほえんで言った。

「ライル・マンシップさんを探しているのですが」

　女性はためらいがちにほほえんだ。「こちらでお目にかかることになっていたのでしょうか？」彼女は疑り深いウサギのように鼻をひくつかせた。「彼ったら、また約束の時間をまちがえたのかしら」その表情から、あとでガツンと言い聞かせるつもりなのがうかがえる。

「いえ、そうじゃないんです」セオドシアは説明した。「近くまで来たので、ちょっと顔を出してみようかなと思っただけなんです、ほんとうに。なんのお約束もせずにうかがってしまって」

「でしたら、いまは〈ヴァイオレッツ〉のほうにいるはずですよ。そちらに本部がありますので」

「そうだったわ」セオドシアはアカデミー賞ものの演技をしつつ、にこやかな笑みに見えるようほほえんだ。「〈ヴァイオレッツ〉にいるんだったわね」

「行き方はおわかりになりますか？」

「アバコーン・ストリートまで戻って、それから……」

「オーグルソープ・スクエアを過ぎて、レイノルズ・スクエアのところで左折……」

「そしたらセイント・ジュリアン・ストリートを行けばいいのね」

「そうです。シティ・マーケットのすぐ手前です。裏に駐車場があります」

「ありがとう」


かの残虐で悪名高い〝海への進軍（南北戦争において北軍がおこなったアトランタからサヴァナまでを掃討する作戦）〟をつづけたシャーマン将軍も、サヴァナにたどり着くとついに人間の心を取り戻したと言われている。荒ぶる心が落ち着いた将軍は無意味な焼き討ちと略奪をやめさせ、サヴァナの街はあまりに美しすぎ、女性は驚くほど上品で、パーティはあまりに優雅であるから、これ以上の破壊行為はおこなわないと宣言した。サヴァナはささやかな慰労休暇を楽しむのに絶好の地と見なされたのだった。

そのおかげで、南北戦争前からの屋敷が立ち並ぶ通り、フェデラル期のタウンハウス、それにヴィクトリア朝様式の屋敷街がいまもそっくりそのまま残っており、筆舌に尽くしがたいほど美しい。

セオドシアはセイント・ジュリアン・ストリートを走りながら、マルベリー書店、フレンチブーケ・ブティック、ブルームーン・ティーショップの前を通りすぎた。ゆっくり時間があるときなら、車をとめてシティーマーケットをぶらぶらし、地元の美術品やおいしそうな食べ物、あるいはすてきな手作り陶器のティーポットを探したいところだ。

しかしきょうはやるべきことがあり、すでに目的の場所は見つけていた。というか、見つけたと思っていた。

〈ヴァイオレッツ〉がガーデンカフェだったのはうれしい誤算だった。しかも外のカフェはトレリスで囲まれた四阿《あずまや》がそこかしこに配され、ブーゲンビリアとマグノリアの鉢が点々と置かれ、小さめの鉢にはスミレが植わっていた。おまけに店は営業中で、なかなか会えないマンシップ氏が捕まる見込みは高そうに思えた。

〈ヴァイオレッツ〉に足を踏み入れると、スパイス、柑橘類、新鮮なコーヒー豆、花の香りがセオドシアを出迎えた。

体にぴったりした青いTシャツと薄手のロングスカート姿のウェイトレスが声をかけた。

「おひとり様ですか？」

「そうではなくて」とセオドシアは言った。「ライル・マンシップさんに会いに来ました。いらっしゃるかしら？」

「十分ほど前に参りました。お約束がおありでしょうか？」

「なんとなく立ち寄ってみただけなの」セオドシアは気さくにほほえんでみせ、驚かせようと顔を見せに寄った旧友という感じを出そうとできるだけの努力をした。

作戦は成功したようだった。セオドシアはうやうやしくライル・マンシップのオフィスに案内され、ウェイトレスはドアを押しあけると簡単な紹介を兼ねて告げた。

「お客様がおいでになりました」

マンシップが広々としたマホガニーのデスクの向こうで顔をあげた。歳は四十を少し過ぎたくらい、かなりハンサムで、オリーブ色の肌に白い歯がずらりと並んでいる。デスクにのった二枚の額入り写真には黒い髪の妻が息子ふたりと写っている。どっちの息子もきれいな歯の持ち主だ。

「ご用件はなんでしょう？」マンシップは戸惑ったような表情を浮かべた。

「わたしはパーカー・スカリーの友人です」

「そうでしたか……」マンシップは即座に立ちあがると、顔に同情の色を浮かべ、セオドシアの手を握ろうと腕をのばした。「ええ、聞きましたよ。気の毒な話です。それもあんな亡くなり方をするなんて」ヒューゴ・ボスのコロンのむせるような香りが、全身から立ちのぼってくる。

「おふたりはビジネス上のパートナーだったそうですね」セオドシアはくしゃみが出そうになるのを必死でこらえた。

「どのような点にご関心が……？」マンシップはにこやかながらも、慎重な口ぶりで言った。「わたしは、彼の遺族の代表として一部の事業の後始末をしている者です」

あちゃ。また罪のない嘘をついちゃった。しかもその数は増えてきている。ありがたいことに、きょうは太陽がさんさんと照っているから、空から落ちてきた雷に打たれて黒焦げになる心配はなさそうだ。

「そうですか」マンシップは言った。「どうぞおかけください」

セオドシアは布張りの椅子にゆったりとすわり、マンシップは自分のデスクチェアにふたたび腰をおろした。

「実を言いますと」マンシップは黒いモンブランの万年筆を手に取り、iPhoneと並べて置いた。「わたしたちはビジネス上のパートナーではなかったんです。パーカーと商売の話をいくつかしたのは事実ですが、けっきょく具体化したものはひとつもありませんでね」

「共同でレストランを始めるつもりだったそうですね」とセオドシア。

「そうです」マンシップはしばらく彼女を見つめたのち、横に体を倒してデスクの抽斗をあけた。ひとつのファイルを選んでデスクにそっと置き、セオドシアのほうにひろげてみせた。

「アザレアというのが計画名でした。コンセプトは、美食家向きの南部料理」

彼はそれを想像したのか、にんまりと笑った。

「伝統的な南部らしい内装でありながら、南部料理に現代風アレンジをくわえた料理を出すんです。しかも店舗として古い倉庫に目をつけていたし、写真家マシュー・ブレイディの古い写真を引きのばして装飾に使おうという話まで進んでいたんです」

「すてきですね」セオドシアは言った。

「豪華なブロケード織の椅子を古い木のプランテーションテーブルのまわりに置こうと考えていました」マンシップの話はとまらなかった。「しかもメニューは……パーカーがすばらしい前菜をいくつも考えついてくれましてね。ナマズのスパイス焼きのキャビア添え、ポン

くる。

酢をかけたカニのタコス、それにショートリブのグリッツとヒカマ添え」

「とてもおもしろいアイデアだわ」ページをめくりながらも、マンシップの熱意が伝わって

「でしょう？　パーカーはほかにも具体的なアイデアをたくさん出してくれたんですよ。交渉がまとまらず、実に残念と言うしかありません」

セオドシアは思い切ってぶしつけな質問をした。「なぜまとまらなかったんですか？」

マンシップの表情は落ち着いたままだった。「資金の問題です。わたしも基本的にはパーカーとの共同事業に乗り気でした。彼は超人的な情熱の持ち主で、コンセプト、メニュー、内装に関してはあふれんばかりの想像力を発揮していました。まあ、そんなわけで、あなたも彼をご存じでしたら、わたしが言わんとしていることはおわかりでしょう。あいにくなことに、彼は運転資金を調達できなかったんです」

セオドシアはふたたび書類に目を落とし、ここにタイプされた文字のどれかひとつでも、発見されたメモの文字と一致するだろうかと首をひねった。どうだろう？

「でも、あなたは調達できた」

一瞬、戸惑うように間があいた。「ええ」

「では、せっかくの最高の取引を取り逃してしまったんですか？　みすみすと？」

マンシップは両手の指で尖塔の形を作り、すぐにそれをほどくと、しかたがないんですよという仕種をした。

「商売とはそういうものです。世の中には興味深いチャンスが常にごろごろ転がっていますが、そのすべてがうまくいくわけではない。それにもちろん、そのすべてがわたしの関心と一致するわけでもない」

「で、あなたの関心とは？」

マンシップは会心の笑みを浮かべた。「儲けることですよ、もちろん」

「さすがビジネスマン、というご発言ですね」

マンシップは笑みをひっこめた。

「それで、少し教えていただきたいのですが」とセオドシアは言った。「交渉を打ち切ったあとは、パーカーと会うなり話すなりなさっていないのですね？」

マンシップは無造作に肩をすくめた。

「いや、実は先だっての土曜の夜に〈ソルスティス〉で食事をしました」

「本当ですか？」真っ先に疑問が頭に浮かんだ。なくなったファイルを盗んだのはマンシップなの？　だとしたら、動機は？　美食家向けの南部料理というパーカーの完璧なコンセプトを盗み、わが物とするため？　たしかに……ありえない話じゃない。その可能性はある。

「週末はチャールストンに滞在して、友人のもとを訪れていたもので」とマンシップは説明した。

セオドシアは彼をしげしげと見つめた。「ひょっとして、ネプチューン水族館のオープニングにもいらしてませんでしたか？」

マンシップは首を横に振った。「いや、その頃にはこっちに戻ってきていましたよ」セオドシアのがっかりした様子に、彼はわずかながら快感をおぼえたようだ。「さてと、そちらはいきなりオフィスに押しかけてきたうえに、ずけずけと質問をした。それに対しわたしは、キモノの前を大きくひらいて答えた」彼はにこやかな笑みを浮かべ、悟りをひらいたように肩をすくめた。とにかく、突然の会合は終了という合図だった。

「いろいろ教えてくださって、ありがとうございます」

セオドシアは帰ろうと立ちあがった。残念だったが、それを顔に出すまいと必死にこらえた。あんなに質問をし、いろいろ苦労もしたのに、価値のあるものはなにひとつ見つからないなんて。

マンシップも立ちあがると、少しためらった様子を見せた。いまの会話にあとひとつつけくわえることがあるような顔をしている。

「なにか？」セオドシアは言った。

「ご友人の最近のビジネス遍歴をお知りになりたいなら、ピーチズ・パフォードにお聞きになるといい」

「はい？」セオドシアは訊き返した。ピーチズ・パフォードは〈オーバージーン〉という四つ星レストランのオーナーだ。デレインがしょっちゅうテイクアウトの料理を買いに訪れる、高級で現代的なレストランだ。もっとも、白いテーブルクロスをかけた四つ星、あるいは五つ星のレストランがテイクアウトもやっているなんて、少々おかしくはあるけれど。「なぜピーチズ・パフォードさんなんでしょう？」

マンシップはかかとに体重をあずけて反り返った。

「実は比較的最近、ピーチズがあなたのご友人にかなり気前のいい申し出をしたからですよ」

「それはええと……どういうことですか？」セオドシアはまだ話がよくのみこめずにいた。

「彼女は〈ソルスティス〉を買収しようとしていたんです」

セオドシアは顎が床に届きそうなほど口をあんぐりさせた。

「〈ソルスティス〉を売りに出していたなんてまったく知りませんでした」

「売りに出していたわけじゃないでしょう」

マンシップは言うと、手をのばし、デスクからｉＰｈｏｎｅをひょいとすくいあげた。

「しかし、不屈のピーチズと角突き合わせれば、彼女がいかに口がうまいか、よくわかりますよ」

9

セオドシアはインディゴ・ティーショップの裏口を足早にくぐり、デスクにハンドバッグをぽんと置いて湯気でくもった厨房に音もなく入った。ランチの用意がフルスピードでおこなわれていた。

「ごめん」ヘイリーに謝った。「もっと早く戻るつもりだったんだけど」

「平気、平気」

ヘイリーは顔をあげもせずに言った。彼女はモッツァレラチーズとプラムトマトをせっせとスライスするかたわら、とてもおいしそうなものがぐつぐついっているオーブンをのぞいていた。エプロンを首からかけたセオドシアの鼻先に、シナモン、オレガノ、溶けたチーズ、それにお茶の香りが渾然一体となってただよってくる。

刻んだりスライスしたりを終えたヘイリーがようやく顔をあげた。

「きょうのメニューはすごいんだから」

「うちのメニューは毎日すごいじゃないの」セオドシアは言った。

ヘイリーはくすくす笑った。「言ってる意味、わかってるくせに」

「ええ、わかってる。で、きょうお出しするのは……」

「カプレーゼのティーサンドイッチ、ズッキーニのスープ、それにトフィー・バークッキー」

「もうひとつ、オーブンでぐつぐついっているチーズたっぷりのお料理もでしょ」

「パプリカのキッシュよ」とヘイリー。

「なにをお手伝いしたらいい？」セオドシアは配られたトランプみたいに並んだ十二枚のランチプレートを見つめて訊いた。

ヘイリーは焼きたてのフラットブレッドがのった天板をオーブンから出した。

「まずはこれを楔《くさび》形に切り分けてもらおうかな。一個を六等分に」

「スープをあとふたつ頼む」

ドレイトンが戸口から顔を出し、大声で告げた。彼はセオドシアの姿を認めて言った。

「おや、放蕩経営者のお帰りだ」

「ランチタイムには間に合うよう戻ると言ったでしょ」セオドシアは言った。

「たしかに」ドレイトンは好奇心丸出しの顔で、彼女を見やった。「それで、あわただしくサヴァナまで出かけた結果、なにか探り出せたのかね？」

「そうでもない。思ってたほどじゃなかったわ」

「ドレイトンとふたりのときに話したんだけど」

ヘイリーは切り分けたフラットブレッドにレタス、ジェノベーゼソース、トマトの薄切りを慣れた手つきでのせながら言った。

「あの女の人はなんか信用できない感じがするんだ」

「あの女の人」セオドシアはオウム返しに言った。「それってシェルビーのこと？　ガールフレンドの？」

ヘイリーは軽蔑したように鼻で笑った。「たいしたガールフレンドよね」

「なんでそんなことを言うの？」

「だって、日曜の夜に見かけたんだもの。パーカーたちがネプチューン水族館で準備してるときに」

セオドシアはうなずいた。「タパス・バーを手伝った話は彼女から聞いてるわ」

「とんでもない」ヘイリーは声にとげを含ませて言った。「かわいいガールフレンドちゃんはお姫様のように突っ立ってるだけで、小指一本あげようとしなかったんだから。パーカーとシェフのトビーのふたりで全部やったのよ」

「なまけてなんの手伝いもしなかったからって、人殺しとは言えんだろう」ドレイトンはわずかに小首をかしげた。「なにしろ、若者の半分がそうなのだからね」

「とにかく、なんとなく気に入らないの」ヘイリーは一度こうと思いこんだら、簡単に翻《ひるがえ》すことがない。

「彼女を見たのはせいぜい二分くらいでしょ」とセオドシアは言った。「それだけの時間で、なんの偏りもない判断をくだすのは難しいわ」

変な勘ぐりはやめてほしい。心からそう思う。なのになぜか、はっきりそう言うのはためらわれた。どういうわけかヘイリーが人を見る目は、気味が悪いほどよくあたる。たいていの場合は。

「ねえ、ヘイリー」セオドシアはイチゴのスライスと紫色の小さなシャンパングレープをランチ皿に手早く並べながら言った。「あなたにはシェフやパン職人のお友だちが多いでしょ。ピーチズ・パフォードの評判はどう？」

「彼女ならいま店に来ているよ」ドレイトンがこともなげに言い、ブルーベリー・スコーンを入れたバスケットとクロテッド・クリームをこんもり盛りつけたクリスタルのボウルをシルバーのトレイにのせてほほえんだ。

彼の発言にセオドシアはひっくり返りそうになった。

「なんですって？　それ、本当なの？」

ドレイトンは無造作に肩をすくめた。「十分ほど前にひょっこり現われ、デレインがいるテーブルに腰をおろしたのだよ。デレインは誰かとここでランチの約束があったようだが、土壇場になって相手がキャンセルしてきてね」

「それじゃ、いま、デレインとピーチズでランチを食べてるわけね」とても興味深い。おまけに絶好のチャンスだ。

「いや、正確に言うと、デレインは食べていないな。皿の上で料理を突きまわし、あと五ポンド減量しなきゃいけないとかなんとかめそめそ言っているだけで。とにかく話をはしょれば、チャムラジ茶園から取り寄せた極上のニルギリを淹れてだね、ダイエット茶だと言って出してやったよ」

ドレイトンはおざなりな笑顔を見せると、ヘイリーのほうに癇癪を破裂させたような顔を向けた。

「それはともかく、ピーチズをはじめとする数人のお客様がパプリカのキッシュをいまかいまかとお待ちだ。いつになったらオーブンから出すのか訊いてもかまわないかね？」

「急かさないでよ」ヘイリーは言うと、オーブンの扉をあけて、いま一度なかをのぞいた。

「うん、そろそろかな。あと五分」

「五分もか？」とドレイトン。

「チーズのお料理は急かしちゃだめなの」ヘイリーがたしなめる。

「本当にピーチズがうちの店でランチをしているの？」セオドシアは訊いた。

「そうとも、スープとスコーンを食べているよ」ドレイトンが言った。「なぜだね？　なにか問題でも？」

「ううん、そうじゃない。そうじゃないと思いたいわ」

ピーチズ・パフォードは楽しいことが好きな気立てのいいおばさんにしか見えなかった。けれども実際の彼女は、見た目とは天と地ほども差があった。たしかにピーチズはピンクがかったブロンドの髪を時代遅れのシャギーヘアにカットし、のっぺりして大きな顔にきちんと口紅を塗った唇が鎮座している。おまけに二十ポンドは太りすぎの体をディオールのピンクのツイードスーツに押しこんでいるせいで、服がぱんぱんにのびて縫い目から破けそうだ。しかし、ピーチズはとてもひと筋縄ではいかない女性だった。四十歳で夫と死に別れ、四十三歳のときには経営者の座におさまり、その二年後にはリッチなワンマン社長として恐れられる存在になっていた。

それでもセオドシアははずむような足取りでテーブルに近づき、ピーチズとデレインに心をこめてあいさつした。

「セオ！」デレインが大声を出した。「どこに行っちゃったか心配してたのよ。どうしてもピーチズに紹介したかったんだもの」

「ようやく会えたわね」ピーチズはうれしそうに言い、セオドシアの手を握ると親しみをこめて数回振った。それから真剣な目になると、口をへの字に曲げた。「お友だちのパーカーのことは本当に残念だわ。彼とはとても親しかったんですってね」そう言ってセオドシアの手を軽く叩いた。「親しいどころか、婚約しているも同然だと彼から聞いていたのよ」

「泥棒仲間みたいに親密だったのよね」デレインがさも愉快そうな声で言った。しかしすぐに自分の言ったことが不適切だと察したらしく、彼女はそそくさとナプキンで唇をぬぐった。

しかしセオドシアはこれをチャンスと見なしてしがみついた。「あなたもパーカーととても親しかったそうですね」とピーチズに言った。

「それ、本当？」デレインはとたんに目を爛々と輝かせた。彼女はありとあらゆるゴシップに目がないのだ。

ピーチズはセオドシアに満面の笑みを向けた。

「パーカーのレストランのことは以前からとても気に入っていて、うちの傘下に入れようと考えたこともあったわ」

「つい最近、その思いつきを彼に持ちかけましたね」セオドシアは言った。「それも、ほんの数週間前に？」

ピーチズはわずかにうなずいた。「ええ」

「でも、彼は買収に抵抗した」セオドシアはピーチズの真正面の椅子に腰をおろした。

「抵抗」ピーチズの顔から笑みが消えた。「そうね。そういう言い方もできるわね」

「そして、あなたはとても口がうまいと聞いています」

ピーチズは鋭い目でセオドシアをにらんだ。「場合によってはね」冷ややかで抑揚のない声から鉄のような意志が伝わってくる。

ふたりのあいだにぎすぎすした雰囲気が広がっていくのを察知したデレインが、いきなり割って入った。

「ほしがってたリストを持ってきてあげたわよ、セオ」そう言いながらバッグを——きょうはガチャガチャいう鎖のついた赤いトートバッグだ——引っかきまわし、テーブルに紙の束を置いた。

セオドシアは人差し指でそれを引き寄せた。しかし、ピーチズに見られてしまった。

「あら、日曜の夜の悲惨な水族館に招かれた人のリストじゃないの」

「ええ」セオドシアは言った。

「容疑者を探すつもり？」ピーチズの声からは感情というものがすっかり消えていた。

「ちょっと見るだけです」セオドシアは言った。ピーチズが上の歯を下唇に軽くつけて発音するたび、完璧にそろった前歯はプラスチックの作り物ではないかと思えてくる。

「わたしの名前があるのは不思議でもなんでもないわよ」ピーチズは言った。「だって、たっぷり寄付したんですもの」

デレインの顔がぱっと明るくなった。「そうだったわね！」

ピーチズはスープをスプーンで口まで持っていき、上品に味わった。

「パーカーはまだ若かったのに、本当に残念だったわね。しかもせっかくの寄付者向けのオープニング・パーティが台なしになっちゃって、とんでもなかったわ。なにもかもぶちこわしじゃないの」

「とんでもないことだわねえ」デレインも同じ言葉を繰り返した。

ピーチズはもうひとくちスープを飲むと、腕時計に目をやった。大ぶりのロレックスは女性用でないミディアムサイズで、文字盤の周囲にダイヤモンドが埋めこまれている。

「大変、もうこんな時間！　急がなきゃ！」

「ご注文のキッシュがまもなく焼きあがりますけど」セオドシアは言った。

しかしピーチズはすでにバッグをつかみ、いきおいよく立ちあがっていた。

「時間がないの」そう言うと、スーツのジャケットの裾を引っ張った。「今度の土曜の夜に開催するオイスター・フェストの企画をつめなきゃいけないし、新しいパティシエの面接もあるのよ」

「がんばってね」デレインが声をかけた。

ピーチズは視線をセオドシアにまっすぐ据え、ひかえめにほほえんだ。

「もちろん、おたくのパティシエをいただけるならべつだけど」

「ヘイリーを雇いたいとおっしゃるの？」セオドシアは言った。「でしたら、本人にそう言ってください」

ピーチズの笑顔はぴくりとも崩れなかった。

「そうさせてもらうかもよ」

ドレイトンの豆知識

スイートグラスのバスケット

スイートグラスという草を編んで作った手作りのバスケットで、チャールストンとその近郊マウントプレザントの伝統工芸品。300年以上前、西アフリカから奴隷として連れてこられた人たちが作りはじめました。現在では原材料の減少と製作者が少なくなってきたことから、商品の稀少性が高まっています。

10

セオドシアはまだ、ピーチズの強引なやり方が腹に据えかねていたが、どうにかこうにか怒りの矛先をおさめた。店は遅い昼食の客で目がまわるほど忙しく、ドレイトンが店の外の歩道に出しておいた三組のテーブルと椅子もまたたく間に埋まっていた。大勢の観光客と地元民が相変わらず店のドアをカタカタ揺らし、席を確保しようと目の色を変え、えも言われぬ香りの食べ物を味わいたくてやきもきしている。

きちょうめんで計画的なヘイリーはキッシュを八皿焼き、二十リットル以上ものスープをつくった。それでなんとかしのいだものの、二時をまわる頃には料理はすべて売り切れた。

「もう食料品棚がすっからかん」ヘイリーはセオドシアとドレイトンに伝えた。「なので、ここからは焼き菓子しか出せないわ」彼女は鼻の頭を小麦粉で白くし、髪の毛をピンクのバンダナでまとめていた。

「一日の終わりには、ケーキのかけらすら残りそうにないか」ドレイトンはレジのところで忙しそうにしながら、もう何杯めになるかわからないアッサム・ティーをポットで淹れていた。

「だったら経営的には万々歳ね」セオドシアはゆっくりと顔をあおぎながら、レモン・バーベナのスイートティーを口に運んだ。「だって、残り物は利益にならないもの」

いまの経済状況が好意的に見ても軟調という状態にあるのは感じている。インディゴ・ティーショップの経営は順調だけれど、チャーチ・ストリートの商売仲間は売り上げの大幅な減少にあえいでいる。

「そうは言っても、残ったスコーンやブラウニーを持ち帰れるとうれしくてね」ドレイトンは米をモチーフにした青白柄のティーポットに赤いギンガムチェックのカバーをかぶせ、セオドシアに差し出した。「三番テーブルだ」

そのとき入り口のドアが大きくあき、ドレイトンはセオドシアの肩の向こうに素早く目を向けた。

「おや、いらっしゃい」あらたな来店者に愛想よく声をかけた。「ずいぶんとひさしぶりじゃないか」

くるりと向きを変えたセオドシアは、すぐさまハリー・デュボスだとわかった。店のグッズコーナーで仕入れている、瓶入りのデュボス蜂蜜を生産している温厚な養蜂家だ。セオドシアは歓迎するように大きく顔をほころばせた。

ハリー・デュボスは背が低く、陽気な性格で、赤毛が灰色に変わりつつある五十歳だ。いつものように、カーキのズボン、カーキのシャツ、カーキのベストという養蜂家の作業服に身を包んでいる。両手で抱えている白い大きな箱には、彼のところでとれた貴重な野の花の蜂蜜が二ダースほど入っていた。

「現地直送の蜂蜜が来たわ」セオドシアが言うと、ドレイトンは彼女の手からティーポットを受け取り、かわりに三番テーブルまで持っていった。

デュボスがにっこり笑った。

「わあ、うれしい」とセオドシアは言った。「ねえ、おいしいお茶とアーモンドケーキをひと切れぐらい食べていく時間はあるでしょ？」

デュボスは箱をカウンターに滑らせ、ふくよかな手を振った。

「ゆっくりしてられないんだ。〈銀のバターナイフ〉で約束があって。ほら、カルフーン・ストリートに新しくできた高級食材店だよ。あそこでもうちの商品をあつかってもらえそうなんだ」

「よかったわね」セオドシアは言った。

「ところでさ」デュボスはカウンターに両手をつき、セオドシアのほうに身を乗り出した。

「いつになったら、うちに来てじかに作業を見てもらえるのかと待ってるんだけどな」

「うかがいたいのは山々なのよ」セオドシアは言った。だけど、いかんせん時間がない。

「なんと言っても」とデュボス。「おたくはいちばんの得意先ってだけじゃなく、最大の宣伝マンでもあるからさ」

「どういうこと？」セオドシアは彼の言葉が妙にうれしかった。

「みんな、おたくのうまいスコーンやらパンやらにうちの蜂蜜をたっぷり塗って、すっかりハマっちまうんだよ。だからここで何個か買うし、うちのサイトではもっとたくさん注文してくれるってわけさ」

「商売繁盛でわたしもうれしいかぎりだわ」

しかしデュボスの口説きはとどまるところを知らなかった。

「今週中にでもおいでよ。実はさ、ちょうど春の収穫を終えたところで、あらたにメロン蜂蜜の生産にとりかかる予定なんだ」

「名前からしてすごくおいしそうね」

「作り方はこうだ。まず巣箱のまわりの畑にカトーバメロンを植える。花が咲くと、蜂はその香りにつられて蜜を吸う。結果はもちろん、あらたにとれる蜂蜜にはメロンのいい香りがつくというわけだ」

「すごいのね」

「ぜひとも見においでよ」デュボスはまたもせっついた。

セオドシアはしばらく考えこんだ。彼女は常日頃、店やウェブサイトで売る新しくてめずらしい商品を求めている。いいかもしれない……。

「メロン蜂蜜だけど、三カ月間、うちだけに卸《おろ》してもらうことは可能？」

デュボスは下唇を嚙んだ。「できると思うよ」

「金曜日に訪ねていったら、養蜂場を案内してもらえる？」ついでにメロン蜂蜜も少し手に入れたいわ。

「来ればわかるようにしておくよ」デュボスは上機嫌で言った。

「セオに電話だ」ドレイトンが言った。

セオドシアはアップルシナモン・ジャムの瓶を並べる手をとめ、レジカウンターに急いだ。

「お電話かわりました、セオドシアです」

「セオドシア！」耳慣れた声が聞こえた。

「リビーおばさん！」

リビーおばさんはセオドシアにとって唯一の存命する肉親で、誰もが一度は会ってみたいと思うほどやさしい人だ。彼女はありとあらゆる生き物に目がなく、半径三十マイル以内に棲む鳥、キツネ、チップマンク、アライグマ、オポッサムの子らにたったひとりで餌をやり、愛情を注いでいる。半径三十マイルというのは、すべてリビーおばさんの私有地だ。

「聞いたわよ！」リビーおばさんは声をうわずらせた。「パーカーのこと。怖かったでしょう？」

「ええ、まさに青天の霹靂《へきれき》だったわ」

どうしたわけか、突然、うまく言葉が出てこなくなった。パーカーとは結婚を真剣に考えていた時期もあったし、リビーおばさんはふたりの仲を心から応援してくれていた。それにパーカーはリビーおばさんにとてもよくしてくれて、一緒に〈ソルスティス〉でディナーが楽しめるよう、迎えの車を差し向けてくれたことも一度ならずあったのだ。

「悲惨な事故だったの?」リビーおばさんは訊いた。

「警察はまだ、ええと、捜査を継続してる」殺人の話を持ち出してリビーおばさんを動揺させる気にはなれなかった。

「わたしの見立てがたしかなら、あなたも調査をつづけるんでしょ」

セオドシアは口ごもった。「どうかしら。でも、明日は予定どおりで変更なしよ」

明日はリビーおばさんがケイン・リッジ農場にある自宅でお茶会を開催するため、セオドシアがドレイトンとヘイリーとともにお茶、ごちそう、スイーツの準備を担当する。

「楽しみだわ」リビーおばさんははしゃいだ声を出した。「山ほどお客様がいらっしゃるの」

「まあすごい」セオドシアは言った。「じゃあ、わたしたちも食べるものを山ほど持っていくわね」

受話器を戻したとたん、ふたたびベルが鳴り出した。セオドシアはやれやれというように肩をすくめ、ひったくるように受話器を取った。「インディゴ・ティーショップです」

「いまはお仕事で手が離せませんかな? よければ寄りたいのですが」低くうなるような声が耳に飛びこんできた。

セオドシアは体を硬くした。ティドウェル刑事だ。

「なにかわかったのね!」早口にささやいた。「手がかりを見つけたんでしょ?」

ティドウェル刑事は答えなかった。ただこう告げただけだった。

「三十分ほどでうかがいます」

次の瞬間、カチリという音とともに電話が切れた。愛想よくあいさつの言葉を口にすることも、どんな知らせを伝えるつもりかほのめかすこともなかった。たしかに腹がたつ。とは思うものの、少なくとも状況を教えてくれるつもりなのだ。きのうはあんなに無愛想でぶっきらぼうだったのに。

もうお客はほとんどいなくなっていたので、セオドシアはドレイトンとヘイリーを入り口近くのテーブルに呼び寄せた。

「明日ケイン・リッジ農場で開催するお茶会について、内容をさらっておきたいの。いまリビーおばさんと話したら、お客様がものすごく多いみたい」

「なんのお茶会だっけ？」ヘイリーが訊いた。

「コレトン郡で活動している動物保護団体を支援するためのものよ」

「うれしいじゃないか」ドレイトンが言った。「ささやかな慈善事業に本気で取り組む人たちがいるのは」

セオドシアはにんまりとした。「わたしがぽんと肩を叩いて、木曜の夜の借り物ゲームに一緒に行ってと頼んだら、うれしいなんて言ってられないんじゃないかしら。たしか、わがティーショップは、〈火曜の子ども〉の資金を勝ち取るべく戦うことになってるのよ」

「そんな！」ドレイトンは思わず叫び、ヘッドライトに照らされた鹿のような目をセオドシアに向けた。「借り物ゲームだと？」ジェイ・Zのコンサートに行けと言われたような顔をしている。「それまでにきみの友だちのマックスが帰ってくるとも。彼が頼りになる相棒役をつとめてくれるはずだ。だめならヘイリーを連れていけばいい」

「そう願うわ。あなたのために」

「で、明日のことだけど」ヘイリーがペンをコッコツいわせた。「こっちでカニサラダとチキンサラダを用意しておいて、リビーおばさんのところでティーサンドイッチをつくろうと思うの」

「じゃあ、サンドイッチは二種類ね？」とセオドシア。

「えっとね、三種類あるんだ」ヘイリーは言った。「ターキーとクランベリーソースのサンドイッチもつくるつもりだから。あとはスイスチーズを使ったキッシュとイチゴのスコーンもあるのよ。いまならチェスニーの〈ストロベリー・ヒル〉で生のイチゴが手に入るから、夏を先取りした感じにできそう」

「ドレイトンはどんなお茶を出すか決めた？」セオドシアは訊いた。

「ヘイリーのスコーンに合わせてストロベリー・ダージリンにした。それからウィーンでブレンドした上等のアールグレイも出す。どっちのお茶も幅広い人気があるうえ、淹れるのもむずかしくないからね」

彼は半眼鏡をはずし、着ているリネンのジャケットの襟でレンズを拭いた。

「お茶会の出前では、なるべくシンプルにするほうがいい」

「明日はミス・ディンプルと弟さんに店をおまかせしなきゃならないのよね」

セオドシアは言った。これについては少し不安もあった。ミス・ディンプルは帳簿係だが、ときどき店のほうも手伝ってもらっている。それでも、わが子のように大事な店を完全に他者にゆだねることは、そうそうあるわけではない。

「でも、ふたりにお願いするのは午前中にスコーンとお茶を出す仕事だけよ」ヘイリーが言った。「ランチタイムまでには、あたしが戻って全部仕切るから」

「では、どっちも最小限の人員でまわすことになるな」そう言ってドレイトンは笑った。

しかし、その日はまだ終わらなかった。というのも二十分後、ミス・ジョゼットと甥のデクスターがスイートグラスのバスケットを山ほど持って訪ねてきたからだ。

ミス・ジョゼットはアフリカ系アメリカ人の女性で、歳は七十代後半のようだが、六十代前半と言っても通用しそうだ。知性あふれる澄んだ目、芸術家らしい器用な手、それに深みのあるマホガニー色のすべすべの肌。

おばの運転手として配達に同行するデクスターは背が高くやせ型で、スポーツ選手を思わせる。実際、バスケットボールの奨学生としてチャールストン・サザン大学に学び、いまは小学校の教師として働いている。

セオドシアはふたりをあたたかく迎えて言った。「それ、全部うちのもの?」

「ご希望ならばね」

ミス・ジョゼットはシーグリーンのワンピースの上にはおった淡いブルーのショールをはおり直した。スイートグラスのバスケットはチャールストンおよび周辺地域の特産品で、ミス・ジョゼットは一流のバスケット作家のひとりに数えられている。優雅でありながら実用的なバスケットは、丈の長いスイートグラス、マツ葉、それにイグサを編みこんだものを地元産のパルメットヤシの樹皮で束ねて作られる。

「全部いただきたいね」ドレイトンが会話にくわわった。

「きっとそういう言葉が返ってくると、ぼくもおばに言ったんですよ」デクスターがにこにこして言った。「本人はきょう、三カ所に寄るつもりだったらしいけど、どうせここだけになるよって言ったんです」

「だって、すぐに在庫がなくなっちゃうんだもの」セオドシアは言うと、てっぺんにのっていた伝統的なガラ風の丸いパン用バスケットを取り、両手でそっとまわした。「順番待ちの人もいるくらいなのよ」

近年、スイートグラスのバスケットは低地地方でも評判の芸術品になっている。ワシントンDCのスミソニアン博物館でも展示されているほどだ。

「ゆっくりお茶でも飲んでいってね」セオドシアは言った。「スコーンとデザートは残り少ないけど、お茶ならたっぷりあるわ」

「のんびりしていけないんだよ」ミス・ジョゼットは言った。「デクスターがワドマロウ・アイランドまで行かなきゃいけなくてね。この子はそこのゴルフ場で働いてるんだ」

「ゴルフ場?」ドレイトンが言った。「市街地のヘリテッジ小学校で教えているとばかり思っていたよ」

「いまはふたつの仕事をかけ持ちしてるんです」デクスターが言った。

「地元のクラブハウスみたいなものの資金を稼ぐため、この子は仕事をひとつ増やしたんだ」ミス・ジョゼットが説明した。「子どものためのクラブハウスなんだよ。そこで遊べるようにするんだって。放課後や週末に」

「場所は最高にいいところを確保しました」デクスターは言った。「賃料は月にたったの三百ドルで広いんです。でも、まだなんにもなくてがらんとしてるだけだから、少しずつ手を入れていこうと思ってます。運動用具、テレビ、CDプレーヤーなんかも買わなきゃいけないし」

「いい仕事をしてるんだよ、この子は」ミス・ジョゼットは言った。「本当に鼻が高いね。子どもたちに遊び場を提供すると同時に、ごたごたに巻きこまれるのを防いでやるなんてさ。そのうえ、先生までやってるんだから」

「そこではどんな活動をしているの？」セオドシアは訊いた。

「みんなで集まって、おもしろいことをするだけです」デクスターは説明した。「サッカーをやったり、本を読んだり、音楽を聴いたり。音楽もラップやロックばかりじゃなく、チャーリー・パーカーやアール・ハインズみたいなジャズとか、ベートーヴェンなんかも聴きます」

ミス・ジョゼットがうれしそうに顔をほころばせた。「先週なんか、ガラ観光をやってる人たちからバスを借りて、子どもたちをギブズ美術館に連れていったんだよ」

「おもしろかったですよ」デクスターは白い歯を見せた。「トマス・ハート・ベントンやジョージア・オキーフの絵を鑑賞しました。日本の木版画なんかも観ましたよ」

「ねえ」セオドシアは言った。「第五〇一条C項三号にもとづく法人申請をすれば、非営利公益法人として助成金も寄付金もいくらでも受け取れるようになるんじゃない？」

デクスターは肩をがくんと落とした。「それには金がかかるんです。国に申請するときの費用と、弁護士や会計士やスタッフに払う金が」

「そう」セオドシアは言った。なんかおかしい、と思う。非営利団体になるためにお金がかかるなんて。これもまた一種の矛盾する概念という感じだ。陸軍情報部《インテリジェンス》や教育テレビと同じで。

「美術館で見かけたんですけど」デクスターは言った。「大きなガラスの金魚鉢があって、現金がそれこそあふれんばかりに入ってたんです。それも一ドル札だけじゃなく、二十ドル札や五十ドル札まで入ってました」

「ええ、金魚鉢の寄付金入れのことね」その鉢ならばセオドシアも何度も見たことがある。しかも、今月は〈火曜の子ども〉がチャリティー対象に選ばれた。〈火曜の子ども〉にとってはとてもいいことだが、誠実な心を持ちながらもきちんと組織化されていなかったり、広報面の手腕が足りなかったりするデクスターたちのような若者たちには酷な話だ。

「ともあれ、がんばりたまえ」ドレイトンが言った。「きみのクラブハウスはとてもすばらしい活動だと思うよ」

「捜査には首を突っこまないよう警告したのは承知しています」

ティドウェル刑事は少し戸惑ったような顔で、セオドシアとテーブルをはさんで向かい合っていた。

「しかしながら、ひじょうに奇妙な事態が発生しましたもので」

「犯人を見つけたのね」セオドシアの心臓の鼓動が高鳴り、昂奮の波が一気に押し寄せた。

「ちがいます。そこまで驚天動地の話ではありません」

「それなら、どういう話なの？」

刑事は口をすぼめ、わずかに顔をしかめた。

「ミスタ・スカリーは遺書を残していました」

「ありうるわね」

「いえ、実際に残していたんです。ほんの数時間前、遺書の内容について内々に明かされました」

セオドシアには話の行き先がよく見えなかった。「それのなにが問題なの？」

「なんとも言えません」刑事は椅子にすわったまま巨体の位置を変えた。

「現時点ではシェルビー・マコーリーが〈ソルスティス〉と保険金の百万ドルを相続することになっております」

「は？」話はしっかり聞こえたものの、頭にインプットされなかった。「なんですって？」

「シェルビー・マコーリーが相続人なんです」

「ガールフレンドの？　そんなの普通じゃないわ」

「なんとおっしゃられても、それが事実のようです」

セオドシアは眉根を寄せ、早口で言った。「でも、パーカーはどうしてレストランを家族に遺さなかったのかしら？」ほとんど叫ぶようにしゃべっていた。「具体的に言えば、お兄さんのチャールズに」

「メロメロになった男性の頭のなかで、いかなる神経化学物質が放出されるかは神のみぞ知るですよ」刑事の口の両端がわずかにあがった。

刑事の説明にセオドシアは呆然として黙りこんだ。と同時に頭のなかで自問しはじめた。パーカーはそんな状態だったの？　メロメロになっていた？　シェルビーに？　本気で？

「たいへん興味深いことに」刑事はつづけた。「その前はあなたが相続人でした」

セオドシアは頭を抱えこみ、両のこめかみをやさしく揉んだ。

「もう、びっくりするじゃない」

「そんなつもりではなかったのですがね」

「とにかく、これがとんでもなく変だということに刑事さんも異論がないでしょ。接客業界の経験がまったくない人にレストランとバーの経営を託すなんて。しかもあんな若い女性に」

「彼女は二十七歳です」刑事は言った。

「そう言ってるのよ」セオドシアはむっとした。

刑事は唇をすぼめた。「わかりましたよ。たしかにあなたのおっしゃるとおり、パーカー・スカリー氏が選んだ相続人にはわたしもいささか納得がいきません。ですが、もちろん違法なわけではない」

「でも、いったい彼はどういうつもりだったのかしら？」セオドシアはつぶやいた。そこで大きく息をついた。「あらたな展開になったことだし、わたしのためだと思ってシェルビーについてくわしく調べてもらえない？　経歴を洗うとか、いろいろあるでしょ」

「それはもうやりました。どうせ言われると思っていましたからね」

「で？」セオドシアは片手をあげ、指を小さく動かした。

「なにもありません。あの女性には一点の曇りもないようですな」

「見かけはあてにならないものよ」とセオドシア。

「場合によります」

「この場合はちがうと？」

ティドウェル刑事は首を横に傾けた。「さっきも言ったとおり、あの女性に関してはなんらおかしな点は見つかりませんでした」

セオドシアはしばらく身動きひとつせずに考えこんだ。やがて口をひらいた。

「これによってシェルビーは容疑者になるの？」

「可能性はあります」

刑事のどこか奥歯にものがはさまったような答えが引き金となって、セオドシアの頭はシェルビーと会ったときのことに逆戻りした。彼女は助けを求めにやってきた。それが、いくつか質問をすると、セオドシアの関心をジョー・ボードリーのほうにさりげなく向けた。あれは一種のカモフラージュ？　無関係を装うための？　あの女性はそれほどまでに頭が切れ、極悪非道で、罪深いのだろうか？

しばらくそんなことをあれこれ考えていた。

「シェルビーは毎日のようにパーカーと会っていたはず。彼のオフィスに自由に出入りできたわ。だとしたら、こうは考えられないかしら……シェルビーが検討中のプロジェクトのファイルから中身を抜き取ったのかも」

「盗んだということですかな？」

「ええ」

「ありうるとは思います」刑事は言った。「ファイルについては彼女にも訊きましたが、一切知らないの一点張りでした」

「でも、彼女が盗んだのかもしれないわけね」

セオドシアはひとりごちると、椅子の背にもたれ、首のこわばっている部分に手をやった。そこをそっと揉んで筋肉の痛みをやわらげながら言った。

「わからないのは……その理由よ。危険をおかしてまで手に入れようとするなんて、あのファイルにはいったいなにが入ってたのかしら？」

「わかりませんな」ティドウェル刑事は、深く考えこんでいるような黒い目でセオドシアの顔をのぞきこんだ。「しかし思うに……」長々と息を吸いこんだ。「思うに、あなたご自身で彼女に訊いてみればいいではありませんか」

11

セオドシアはチキンと米のスープが入った深鍋に木べらを差し入れ、ぼんやりとかきまぜた。小さな自宅コテージのキッチンにいながら、頭は千もの異なる方向に飛んでいる気分だった。もちろん、パーカーが殺され、しかもいまだたしかな手がかりがないせいだ。ライル・マンシップが容疑者リストの最上位に位置しているものの、ジョー・ボードリー、ピーチズ、それにシェルビーも捨てがたい。

また、無力感と悲しみの念が次々に押し寄せてくるのも感じていた。明日の朝、パーカーの葬儀に参列すれば、その思いがいっそう強くなるのはわかりきっている。

それにコーヒーとお茶の博覧会の準備もある。わずか二日後には幕があくのだ。店のオフィスがすでにものであふれかえっていたせいもあるが、博覧会のことを忘れないように持ち帰ったオリジナルブランドのお茶と〈T・バス〉製品をおさめた箱が、自宅のキッチンで山をなしている。

貴重なスペースを占領しちゃって。おまけにキッチンの風水が乱されちゃったわ。

彼女の心を読んだのか、アール・グレイがトコトコやってきて箱のにおいを嗅いだ。それからけわしい目をセオドシアに向けた。なんでこんなものがぼくたちのすてきなおうちに散らばってるのさ、と問いただすように。

「やっぱりあなたも気になる？　明日の夜にはひとつ残らずなくなると約束する。ヘイリーがいまつき合ってる男の子がバンを持っててね。一緒に来て、全部運び出してくれることになってるの」

アール・グレイはまだセオドシアから目をそらさない。「ウウウ……？」

「ええ、明日よ。わたしだって一刻も早くなくなってほしいと思ってるんだから」

青白柄の中国製のボウルにスープをよそい、柳細工のトレイにのせたところで、歯ごたえのあるものもあったほうがいいと思いつき、ライ麦クラッカーを何枚か添えることにした。しかし取りにいったところ、戸棚のなかはからだった。

「やれやれ」セオドシアは両腕を振りあげ、手をひらひらと動かした。

「ウー！」アール・グレイが荒々しいうなり声を発した。

それと同時に、裏口で大きなノックの音が響いた。

誰かが裏口をノックしている？　奥から庭を抜けてきたの？　変ね。

セオドシアは思いがけない事態に、しばらくその場に立ちつくし、窓にかかったカーテンをじっと見つめた。そうすれば、訪問者の正体が透視できるとでもいうように。やがて足早にドアに近づき、ドアノブに手をかけた。しかし、いきおいよく引きあける直前、チェーンをかけた。こういうご時世では用心するにこしたことはない。

デレインが顔をのぞかせた。待たされたせいで少しいらだって見える。

「デレイン！」セオドシアは思わず叫んだ。「ここでなにをしてるの？」

「おたくのマグノリアの茂みをこっそり抜けてきたの。まったく、マグノリアにしろほかの庭木にしろ、ちゃんと剪定《せんてい》してもらわなきゃだめじゃないの。しかもほら、養魚池とかいうあれときたら……」

彼女は目をぐるりとまわした。

「緑色のどろどろしたものがいっぱい浮いてて、オーキフェノーキー湿地かと思ったわよ」

なんなのよ、庭の監査役にでもなったつもり？　セオドシアはそう言い返したかったが、言わなかった。デレインったら、なにをそんなにぷりぷりしてるのかしら？

「それはともかく」デレインは言った、「急なお誘いに寄ったのよ」

「そう」隣に建つドゥーガン・グランヴィルのお宅にようやく招いてもらえるのかしら？

そのとおりだった。

「ドゥーガンがネプチューン水族館の関係者と非公式の会議をひらくんですって」とデレイン。「で、思ったの。二日前にあんなことがあったわけだから、あなたにも来てもらったらいいんじゃないかって」

願ってもないわ。

「ありがとう」セオドシアは言った。「ご一緒させてもらうわ」

デレインは少し言葉を選んで言った。「水族館の偉い人たちには会っておいたほうがいいと思うの」そこで咳払いをした。「そうすれば、あの晩の出来事はとりたてて……ええと……陰謀めいたものではなかったとわかるから。それでなんらかの折り合いがつくかもよ」

「親切にありがとう」

セオドシアは礼を言ったものの、折り合いはなんの役にも立たない概念だ。死に関するかぎり、折り合いなどというものはありえないとセオドシアは固く信じている。たしかに大いなる諦念という感覚はありうる。でも折り合いとはちがう。折り合うことなど絶対にない。あるのは忘れがたい記憶……それに時の経過とともにじんわりやわらいでいく痛みがあるだけだ。

「食べるものもちゃんとあるわよ」デレインが明るい声で言った。

裏庭を早足で歩いていくと、気がつけばドゥーガン・グランヴィルの聖域である広々とした居間に通されていた。バロック様式の額におさめられた大きな油彩画が飾られ、ヘップルホワイト様式の食器棚が一角を占めている。奥ではたくさんの料理が並んだ特大のシェラトン式テーブルをはさんで、十人ほどが歓談していた。

「どうぞくつろいでちょうだいね」デレインが言った。

しかし、ここはこれまで訪ねたどんな家ともちがっていた。匹敵するのはティモシー・ネヴィルの宮殿のようなお屋敷くらいだろうか。グランヴィルの家の居間は桁違いに大きくつくられ、貴重なアンティーク、上質な家具、シルクの東洋絨毯でしつらえられていた。隣人が成功した弁護士なのは以前から知っていた。けれども成功の度合いまではわかっていなかった。

「よく来てくれたね」

ドゥーガン・グランヴィルが近づいてきて声をかけた。長身で恰幅がよく、あつらえたスーツのように傲慢さをまとっていた。お気に入りのコイーバ葉巻がていねいな仕立ての上着のポケットからのぞいている。グランヴィルの葉巻好きを知るセオドシアは、彼がとっととこの場を逃げ出し、パティオでのんびり一服しようと思っているのを見抜いていた。

「お招きいただきありがとう」セオドシアは言った。「それにこのお部屋、とってもすてきね」

グランヴィルは意外にもまんざらではなさそうな顔をした。

「インテリアデザイナーのおかげだ。ああいう人たちはなにを置けばいいか、ちゃんとわかっているらしい。わたしがやったら、白いプラスチックのガーデン家具で揃えていたかもしれないな」

そんなことはないと思うけど、とセオドシアは心のなかでつぶやいた。

「どなたが手がけたの?」セオドシアは話を合わせようとして尋ねた。

「ポプル・ヒル・デザイン会社の女の子ふたりだ」

「マリアンヌ・ペティグルーとヒラリー・レットンね」セオドシアは言った。ふたりは多くの上流階級とお金持ちの依頼を手がけるカリスマ的存在だ。

「なんだ、知っているのか」グランヴィルはぶすっとした声を出した。「おたくもやってもらったのか？」

「親しい知り合いなだけよ」セオドシアは言った。ふたりとは知り合いだけど、チャールストンでも一、二を争うインテリアデザイナーを雇うなんてとてもじゃないけど無理だ。

「セオ」デレインが割って入った。「デイヴィッド・セダキスさんを紹介するわ。ネプチューン水族館の事務局長をなさってるの」そう言ってうしろに手をのばし、セダキスの腕をつかんで会話の輪に引っ張りこんだ。

「はじめまして」セオドシアはセダキスと握手した。彼は長身で恰幅がよく、髪がいくらか薄くなりかけ、鉤鼻をしている。彼はセオドシアに紹介されて困ったような顔をしていた。

「しばらくふたりきりにしてあげるわね」デレインは小声で言うと、グランヴィルを連れていなくなった。

「たしかあなたは……」それがセダキスの最初のひとことだった。

「彼を発見した者です」セオドシアは言った。

セダキスの表情がそれなりに気持ちのこもったものに変わった。

「おふたりはいいご友人だったとか」

「ええ、まあ」

「まったく悲惨な事故でした。二度とあのようなことが起こらぬよう、充分な措置を講じましたのでご安心ください」

「あのようなとは、殺人のことですか？」

セダキスの口がゆがみ、顔が一変して険悪なものに変わった。

「そうとはかぎらないでしょう」

「いいえ、そうなんです。最近、ティドウェル刑事とお話しになりました？　あるいは監察医と？」

「失礼」セダキスは言うと、ぷいと向きを変えて歩き去った。

地獄耳のデレインがふたりの会話を聞きつけ、せかせかとやってきた。

「あの人になにを言ったのよ？」ひそめた声で噛みつくように問いつめた。

「セダキスさんはパーカーの死は事故だと思いこんでいるんだもの」

「あら、ちがうの？」

「その線はそうとう疑わしいわ」セオドシアは言った。

するとデレインは不満そうに頬をふくらませた。「言っておくけど、セオ、今夜あなたを招待したのは、少しでも気が晴れればと思ってのことなのよ」突然、彼女の目に涙が光り、いまにも泣き出しそうな顔になった。「少しは努力してくれてもいいと思わない？　話を合わせるくらい、いいじゃないの」

「波風を立てるなと言いたいのね」セオドシアは言った。デレインの涙は本物なのか、それともそら涙なのかと首をかしげた。デレインにしてみれば、パーカーの死を話題にするなんてとんでもないことだろう。優雅でなごやかな夜であってほしいのだろうから。

デレインはぱっと顔を輝かせた。「そうよ！」そう言ってセオドシアの手を握った。「お願いだから波風を立てないでちょうだい。とにかく……感じよくしててほしいの。よかったら、お料理を好きにつまんでね。あと何分かすると会議が始まるから、タンパク質を少し摂っておくと安心よ」デレインは以前からプロテインダイエットに積極的だ。炭水化物をひかえ、タンパク質を多く摂る方法だ。

セオドシアは肩をすくめた。「わかったわ、デレイン。お安いご用よ」べつに減るものじゃなし。

しかし、デレインのお説教はまだ終わらなかった。

「パーカーが亡くなってとてもショックなのはわかるけど、他人に非難の言葉を投げつけたり失礼な態度を取ったからって、彼が生き返るわけじゃないんですからね」

言えてる、とセオドシアは心のなかでつぶやいた。でも、容疑者をあぶり出すとなると話はべつよ。

「あなたの言うとおりね」セオドシアは言った。「いまからは目立たないようおとなしくしてると約束する」そして会議のあいだは、目をしっかりあけて耳をそばだてているわ。

デレインはセオドシアの手を軽く叩いた。「ならいいの」彼女はほほえんで、周囲を見まわしていたが、すぐに顔から笑みが消えた。「まったく、もう」と小さくうめいた。

「どうかした？」

「あそこにブスのブロンド女がいるでしょ？」デレインはドゥーガン・グランヴィルにすり

寄ろうとしている、すらりとした長身のブロンド女性に顎をしゃくった。「あれが例の性悪女、シモーン・アッシャーよ」デレインは歯をきつく食いしばった。「ドゥーガンは以前、あの女とつき合ってたの」

「過去形なのがポイントね。いまはあなたとつき合ってるんだから気にすることないわよ」

しかしデレインは非常事態と判断し、厳戒態勢に入っていた。

「そんなのわかんないでしょうが」と声をうわずらせた。「昔の女が彼の人生にひょっこり戻るかもしれないじゃない」そこで体を小さくぶるっと震わせた。「ここはひとつ、無理にでも割って入らなきゃ」彼女は手を振り、グランヴィルに呼びかけた。「ああ、いとしいあなた……」

デレインがグランヴィルめがけて走り去ると、セオドシアはビュッフェテーブルに歩み寄った。白い磁器の皿を手にしながら思う。ここに並んだ料理は、今夜の夕食に用意したスープよりもはるかに興味深いわ。殻にのせた生牡蠣、淡紅色をしたぷりぷりのエビが入ったボウル、レアに焼いたローストビーフのスライス、シトラスサラダ。それに大きなシルバーの保温容器とおぼしきものには熱々のシーフードリゾットがたっぷりと盛りつけられている。本当においしそうだ。

「生牡蠣はぜひご賞味いただきたいな」テーブルをはさんだ正面に男性がひとり立っていた。

セオドシアは顔をあげた。「あの……?」

「そいつは一級品ですよ」彼は言ったが、すぐに白い歯を見せて笑った。「知ってるのも当然でね。わたしが買い付けたんだ」

「そうでしたか」セオドシアはほほえんだ。「で、どちら様でしたか？」

「バディ・クレブズと言います」男性は答えた。がっしりした体型で髪は全体的に真っ白、顔は生まれてからこの方屋外で過ごしてきたかのように、そうとう年季が入って赤らんでいる。「クレブズ水産の。ご存じなんじゃないですか？」

「ええ、たしかに」その会社のトラックなら街のあちこちで見かける。「はじめまして。ではさっそく、おたくのおいしそうな牡蠣をいくつかいただくことにするわ」

「あなたはそのまま味わう原理主義者か、ホットソースで食べる派かどっちかな？」クレブズはウィンクした。「市場調査をしてみたいと思っているんですよ。食べ方の好みについて」

「わたしは正真正銘の原理主義者ですね」セオドシアは言うと、牡蠣三個を皿にのせた。

「たまにレモンを搾《しぼ》ることはありますけど」

「そのくらいなら全然かまいませんよ」

「あなたも委員会のメンバーなんですか？」セオドシアは訊いた。

「ええ」クレブズは言いながら、リゾットをスプーンでたっぷりとよそった。

「こう言ってはなんですけど、水産物の業者さんが水族館の委員をつとめるのは、いささか奇妙じゃありませんか」

クレブズは人のよさそうな笑い声をあげた。

「そうおっしゃる気持ちはよくわかりますけどね、わたし自身は一種の監視役のつもりでいるんです」

「どういうことでしょう?」セオドシアはエビも少しもらおうと思いながら言った。

「水族館は教育の場です。あそこでのわたしの使命は、持続可能な海産物という概念を多くの人に伝える一助となることなんですよ」

「ちょうど先日、わたしたちもそんな話をしたところです」セオドシアは言った。ドレイトンとふたり、パーカーを発見する直前だった。それを振り払おうとするかのようにかぶりを振った。「では、まさに天職ですね」とクレブズに向かって言った。

「ええ。しかし、目下のところはいかなる環境保全の動きも見られません。浸透するにはまだまだ時間がかかるようです」

「そこがいちばんの問題ですね。まだ時間はあるんでしょうか? わたしたちの海にとって」

「あると心から信じていますよ」クレブズはなにやら考えこむような顔で言った。「人々が目を覚まし、海風のにおいを感じとりさえしてくれれば」

「ええ」クレブズは物静かで思慮深く、おまけにちょっとかっこいい。おかげで地元の水産物業者全体に対する印象がアップした。しかも意外なことに、ネプチューン水族館への印象までアップした。

好印象はおよそ十分ほどしかつづかなかった。委員たちは一堂に会して財政について簡単に話し合うと、広報対策に議題を移した。言い換えるなら被害対策だ。

「先日の事故の影響を最小限に食いとめる必要がある」セダキスが言った。肘掛け椅子にすわった彼は脚を組み、一同を見まわした。「そして、グランドオープンのイベントと活動を前面に押し出す。リーフ鑑賞、魚にさわれるコーナー、ファミリーデーといった楽しいイベントなどをだ」

「事故の影響を最小限に食いとめるのもけっこうだが」グランヴィルが発言した。「あらたにどのような安全対策を講じたかをオープンにしたらどうだろう」

「それはやらんほうがいい」とセダキス。「安全対策について話せばどうしても、よからぬ考えを持つ監視団体やら消費者目線による報道をするテレビ局の目にさらされてしまうからな」

デレインがセオドシアに素早く視線を投げた。立ちあがって、意見を述べてよと言いたいらしい。しかしセオドシアは無言のまま、ひたすら耳をすまし、目をこらしていた。もちろん、心のなかではらわたが煮えくり返っていたけれど、あくまで冷静を装っていた。

会議はその後も三十五分つづき、やがてひとりが水族館にオープンする新しいレストランに言及した。そこでセダキスが口をはさんだ。「まだ提案依頼書を提示している段階だから、その議題については後日、上程してはどうだろう」

「上程ですって」デレインが忍び笑いを洩らした。「なんてぴったりな言葉だこと」

しかしセオドシアの頭はべつのところをさまよっていた——明日おこなわれるパーカーの葬儀を思うと、ひどく気が重かった。

12

組み鐘《カリヨン》が甘く透きとおった音を響かせるなか、セオドシアとドレイトンはザ・シタデル（チャールストンにある上級軍事大学）のサマーオール礼拝堂に足を踏み入れた。

「これはこれは」ドレイトンは周囲に目をやりながら言った。

「どうかした？」肩を並べて歩くセオドシアが訊いた。

「なんとも美しい」彼は言うと、入り口で背筋をぴんとのばして立つ制服姿の若い士官候補生から式次第を二部受け取った。

セオドシアがザ・シタデルを訪れるのは数年ぶりだが、うれしいことに礼拝堂は静かで素朴なところはちっとも変わっていなかった。十字の形をした無宗派のサマーオール礼拝堂は神、国、思い出、質素が祀《まつ》られている。そのため、会衆席はどれもアパラチアン・ホワイトオークから手作りしたもので、天井と側面の壁はマツ材、照明器具は錬鉄でできていた。五十州すべての州旗が壁を飾り、窓はザ・シタデルの卒業生と兵士をたたえるステンドグラスの小さなメダイヨンが集まってできている。

素朴な長椅子に腰をおろすと、セオドシアは小さなプログラムに目をとおした。ふと気づ

くと、カリヨンがJ・S・バッハ作曲『オルガンのためのパストラーレ』からアンダンテの最終節を奏でていた。心に残る美しい音が教会内に響きわたる。かと思うと、あたりがしんと静まり返って、胸がつまりそうになる。パーカーの兄がザ・シタデル内の礼拝堂を葬儀の場に選んだのも道理だ。おそらく、チャールズはここの卒業生なのだろう。あるいは親族の誰かかもしれないが。

「内陣の窓を見てごらん」ドレイトンが小声で言い、祭壇の真うしろにある大きな窓をひかえめに指差した。さまざまな図柄によって勇気、犠牲、義務、誠実、信仰、そして祈りが描かれている。

「見事ね」セオドシアもささやき返した。

やがて葬儀が始まった。

簡素な黒いスーツ姿の司祭が奥から現われると、パーカーの兄が最前列の長椅子から立ちあがり、小さな金属の壺を飾り気のない木の台に神妙な顔つきで置いた。

「まあ！」セオドシアはうわずった小さな声を洩らした。まったく心の準備ができていなかった。パーカーはすでに火葬に付され、わずかな灰になっていたのだ。

ドレイトンが気の毒そうな目を彼女に向けた。「大丈夫かね？」と小声で尋ねた。

ううん、と心のなかで返事をする。

しかし、思いとは裏腹にうなずいた。ええ、大丈夫。しゃんとしなきゃ。だって、そうするしかないもの。

ふたをあけてみれば、立派な言葉と気持ちのこもった弔辞、それに胸にこみあげる思いとが相まって、素朴ながらすばらしい式となった。パーカーの兄のチャールズが子ども時代の思い出や、パーカーが気配りができて社会的意識の高い弟だったこと、繁盛する評判のレストランを築いたことを長々と語った。声を嗄《か》らしながら話を終えたチャールズは自席に戻り、シェルビーに腕をまわし心をこめて抱きしめた。

ドレイトンが喉の奥で小さく、ふうむとうなり、セオドシアはシェルビーの動きを目で追った。

かくして葬儀は終了した。チャールズが壷を抱えて側廊を歩いていくと、そのあとをシェルビーと親族が白い顔と黒い服のモノクロV字編隊よろしくついていく。カリヨンの青銅の鐘が二曲めを奏ではじめた。今度はヘンデルの『メサイア』のなかの田園交響曲だ。

「短くて簡素だったな」身廊に出る順番を待ちながらドレイトンが言った。「わたしの葬儀もぜひともこんなふうにしてもらいたいものだ」

セオドシアは彼を肘でそっと押した。

「そんな暗いこと言わないで。まだまだ先のことじゃない」

ドレイトンはとまどいながらも、あたたかみのある灰色の目を彼女に向けた。

「パーカーだって同じことを思っていただろうよ」たちまち、彼女の目に苦痛の色が浮かんだ。「悪かった。そういうつもりではなかったのだよ」

「わかってる」セオドシアは言った。「でも、あなたの言うとおりね。普通の人は予期なんかしてないもの」

「まったくだ」

この会話でセオドシアはふたたび自問をはじめた。パーカーには最期のときが見えていただろうか。きっと見えていただろう。だからあれだけもがき、勇猛果敢に抵抗したんじゃない。どうなるかが見えていたから、全力をつくして戦った。せめて……。

セオドシアは大きなため息を洩らした。気がつくとすっかりぼうっとしていて、一インチも動かずに同じ場所にすわっていた。ほかの参列者はみな、礼拝堂の外に出てしまっていた。

「大丈夫かね？」ドレイトンがふたたび尋ねた。彼女が落ち着きを取り戻すまで、辛抱強く待っていてくれたのだ。

「出ましょう」セオドシアは言い、身廊に足を踏み出した。「シェルビーと話がしたいわ」

「そう言うと思っていたよ」

お悔やみの列は正面の階段から始まり、下の芝地までつづいていたから、参列に訪れたほかの弔問客の顔をじっくり見る余裕があった。そのなかにはジョー・ボードリーの姿もあり、彼はきれいな女性と笑顔でおしゃべりしていた。

「ボードリーさんだわ」セオドシアは言った。

「あの弁護士か」ドレイトンはふんと鼻を鳴らした。まるでばい菌かなにかのような扱いだ。

「ここでなにをしているんだろうな？」

「いい質問ね」とセオドシア。まさか、融資の件でパーカーを欺いたことがうしろめたく思えてきたとか？　それともほかになにかあるのかしら？

セオドシアとドレイトンはお悔やみの列に並んだ。列はチャールズ・スカリー、その妻のモニカ、さらに数人の親族の前をゆっくりと進んだ。ふたりはいたわりの言葉をつぶやき、握手をかわし、遺族にかけるにふさわしいことを言った。

ようやく、シェルビーの前にたどり着いた。

セオドシアは握手もお悔やみの言葉も省略した。そのかわりにこう言った。

「彼はあなたに全部遺したんですってね」剣をたっぷり含んだ口調で、ほとんどなじるような言い方になった。

シェルビーは一瞬にして身をこわばらせた。「あなたの思ってるようなことじゃありません」と消え入りそうな声で訴えた。「本当です。ちゃんと説明できます」

セオドシアは感情を押し殺した目を彼女に向けた。

「その説明とやらをぜひとも聞かせてほしいわ」

シェルビーは考えるような顔をしたが、すぐに答えた。

「あとでお会いできますか？　ちゃんと話をしましょう」

「そうしたほうがよさそうね」セオドシアは言いながら、彼女の前を通りすぎた。「電話するわ。きょうは一日出てるけど、とにかく電話する」

ドレイトンと並んで車まで戻る途中、セオドシアは振り返り、まだ海の環流のようにぐるぐるまわっている弔問客の一団に目をこらした。そのなかにはピーチズ・パフォードの姿があった。それに、やっぱりいたわ、デイヴィッド・セダキスも。ずいぶんと神妙な顔をしている。ティドウェル刑事もどこかにまぎれこんでいるのかしら？　セオドシアはそうであってほしい、と心から思った。

十時十五分をまわる頃にはふたりともインディゴ・ティーショップに戻っていた。

「お葬式はどうだった？」

ヘイリーが訊いた。彼女は厨房でしゃがみこみ、カニサラダ、チキンサラダ、キュウリの薄切りに楔形に切り分けたブリーチーズを詰めたプラスチックケースを、屋外のケータリングで使う大きくて頑丈な金属製のクーラーボックスにおさめていた。かたわらにはバゲットでいっぱいのバスケットが鎮座し、出番を待っている。

「とてもしめやかだったわ」とセオドシア。

「胸が痛んだよ」とドレイトン。

「行けなくて残念だったな。でも、リビーおばさんのところのイベントに向けて、ちゃんと準備しておきたかったんだもん」

「で、準備はできたのかね？」ドレイトンが訊いた。

「当然でしょ」間髪容れずにヘイリーは言った。

「店の様子はどうなっている？」ドレイトンは頭を傾けながら訊いた。セオドシアとヘイリーの予想どおり、彼はミス・ディンプルと彼女の弟が心配でしょうがなかったのだ。

「ミス・ディンプルも弟さんも最高の仕事をしてくれてるわよ」ヘイリーは言ってやった。

「お姉さんがお茶を淹れて出し、弟さんがスコーンを配ってる」

「それでお客様は満足してくださっているんだろうね？」

「心配いらないって、みんな喜んでるってば」とヘイリー。「店が破産するんじゃないかなんて気に病んでる暇があったら、さっさとこの荷物を車に運んで、ケイン・リッジ農園に向けて出発しましょうよ」

「やれやれ」ドレイトンは言った。「まったくきょうの予定はタイトだな」

「そのとおり」ヘイリーは言って、セオドシアに目を向けた。「食べ物は全部あなたのジープに積んで、あたしは自分の車でべつに行っていい？」

「かまわないわ」セオドシアは早く出かけたくてやきもきしていた。パーカーの死と葬儀以外のことで頭をいっぱいにしたかった。

三人は五分で荷物をすべて裏口から運び出した。いよいよ出発という段になって、ドレイトンがティーポットがあと二個必要だと言い出し、店に駆け戻った。

「あれじゃそのうち、心臓発作になっちゃうよ」ヘイリーはしたり顔で言った。きょうは上は白いシェフコート、下は黒いレギンス姿だ。長いシェフ帽を脱ぎ、両手でねじっている。

「そんなことを言うもんじゃないわ」セオドシアは言った。「ドレイトンはただ念には念を入れているだけよ」

「念のため、三個持ってきたよ」ドレイトンが大事な荷物が入った段ボール箱を危なっかしく抱えながら、裏口から現われた。

「さすがだわ」セオドシアが言う横で、ヘイリーがあきれた顔をした。

ドレイトンは最後の箱を積みこむと、出かけるのを渋るような顔でセオドシアとヘイリーのほうを向いた。

「本当にミス・ディンプルと弟さんだけでちゃんとやれるんだろうか？」

「大丈夫だってば」ヘイリーはぴしゃりと返した。「メニューはちょっとしかないのよ。お茶、スコーン、ズッキーニのブレッド、それにスープ。よそって、スライスして、注いで、出すだけ。要するに、サルでもできるってこと」

「ふたりはべつにサルじゃないわよ」セオドシアがたしなめた。「ミス・ディンプルはうちの帳簿係だし、弟さんはチャールストン大学で英語の教授だった人だもの」

「ごめん」とヘイリー。「じゃあ、きょうのメニューは大幅に簡略化してあると言い換える。だったらいい？」

「ぐんとよくなった」とセオドシア。

「それにしても」ヘイリーの目がきらきら輝きはじめた。「ミス・ディンプルからエルフが手伝いに来てくれるって言われたときには、文字どおりの意味だとは思わなかったな」

「ひょっとして」とドレイトン。「いまの話は弟さんのことかね？」

ヘイリーはうなずいた。

「しかし、あんなに背が低いじゃないか」

「でも、あのぴかぴかの頭を見たでしょ？」ヘイリーはくすっと笑った。「それに尖った耳も」

「ばかばかしい」

ヘイリーはしたり顔でうなずいた。

「ミス・ディンプルの言うとおりだった。たしかに彼はエルフだわ」

13

一八三五年にホルベック川沿いに建てられたケイン・リッジ農園は、かつては米のプランテーションとして栄えたが、いまはセオドシアのおばのリビー・ラヴェルと話し相手兼家政婦のマーガレット・ローズ・リースが暮らす優雅な住宅になっている。小高い場所にある敷地は眺望がばつぐんで、静かなる池と沼沢地、それらを囲む平坦な土地が見おろせる。その昔は大小さまざまな水路が横切っていた土地だが、いまでは低木と高木が密生し、サウス・カロライナに古くからあるマツが主体の松樹林とすんなり混じり合っている。

母屋は奇抜な形のゴシック復古調のコテージで、天にも届くような屋根のピークと破風、勾配のきついこけら板の屋根、三方向にのびた広々としたベランダをそなえている。いまは使われていない馬小屋、燻製小屋、それに小ぶりの離れとは石がごろごろしている通路でつながっている。

「いらっしゃい！」小柄で銀髪、そしていつも元気いっぱいのリビーおばさんが飛び出してきて、インディゴ・ティーショップの面々を出迎えた。「わたしの大事なセオ。ドレイトンも！」

「相変わらずとてもきれいだ」ドレイトンは腰をかがめ、リビーおばさんの頬につつましく軽いキスをした。

「それにヘイリー！」リビーおばさんが腕を大きく広げると、ヘイリーがうれしそうに駆け寄った。

「リビーおばさん！」ヘイリーはおばさんの体をそっと抱きしめた。「すっごいひさしぶり！」

「すっかりご無沙汰だったわね」

リビーおばさんはにこやかに応じると体を起こし、ほっそりした肩をしゃんとのばして幸せそうに笑ってみせた。

「でも、みんなでこうして来てくれたわ。しかもちょうどいい時間に。もうお客様が何人かみえているの」

「こんなに早くから？」金属のクーラーボックスを出そうとしていたドレイトンが顔をしかめた。

リビーおばさんは彼の不安を追い払うように手を振った。

「あの人たちのことは心配無用よ。みんな玄関側の芝生でおしゃべりしたり、きれいな景色をながめたりしているから。ご近所のボーヒケットさんがテーブルを五卓ほどと椅子を持ってきてくださって、池がよく見える場所に並べてくださったのよ」

リビーおばさんはふふっと笑った。

「いまはちょうどヒメレンジャクが来ていて、空中バレエを踊ってお客様をもてなしているわ」

リビーおばさんはすこぶるつきの鳥好きだ。砕いたコーン、ヒマワリの種やアザミの種の五十ポンド袋を、ジェームズ・ボンドの映画を観ながら食べるポップコーンみたいに気前よくからにしていく。しかも、航空機マニアが機体の種類を嬉々として特定するように、くちばしや尾や翼帯の形から鳥の種類を即座に言い当てることができるのだ。

「こっちよ、こっち」リビーおばさんはうながした。「キッチンに全部運びこんで、仕事に取りかかってちょうだいな」ドレイトンとヘイリーがえっちらおっちら歩き去ると、リビーおばさんはセオドシアに声をかけた。「お葬式はどうだった？　行ったんでしょう？」

「行ったわ」セオドシアは答えた。「胸が締めつけられる思いがした。お葬式はみんなそういうものだけど」

「でも、ずいぶん気丈にしているじゃない」

「忙しくしているせいよ」セオドシアは答えた。

「セオったら」リビーおばさんの目に光るものが浮かんだ。

ヘイリーは手早くクーラーボックスの中身を出してティーサンドイッチをつくりはじめ、ドレイトンはお茶の準備に取りかかった。セオドシアはテーブルの位置や配膳が心配で、玄関を出て配置を確認した。リビーおばさんの言葉どおり、正面の芝生は緑色の絨毯を敷いたように池までゆるやかにのび、そこにテーブルが点々と置かれていた。それとはべつに白いクロスをかけたティーテーブルが用意され、屋外のお茶会の演出にひと役買っている。

リビーおばさんが言っていたとおりの景色だった。木漏れ日を受けた池がちらちらと揺らめき、おなかをいっぱいにした鳥たちがお礼を言うようにさえずりながら空を旋回している。本当に美しいながめだ。

「サンドイッチの出来具合はどう？」セオドシアはキッチンに引っこんで声をかけた。

「いい感じ」ヘイリーが応じる。手にしたバターナイフが、並べたパンの上を文字どおり飛ぶように動いている。

「お客様の数はどのくらいになるのだね？」ドレイトンが訊いた。

「きのうの時点では三十人という話だったわ」セオドシアは答えた。「でも、飛び込みで来る人も何人かはいるでしょうね」

「大丈夫だって。食べるものはたっぷりあるもん」

「まあ！」セオドシアは声をあげた。ヘイリーが大きなパン切りナイフを手に、サムライのような手並みでパンの耳を落としはじめた。「ティファニーの銀のトレイを使うの？」

「リビーおばさんが貸してくれたんだ。ここ何年か使ってなくて、食器棚に飾ったまま埃《ほこり》をかぶってたんだって」ヘイリーはひと呼吸おいた。「もちろん、埃は払ったわよ」

「上等な食器を使うのはどんな場合でもいいものだ」そう言うドレイトンも、シェリーやスポード、ロイヤルウィントンのティーカップなど、美術館並みの茶器を収集しているが、それらをしまいこまず、ごくありきたりのアッサム・ティーを飲むときにも使っている。「おばさんの気持ちがわかるわ」セオドシアは言った。「きょうほど特別な機会なんてそうそうないもの」

「ところで、どのような段取りになっているのだね？」ドレイトンは首からエプロンをかけた。

「一番手はクルミのスコーンにメープル・ペカン・バターを添えたもの」ヘイリーは落としたパンの耳を手早くすくいあげ、銀色の大きなボウルに入れた。あとで鳥たちにまくためだ。

「そしてふた皿めはキッシュ」

「ただのキッシュ？」セオドシアは訊いた。きっとヘイリーは特別なアイデアを隠し持っている。そんな気がしてならなかった。

「はい、はい。そう言われるのはわかっていたから、名物のマッシュルーム入りモルネーソースをつくってきたんだ。上からかけようと思って」

「うまそうだ」とドレイトン。「それにソースもすばらしい」

「キッシュの次は、各テーブルに三段トレイを配るの。いちばん上の段と真ん中の段はもちろんティーサンドイッチで、いちばん下の段はひとくちブラウニーよ」

「いつものことながら、本当にきっちり考えてあるわね」セオドシアは言った。

ヘイリーはうなずいた。「頭のなかではね。でも、どんな場合だってスムーズにはいかないものよ」

しかし、きょうのお茶会はすべてスムーズにいった。

お客が到着すると、リビーおばさんが出迎え、庭をぐるっとまわりこんでテーブルに案内した。音だけのキスとにぎやかなあいさつの言葉が交わされ、おしゃれなお茶会ランチのはじまりに胸をふくらませながら席につく。

たちまち、セオドシアとドレイトンは仕事モードに切り替わった。セオドシアはひと皿めのスコーンを配り、クロテッド・クリームや甘い蜂蜜をこんもり盛った脚付きの皿を手渡すと、全員に行き渡ったことを確認してからお客とのおしゃべりを楽しんだ。大半はリビーおばさんを通じて知っている人たちだった。ドレイトンは二個のティーポットを手に、テーブルのあいだを縫うように進み、お茶を注ぎ、質問に答え、お茶にまつわるちょっとした逸話を披露した。

リビーおばさんは性分なのか、何度となく席を立って、手伝いましょうかと声をかけてくる。

「すわってて」セオドシアは言った。「お客様とお茶会を楽しんでちょうだい」

「でも、あなたがすごく大変そうなんだもの」

「ばか言わないで。いつもやっていることよ。楽しんでやってるんだから大丈夫」

その言葉に嘘はなかった。

すべてとどこおりなく進んでいるおかげで、キッシュとティーサンドイッチの合間にひと息つく時間ができた。セオドシアは自分用にアールグレイを注ぎ、デレインがすわっている席にゆっくり近づいた。

「来てくれてありがとう」セオドシアは声をかけ、デレインの向かいの椅子に腰をおろした。

「あなたがいてくれてリビーおばさんも喜んでるわ」そこで少し間をおいた。「それに、わたしも」昨夜のちょっと熱くなりすぎたやりとりを、水に流していてくれるといいのだけど。

「だって友だちでしょ？」デレインは明るい声で答えた。きょうの彼女は、ホットピンクのブークレ織の上下に揃いのつば広の帽子でめかしこんでいた。しゃべりながらもキッシュから卵のフィリングだけをていねいに選り分けている。炭水化物を摂りたくないのだろう。

「だいいち、きょうはあなたのおばさんが主催するチャリティー・イベントだもの。あたしがチャリティーと名のつくものを心から応援しているのは、あなたもよく知ってるでしょ。とくに、かわいそうな猫ちゃんやワンちゃんを助けるチャリティーとなればなおさらよ」

「ええ、あなたは本当に心強い存在よ」セオドシアは言った。デレインは人を怒らせる名人だし、ゴシップ好きでおまけに少し鼻持ちならないところもあるけれど、社会貢献への意識は高いし、とてつもなく心が広い。わけても動物に対しては。

「それに」とデレイン。「うちで開催するクローズ・ホース・レースでは、あなたをあてにしていることだしね」

「それは具体的にどういうものなの？」セオドシアは訊いた。近々おこなうというそのイベントについては何度となく聞かされてきたが、くわしいことはいまだ不明だ。

「再就職に挑戦する女性たちがそれなりのビジネスウェアを買えるよう、うちのブティックで資金集めのイベントをやるのよ。そういう女性のほとんどは、ドラッグのリハビリ、悲惨な離婚、家庭内暴力などなど、つらい思いを経験してきてるの。これでわかってもらえたかしら」

「とてもりっぱな活動のようね」

デレインはうなずいた。「そうよ。誰もが恵まれた家に生まれるわけじゃないんだもの……あたしたちとはちがって」

「デレイン」セオドシアは訊くだけ訊いてみようと思い、口をひらいた。「ピーチズ・パフォードのことはどのくらい知ってるの?」

デレインは鼻にしわを寄せ、なかなか取れないキッシュのかけらを払った。

「とてもよく知ってるわよ」そこで少し考えてから、こう言い直した。「えっとね、ピーチズがうちの店のお得意さんなのはたしか。なにしろ、デザイナーものののスーツやカジュアルなシルクの服に目がないんだもの。あたしのほうも、彼女が経営してるいくつものレストランで何度も何度もお食事してるわよ、もちろん」

「言い方を変えるわ。彼女についてどんなことを知っているの?」

デレインは目を細めた。「それはつまり……個人情報ってこと?」

セオドシアは片方の肩をあげた。ええ、それを教えてくれると助かるわ、という気持ちをこめて。

デレインは大ぶりのムーンストーンがついた指輪をいじりながら、しばらく考えていたが、やがて口をひらいた。「実を言うとね、あの人は私生活についてはあまり話さないのよ。でもこれだけは言える――ピーチズはものすごく有能なビジネスウーマンよ。うんと頭が切れるし、うんとタフなの」

「タフというのは、どういう意味で？」

「交渉の場では容赦がないんですって。〈アリエル〉っていう彼女のいちばん新しいレストランの賃貸借契約を知ってる？」デレインは甲高い笑い声をあげたが、ほとんど悲鳴にしか聞こえなかった。「ピーチズったら、ベル・マネージメントをめちゃくちゃ叩いたのよ。あそこのリーシング・エージェントを木っ端微塵に粉砕して、リース契約を一平方フィートあたり十六ドルくらいにまで負けさせたらしいの。それも総額でよ、諸経費を上乗せする前の額じゃなくて」デレインはすっかり感心した表情になった。「そうなの、ピーチズって人はねらった獲物は確実に仕留める人なのよ」

十分後、三段トレイがテーブルに置かれるとヘイリーはチャールストンに引き返し、セオドシアはドレイトンとあとに残った。

「しんどい部分はもう終わった」ドレイトンが言った。「ここから先は、ゴール目指してのんびり行けばいい」

「じゃあ、あとは楽勝ってこと？」セオドシアは言った。

「デレインには少しばかり世話が焼けたが、まあいつものことだ」

セオドシアはくすっと笑った。「契約書に十ページもの補足条項をつけてくるロックスターみたいよね。ほら、楽屋には白い花を飾れとかアロマキャンドルを用意しろとか。あるいはボウルいっぱいのフルーツキャンディがほしいとか」

「あるいは鎮痛剤のオキシコンチンがほしいとか」とドレイトン。

ふたりが楽しそうに話しているのに気づいたリビーおばさんが、急ぎ足でやってきた。

「きょうの会はどんな具合だと思う？」リビーおばさんは訊いた。

「大成功だとも」ドレイトンが自信たっぷりに答えた。「とても好評のようだ」

「ひとりいくらいただいたの？」セオドシアがそう訊いたのは、イベントの目的が資金集めだからだ。

「一枚二十八ドルでチケットを売ったの」リビーおばさんは答えた。

「それで、来てくれたのが……何人だっけ？　三十四人、ひょっとしたら三十五人かな」セオドシアは頭のなかですばやく計算した。「千ドル近くのお金が、動物救済グループの募金箱に入ることになるのね」

「そこからお料理のお金を引かないと」リビーおばさん。

セオドシアは手を振った。「お料理はわたしからの寄付ということにしておいて」

「まあ、うれしい！」リビーおばさんはセオドシアの腕をぎゅっとつかんだ。

「しかし、現状に満足していてはだめだ」ドレイトンは相変わらずお客を喜ばせることに躍起だった。

「そうね、おかわりを注がなくちゃ」

「セオ！」デレインの呼ぶ声がした。片手をあげ、セオドシアの注意を引きつけようと指をぱちんと鳴らしている。「こっち、こっち！」

セオドシアは淹れたてのお茶が入ったポットを手に、デレインのテーブルに急いだ。

「ストロベリー・ダージリンのおかわりかしら？」

「おかわりはありがたくいただくわ」デレインは言った。「でも、呼んだのはメイジェル・カーターと引き合わせたかったからなの」

「まあ」セオドシアは誰のことかすぐに思い出し、デレインの真向かいにすわっている女性にすばやくほほえんだ。「〈火曜の子ども〉の代表の方ね」

「おっしゃるとおりよ」メイジェルはティーカップを高くかかげた。歳は四十代前半で、茶色い目がきらきら光り、茶色の髪はウェーブをかけてソフトボブにまとめ、とても柔和な顔立ちをしている。要するに、いかにも子どものための慈善団体を率いている女性という感じだった。

デレインが昂奮気味にうなずいた。「そうよ、メイジェルが〈火曜の子ども〉を設立したの。あなたはそこの代表として借り物ゲームに出るのよ」彼女は身がまえるようにセオドシアを見つめた。「借り物ゲームに出る気持ちに変わりはないわよね？」

うまく逃げる方法はあるかしら？　セオドシアは悩んだ。だめだわ、とてもじゃないけど無理。

「ええ、もちろん出るわよ」そう答えていた。

「ありがたいわ」メイジェルが言った。彼女はどことなく上の空な様子で、ゆっくりとわざとらしいしゃべり方をした。おそらくそれは、メイジェルがふだん相手にするのがおもに子どもだからだろう。あるいは心理学を学んだせいで、言葉の選び方にすごく慎重なだけかもしれない。

「そうそう、きのうはお店にうかがえなくてごめんなさいね」

「あら、そんなこと」

メイジェルはまだセオドシアに視線を集中させている。

「とにかく、きょうここでこんなイベントがあるとデレインから聞いて、お邪魔してあなたにお礼を言おうと思ったの。うちを代表して借り物ゲームに出場してくれることには、心から感謝するわ。うちは慈善団体としてはまだ新参者だし、地域社会のなかでもあまり知名度は高くないから」

彼女は目のまわりにしわを寄せた。

「でも、最近はいろいろよくしていただけるようになって、〈火曜の子ども〉が宝くじを当てたみたいな気がしているの」

「本当よねえ」デレインがうれしそうに言う。

「どういうこと？」セオドシアは訊いた。

「まずは、ギブズ美術館が今月の金魚鉢に集まったお金をうちに寄付してくれることになったでしょう？　そしたら今度はおたくのお店がうちの代表として借り物ゲームに出てくれるんですもの」メイジェルは手をのばし、セオドシアの手を握った。「ある意味あなたは……あなたは守護天使みたいなものだわ」

メイジェルの言葉と仕種にセオドシアは胸がじんとなった。そして即座に決断した。借り物ゲームに全身全霊を傾けようと。いま思えば、これまではどこか参加に消極的な自分がいた。だけど……もうそんな態度とはさよならだ。

「これによって危機的状況にある子どもたちが大勢助かるのよ」メイジェルは力強く言った。

「そのためのイベントですものね」セオドシアはまだ、なんとかパスできないかと考えていた自分をうしろめたく思っていた。

「ねえ」デレイトンが指を差し、昂奮でうわずった声を出した。「ドレイトンがお得意の詩の暗唱をするみたいよ」

「本当に、舞台の中央に立つのが好きなんだから」セオドシアは言った。実際、ドレイトンはお茶にまつわる詩のいくつかを喜んで披露する。どうやらきょうも、お客の誰かがぜひにとリクエストしたようだ。

とたんにどのテーブルもおしゃべりの声が数デシベル小さくなり、聴衆全体に静寂が広がり、全員の目がドレイトンに向けられた。

「お聴きいただくのは」ドレイトンはバラのメダイヨン柄のティーポットを小脇に抱えて胸

を張った。「三世紀に中国の文学者、左思(さし)によって書かれた詩の引用です」そこで小さくほほえんだ。「この場所の美しさを思えば、たいへんふさわしい一篇かと存じます」

そう前置きしてドレイトンはよく通る声で吟じはじめた。

舞いあがった野生のカモが
わが庭の果樹の上方で羽ばたく
地面に落ちたばかりの果実が
ついばまれるときを待っている
わたしは思いこがれる
風と雨でしなる花に
頭のなかで茶の芝居を書こう
鼎《かなえ》と大釜のあいだを
風がそよいでいく

一斉に拍手がわき起こり、ドレイトンは深々と頭をさげた。

「ありがとう。本当にありがとう」彼は両腕を大きく広げた。「なにかご質問はありますか？

お茶についてのご質問は」

あざやかな黄色いスーツを着た女性が手をあげた。

「どうぞ」ドレイトンは上機嫌で指名した。

「お友だちが言うには、お茶の作法をつくりあげたのは中国人だそうです。でも、わたしはイングランドの女王が考え出したんじゃないかと思うんです。どちらが正しいんでしょうか？」

「実を言いますと」とドレイトン。「ティータイムはベドフォード公爵の夫人が、午後になると眠くなるのをどうにかしようとして考え出したものです」そこで言葉を切り、目をぱっと輝かせた。「公爵のほうはなにをしていたのか、わかりませんがね」

とたんに笑い声があがった。

「ほかにご質問は？」ドレイトンはすっかり気をよくして言った。

質問の手がふたたびあがった。「お茶が中国からはじめて渡来したのはいつですか？」

「一六〇〇年代初期、クリッパー船によってイングランドまで運ばれたそうです」

「さぞかし輸送に時間がかかったでしょうね」質問した女性が考えこむように声を洩らした。

「うー、い、ロングな時間がね」ドレイトンはおかしそうに笑うと、きょろきょろと見まわし、お客のなかにリビーおばさんの顔を見つけて、前に出てくるよう手を振った。

リビーおばさんは目立ちたくないというように、首を横に振った。

しかしドレイトンは承知しなかった。「だめだ」とリビーおばさんに呼びかける。「きみがやらないでどうする。そもそも、ここにいるすてきなご婦人方はきみを支援するために集まってきているんじゃないか。きみと、きみが主催するチャリティー事業を支援するために」

「マディソンズ・ホームのためよ」

リビーおばさんは立ちあがり、前方へと進みはじめた。一歩進むたびに自信が急激にふくらんでいく。彼女はドレイトンからキスを受けると、聴衆に向き直った。

「きょうはおいでいただき、本当にありがとうございます。いまさら隠すことではありませんが、わたしは大の動物好きです。ここケイン・リッジ農園に設置した巣箱や給餌ステーションをごらんになれば、それも納得いただけることでしょう」

笑い声があがり、女性たちがたがいにうなずき合った。リビーおばさんは満足そうに笑った。

「またわたしは、野良犬や野良猫に愛情あふれる安全な家を見つける手伝いにも熱心に取り組んでいます。そういうわけで、本日のお茶会による収益は、マディソンズ・ホームというすばらしいアニマルシェルターに贈られます。ここコレトン郡にできた殺処分をしないそのシェルターは、とてもひたむきなボランティア団体によって運営されています。けれども、その団体だけでは限界があります。だからこそ、みなさまのお力添えが必要なのです」

そこでしばらく次の言葉を探した。

「きょう、みなさんからいただいたご支援によって、今後何カ月にもわたってさらに多くの愛らしい生き物たちを養うことが可能になりました」

大きな拍手がわき起こると、セオドシアの隣に来ていたドレイトンがぽつりと洩らした。

「泣いていない人はひとりもいないようだ」

「あなたのチャリティー精神は血筋なのね」メイジェルは言いながら、セオドシアににっこり笑いかけた。

セオドシアは少し照れながら言った。「できるときにはなるべく手を差しのべたいと思っているわ」

「そういうところがとてもありがたいわ」とメイジェル。「市主催の借り物ゲームは明日の夜にスタートすることだし」

「ええ、そうね」とセオドシア。

「今回の借り物ゲームについて、くわしい話をデレインから聞いてる?」

セオドシアはデレインをちらりと見やった。彼女はテーブルからテーブルへと渡り歩き、盛大に愛想を振りまいているところだ。

「だいたいのところは聞いているけど」セオドシアは言葉を濁した。「基本的なルールと規定を説明してもらえると、とても助かるわ」

「ええとね、今回の借り物ゲームはすごくおもしろくて、しかもちょっと変わってるの。出かけていって、実際に品物を集めるんじゃなく、品物なり場所なりを探し出したら、写真を撮ってウェブサイトに送信するという趣向なの」

「そう」セオドシアは言った。地の果てまで出かけて、どうでもいい変なものをジープに山と積んで帰る必要はないとわかり、心底ほっとした。

「明日、正式なリストが手渡されるわ」メイジェルは言った。「指定された品物を見つけ出したら、審判に全リストを制覇したお墨付きをもらって、決勝に駒を進めることができるというわけ」

「それだけ？」セオドシアはほっとした声を出した。もっとずっとややこしいものかと思っていた。

「それだけよ」メイジェルは言うと、近づいてきたリビーおばさんにほほえみかけた。「こんにちは。突然押しかけちゃいました」

セオドシアはリビーおばさんとメイジェルを簡単に引き合わせてから、おばさんに訊いた。

「きょうは成功だと思う？」

「もう、なにを言ってるの。驚くほどの成功に決まっているじゃない」リビーおばさんはセオドシアの肩に手を置いた。「みんな、あなたのスコーンを絶賛していたわよ。それにクリーム状の蜂蜜も」

「蜂蜜で思い出したわ」セオドシアは言った。「金曜日に新製品を見せてもらいにデュボス養蜂場まで出かけるつもりなの。おばさんも一緒にどう？　ここまで迎えに来るわよ」

リビーおばさんはうれしそうに笑った。「いいわね、ぜひ行きたいわ」

「じゃあ、決まり。金曜の午後はふたりでデートよ」

「そうそう、忘れないうちに言っておくわ。きょう帰る前に、きれいなお花を少し持っていってね。ドワーフアイリス、ハーブ、すみれがあるの。おたくの裏庭に植えたらどうかと思って」

「わたしからはきみに小切手を進呈しよう」ドレイトンがすっと現われた。

「どういうこと?」リビーおばさんは訊いた。

「チャリティーへの寄付だよ」ドレイトンはおばさんの手に個人小切手を握らせ、ほほえんだ。おばさんの目に涙があふれはじめた。

「まあ、ドレイトン」セオドシアは言った。「あなたがそこまで犬や猫が好きだとは知らなかったわ」

「頼むから」彼は身を硬くした。「誰にも言わないでくれたまえよ」

ドレイトンの豆知識

アフタヌーン・ティー

1840年代に第7代ベドフォード公爵夫人アンナ・マリアが始めたとされます。当時の食事は朝食と夕食の2回で、食間があまりに長いので軽食とともにお茶を飲むようになったのが始まりという説もあり。

14

セオドシアとドレイトンがインディゴ・ティーショップに帰り着いたときには、午後も遅くなっていた。店内はしっかり戸締まりされ、ヘイリーの姿はどこにもなかった。たぶん、二階でお風呂にでも浸かっているんだわ。店オリジナルのリラックスラベンダーの入浴剤でも入れたお風呂に。けさは五時に起きて食べるものを全部用意してくれたのだから、そのくらいのごほうびはあって当然だ。しかもきょうの夜にはコーヒーとお茶の博覧会用の荷物を取りに来てくれることになっている。ヘイリーにとっては大変な一日だ。みんなにとっても。

「これはきみのオフィスに置いてかまわないかね?」ドレイトンは車からクーラーボックスを持ちあげながら訊いた。「片づけるのは明日ということにしても?」声に疲れがにじんでいるうえ、背中は曲がっているし、足取りもやけに重い。

「かまわないわ」セオドシアは言った。残りものはまったくないから——わずかに残ったものはリビーおばさんにあげてしまったのだ——置きっ放しにしても問題ない。おばさんからもらった花も、うん、ここに置いていこう。どうするかは明日考えればいい。

「では、わたしはまっすぐ家に帰るとするか」ドレイトンは言った。「革椅子でくつろいで、おもしろい本の世界にひたるとしよう。オペラをかけるのもいいかもしれん。『トゥーランドット』か『ドン・ジョヴァンニ』を」

「テレビは見ないの？　ネットサーフィンもなし？」そう訊いたのはセオドシア流のジョークだ。ドレイトンは大のテクノロジー嫌いで、最新技術と名のつくものはいっさい受け入れず、いまだに収集したレコードを大切にしている。イヤホンでｉＰｏｄを聴くなんてもってのほかだろう。

「自分でも古くさい人間なのはわかっているよ。頑固一徹のな」

「信念があるのは、悪いことじゃないわ」


ドレイトンを歴史地区の自宅で降ろしたのち、セオドシアはようやく家のドライブウェイに車を入れ、ほっとひと息ついた。アール・グレイのことは心配していない。同じブロックに住む元教師のミセス・ベリーが午後になると彼を連れに来て、たっぷり散歩させているからだ。もしかしたらこっそりアルファベットまで教えているかもしれない。足し算と引き算も。でなければ量子物理学かも。

「あら」石で囲った小さな養魚池をまわりこむと、裏口が見えてきた。「なにかしら、あれは？」

裏口の階段に茶色い段ボール箱が一個、置いてあった。配達があったんだわ。拾いあげて送り主を確認する。「わたしになってる」声に出してそうつぶやきながら、胸がときめくのを感じた。

家のなかから、お帰りというようにくぐもったうなり声がした。セオドシアは箱をあぶなっかしく抱え、鍵を錠前に挿してドアを押しあけた。「ただいま、帰ったわよ」と声をかける。

アール・グレイはすぐさま、お碗の形に丸めたセオドシアの手に毛むくじゃらの鼻を押しつけた。もう何年も繰り返している、お帰りなさいの儀式だ。

「いい子、いい子」手に犬の熱い息がかかるのを感じ、たちまち人心地がついた。「どうしてた？」

「ウルルー」元気にしてたよ。そっちはどう？

セオドシアは抱えていた箱をキッチンのテーブルに置いた。

「ねえ、見て。頼んであったティーポットがやっと届いたわ。裏口に置く音が聞こえたでしょう？」

アール・グレイは小首をかしげ、セオドシアが鋭いナイフを手に、梱包用テープをていねいに切って箱をあける様子を見ていた。

「プラスチックの緩衝ビーズが詰まってる」セオドシアは顔をしかめた。「いやあね」

そのやっかいなものをわきによけ、しつこく指にまとわりつくのをものともせずに、ティーポットを引っ張り出した。渦巻き模様を背景に、青と紫のパンジーが描かれている。イギリスのスタッフォードシャーにあるアーサー・ウッド&サンで製造された品だ。

　アール・グレイがもっとよく見ようというのか、鼻をぐっと近づけた。大半の犬に共通する仕種だ。

　セオドシアはポットを低く持ち、においを嗅がせてやった。アール・グレイはいちおうなるほどというような顔をした。けれども、セオドシアほどには昂奮していなかった。

　アール・グレイと急いで近所をまわったのち、セオドシアはシェルビーに電話した。

「シェルビー、セオドシアよ」

「はあ……どうも」シェルビーの声はよそよそしかった。けさの葬儀のあとにくらべてずいぶんと無愛想だ。

「ふたりきりで会いたいの」セオドシアは言った。

「いいですけど」シェルビーは用心しつつ言った。「いまはちょっと忙しくて」

「いまというのはこの瞬間のこと？　それとも今夜という意味？」そう簡単に許すつもりはなかった。「どうしても話をする必要があるの。それでね、八時頃に会うことにしない？」

　電話の向こう側がしんとなり、少したってからシェルビーは言った。

「わかりました。それでは……どこかコーヒーショップでどうですか？」

　中立地帯で会おうというのね。わたしの家に来るのは抵抗があるんだわ。

「いいわ。どこにする？」

「ウォーター・ストリートの〈ビッグ・グラインド〉でどうでしょう」

「八時に行くわ」セオドシアは言った。

けれども八時十五分前には、セオドシアはもう約束の店に着いていた。早く来たおかげで店内の様子がつかめ、落ち着いて話せる席を選ぶことができた。そうして、シェルビーに過酷で鋭い質問を浴びせる心の準備をしながら待っていた。

八時五分すぎ、シェルビーが現われた。ブルージーンズに藤色のTシャツを合わせ、スエードのフリンジつきバッグを肩からかけた彼女は、放心したように店内を見まわしていたが、ようやくセオドシアに気がついた。のろのろとテーブルに歩み寄り、腰をおろした。

「待ち合わせ場所をこんなコーヒーショップにしちゃったけど、気を悪くしないでくださいね」シェルビーは開口一番そう言った。彼女は照れたように笑って、バッグを置いた。バッグがテーブルの上でくたっとなるのを、ふたりは黙って見つめていた。

「気にしてないわ」セオドシアは答えた。まあ、ちょっと残念だったけど。

「メニューにはお茶もありますし」シェルビーが言った。

「ええ、そうね」セオドシアはもうカウンターでグレープフルーツジュースを買ってきていた。「気をつかって、メニューにお茶があるお店にしてくれたのね」

ここで出すお茶は茶葉から淹れるのではなく、ティーバッグを使っているのは知っている。いざというときにはティーバッグでもかまわない。中身がくずの茶葉――高級な販売業者が上質の茶葉を選別し、計量し、包装したあとに残る葉や茎のかけら――であるとわかって使うならば。

「なにか買ってきましょうか？」シェルビーが訊いた。

セオドシアは自分のカップをかかげた。

「すぐに戻ります」シェルビーは財布を出してカウンターに向かった。

シェルビーが落ち着かなくて時間稼ぎをしているのはわかったが、セオドシアにはどうでもよかった。なんとしても遺書と相続について核心を突いてやる。これからの三十分、シェルビーが釣り針にかかったミミズのように身をよじったってかまわない。

シェルビーがコーヒーを持ってテーブルに戻ると、セオドシアは単刀直入に切り出した。

「いくつか質問があるの」

「わかってます」シェルビーはコーヒーに口をつけたが顔をしかめ、息を吹いて冷ました。

「まずなにより聞きたいんだけど、所在不明のファイルについてなにか知らないかしら？」

シェルビーは目を見ひらいた。「え？　〝検討中のプロジェクト〟と書いてあるファイルのことですか？」

「ええ、それよ」

「わたしは持ってません。それについては警察でさんざん訊かれましたけど」

「その理由はわかっているわね」セオドシアは言った。「ファイルの中身がなくなっているので、わたしたちは——ティドウェル刑事とわたしという意味だけど——そのなかに商売上の重要な情報が入っていたと考えてるの。それにあなたも取り戻したいはずよ。だって、パーカーはあなたを相続人および保険の受取人に指定したんですもの」

シェルビーはうろたえたような顔をした。

「彼がそんなことをするなんて、わたしだって全然知らなかったんです！」

「でも、いまでは知っているわけよね。あなたはいまやすごいお金持ちになったのよ」

「そんなことは望んでません」

「そういうことを言ってるんじゃないわ。〈ソルスティス〉があなたのレストランになった結果、あなたはまずい立場に置かれたと言っているの」

「まずい立場？」シェルビーはわけがわからず訊き返した。

「はなはだしく不審な死。その結果おこなわれる殺人事件の捜査」セオドシアは一語一語吐き捨てるように言った。「パーカーを殺した犯人が逮捕されるまで、捜査は容赦なくつづくことでしょうね」

シェルビーはセオドシアをぽかんと見つめていたが、やがて目が大きくひらかれ、警戒するような表情がくしゃりと崩れた。

「やだ、まさか。わたしが殺したと思ってるんですか？」

「殺したの？」セオドシアは訊いた。訊くしかなかった。

「いいえ！」シェルビーはわめいた。「そんなことはしていません！」

「でも、事件の晩にネプチューン水族館にいたでしょ」

「そのわけはもう話したじゃありませんか！」

「あなたなら、パーカーをあの通路まで簡単に誘い出せた。偽のメモをこっそり渡しても、あなたならなんの疑念も抱かれない。それどころか、彼のほうはすてきなサプライズが待っているんだろうなと思ったんじゃないかしら」

「あんなサプライズなんかとんでもない！　お願いだから信じてください。わたしもあなたと同じ、頭がこんがらがってなにがなんだかわからない状態なんですってば」

セオドシアは冷静に値踏みするような表情をまとっていた。この女性の言うことは本当？　それともシェルビーは嘘をつくのがとてつもなく上手なの？　そこが最大の問題だわ。

「お願いです」シェルビーは苦しそうな表情で訴えた。「信じてほしいの。パーカーに危害をくわえるとか、よからぬことを仕掛けるなんて、わたしには絶対にできません」

セオドシアはまだシェルビーをにらむように見つめていた。

「その言葉を信じたいとは思うのよ」本当に？

「だったら信じて！　わたしはそんな人間じゃない。人殺しなんかじゃありません！」

シェルビーがバッグからティッシュを出して目もとをぬぐうのを、セオドシアはジュースを飲みながら見ていた。

そら涙？　それとも本物？

数秒が経過し、「わかったわ」とセオドシアは言った。

「信じてくれるんですか？」シェルビーはまだ洟をすすりながら訊いた。

「信じたいわよ、できることなら」

「だったらなんでも訊いてください」シェルビーは言った。「わたしだってあなたと同じように、パーカーを殺した犯人に裁きを受けさせたいんです。だから、真っ先にあなたを訪ねていったんじゃないですか」

「だったら、少しはなにか思い出してちょうだいよ」

「やってはいるんですってば。でも、あなたからも警察からも彼の家族からも話を聞かれるうち、頭のなかがごっちゃになってしまって。だってわたしは本当になんにも知らないんですから」

セオドシアは片手をあげた。「言いたいことはわかる。でも、数日たって少しは振り返る時間ができたでしょ。考えを整理する時間が」

「ええ、まあ」納得したような声ではなかった。

「前にも訊いたのはわかってるけど、パーカーの日常になにか変わったことはなかった？」

シェルビーは途方にくれたように肩をすくめた。「さあ。たぶん……いつもどおりだったと思いますけど」

「よく思い出して」セオドシアは言った。「一生懸命考えるの。とくに気に病んでいたようなことはない？　頭を悩ませていたトラブルだか問題だかはなかった？」

シェルビーはまたもや首を振った。

「レストランのほうはどう？　直接関係があるものでなくてもいいのよ」

シェルビーは発泡プラスチックのカップを口につけ、縁を嚙んだ。数秒がすぎた。やがて彼女は口をひらいた。

「水族館との契約の話でしょうか?」

15

セオドシアは自分の心臓がゆっくりとんぼ返りをするような感じがした。

「水族館の契約？」

「レストランの出店に関する契約です」シェルビーは言うと、その考えをあわてて打ち消すようにかぶりを振った。「まさか、あれはなんの関係もないわ。だって契約は流れたんだもの」

セオドシアは両肘をテーブルにつき、期待に満ちた顔で身を乗り出した。

「その出店の話を全部聞かせて。最初から」

「いいですけど」シェルビーは眉根を寄せ、言うことをまとめようとした。「でも、たしか一カ月前に終わったことなんですよ」

「いいから話して」セオドシアはうながした。

「いっときはパーカーも、ネプチューン水族館への出店を勝ち取れると思っていたようなんです」

「そう」

シェルビーはうなずいた。「でも、先方がＲＦＴとかいうものを出してきたんです」

「ＲＦＰのこと？　提案依頼書《リクエスト・フォー・プロポーザル》じゃない？」

シェルビーは指をぱちんと鳴らした。「それだわ。とにかく、パーカーはまとめたんです、売り込み文句……じゃなくて提案書を。とてもいい内容だったんですよ。レストランの名前は〈エンジェル・フィッシュ〉で、ビストロ風の料理を出そうと考えてました。魚のグリル、フレンチフライを添えたステーキ、パスタを数種類という感じで」

「で、それに対する反応はよかったの？」

「わたしの記憶では、その頃にパーカーは役員と会って、レストランはきみにまかせるみたいな感じで言われたはずなんです」

「確認させてほしいんだけど」セオドシアは言った。「その役員というのは、デイヴィッド・セダキスでいいのよね」

「ええ」

「じゃあ、ネプチューン水族館の承認を受けて、契約書がつくられたのね？　同意事項を文書にしたんでしょう？」

「どうかしら……そうしてあってもおかしくないけど……でも、文書になっているはずがないわ、そうでしょう？　だって、その話は消えてなくなったんですもの」シェルビーは小ささく効果音を洩らした。「シューッと音を立てて」

だから昨夜セダキスはレストランの議題を棚上げにしたのかしら。パーカーの名前を出さざるをえないという理由で。彼の愉快な仲間の輪に、このわたしがお邪魔していたから。セオドシアはこのあらたな展開に思いをめぐらせた。デイヴィッド・セダキスはパーカーの提案にいったんは心を動かされ、おたくを契約先にすると耳打ちまでした。けれどもは気が変わって、契約話を反故《ほご》にした。

そしてパーカーは殺された。ネプチューン水族館で。

この一連の残念な出来事から、セダキスはかなりあやしい人物として浮上した。

セオドシアは背筋をのばしてすわり直した。「出店を勝ち取ったのは誰なの？」レストランはまだオープンしていないし、あと数週間は先だろう。まったく予想がつかない。

シェルビーは肩をすくめた。「わかりません」

「でもパーカー以外の人なんでしょう？」

「でしょうね」

ピーチズ・パフォードかしら。

シェルビーはコーヒーに口をつけ、セオドシアを見つめている。

「いまの話、警察は知ってるの？　パーカーがネプチューン水族館と契約することになっていたことを、ティドウェル刑事なり部下の人なりに話した？」

シェルビーは何度かまばたきした。「いいえ、してません。大事なことでしょうか？」

「ええ、大事なことよ」セオドシアはがぜん元気が出て、ほとんど叫んでいた。「いまの話がパズルのとても重要なピースになる可能性だってあるわ」

「まあ」シェルビーは唖然としていた。「そんなこと、思いもしませんでした」

しかしセオドシアはすでに携帯電話を出して、ティドウェル刑事の番号をプッシュしていた。ダウンタウンにある警察につながると、何人もの門番を突破するために何度も早口で説明しなくてはならなかった。そしてようやくティドウェル刑事につながった。

「なぜ自宅まで電話をかけてくるんですか？」刑事の声はいらついて不機嫌だった。

セオドシアはネプチューン水族館のレストラン出店にまつわる情報を手短に伝えた。

「ちょっと耳に入れておこうと思って。パーカーがいったんはレストランの契約を勝ち取りながら、却下された話はご存じ？」

「初耳です」刑事は答えた。「水族館の関係者は全員がそれについては口を閉ざしていたようですな」

「役員会の人たちはとくにね」セオドシアは言った。「セダキスさん以外は知らなかったのなら話はべつだけど。その可能性はあると思う？」

「ありえるでしょうな」

「ひょっとして、セダキスさんがパーカーを切り捨てたのは、ほかからお金をもらったからじゃないかしら」

「セダキス氏が賄賂《わいろ》を受け取ったということですかな？」

「考えられないことじゃないと思う。水族館に出店するのはどのレストランにとってもおいしい話だもの。でも……」セオドシアはすっかり熱が入っていた。「でも、パーカーがセダキスさんの立派とは言いかねるビジネス手法をばらすと脅したのかもしれない」

「それはまた、ずいぶんと飛躍しましたな」

「でも、そうだったかもしれないでしょ」

「ひとつ、お願いします」刑事は言った。「そちらにいるシェルビーさんに、自宅に戻るよう伝えてください。ただちに捜査員を二名、彼女の家に派遣しますので」

「ちょっと待ってて」セオドシアはそう言うと電話を置き、シェルビーに伝えた。「家に帰りなさいって。捜査員がふたり、おたくに寄って……」

「いや!」シェルビーは泣き叫んだ。「話ならさんざんしたじゃないの」

セオドシアはテーブルごしに身を乗り出し、相手の手首を握った。

「よく聞いて、シェルビー。今度はちがうの。警察の人はとてもやさしくしてくれるし、水族館の件について簡単な質問をいくつかするだけだから」

そう言うと電話をふたたび顔のそばまで持っていった。

「いまのを聞いたわね?　やさしく、思いやりの心で接するよう捜査員には言ってちょうだい、わかった?」

「わかりました」刑事は気乗りしない声で応じた。

セオドシアはシェルビーに向き直った。

「よかった。これで事件が大きく進展するかもしれないわ」

シェルビーはまだ半信半疑の様子だった。「そうでしょうか」

「そうよ。それにひと役買うなんてすごいことよ」

しかしシェルビーはまだ不安な表情を崩さなかった。「本当はいやなんです。だって、警察はまだわたしを疑ってるみたいですし」

「なにもしていないのなら、心配する必要なんかないわ」

でも、なにかしたのなら、用心することね。


自宅に戻ると、ヘイリーとボーイフレンドが裏庭で待っていた。ふたりはツバキの茂みに埋もれるようにして錬鉄の黒いベンチに腰かけ、見苦しくない程度にいちゃついていた。

「待たせてごめんなさい」セオドシアは急ぎ足で通路を歩いていき、裏口の鍵をあけた。

「気にしないで」ヘイリーが言った。「急いでるわけじゃないから」

「とにかく、なかに入って」ドアを大きくあけると、アール・グレイが顔を上向け、脚をバタバタさせながら飛び出してきた。

「こら」セオドシアは首輪をつかんでとまらせた。「そんなに急いで飛びつかないの。ちゃんとごあいさつしてからになさい」

「セオドシア」ヘイリーが言った。「こちらはジャック・ディッキー。バンを持ってる友だちよ」

「はじめまして、ジャック。荷物の運搬を買って出てくれて、どうもありがとう」セオドシアはそう言うと、からかうような目を向けた。「ひょっとして無理強いされたんじゃない?」

「ヘイリーにノーなんて言えませんからね」ジャックはそう言って白い歯を見せた。アール・グレイはそばに行こうとして身をよじらせたり、引っ張ったりと大騒ぎだ。

「おいで」ジャックが片手を差し出すと、アール・グレイはくんくんにおいを嗅ぎはじめた。

「いい子だ」ジャックはセオドシアのほうを見た。「なんていう種類ですか？」

「ダルメシアンとラブラドールのミックスのダルブラドール」

「うちの犬はシャー・ペイとラブラドールのミックスのシャーブラドールなんです」

「それもいい犬ね」全員でキッチンに入ると、セオドシアは箱の山をつま先で軽く蹴った。

「ここにある箱なの。中身は全部、お茶と〈T・バス〉製品よ」

「楽勝だな」ジャックはかがんで一度にふた箱持ちあげた。「で、コロシアムまで運べばいいんですね？」

「ええ。搬入口までお願い。十時までは誰かいるはずよ」

三人で数分間、抱えあげたりうなったりして、すべての箱をジャックのバンの後部に積みこんだ。

「これでよし、と」セオドシアはリアフェンダーを軽く叩いた。「本当にどうもありがとう」

「お安いご用です」と応じるジャックに、ヘイリーがにっこり笑いかけた。

「お礼は払えないけど、大丈夫？」セオドシアは訊いた。

「お役に立てただけで充分ですよ」

「ぜひ、うちのティーショップに顔を出してね。これだけ働いてもらったんだもの、何度でもランチをごちそうするわ」

「うれしいな」ジャックはヘイリーにほほえみかけた。

「おやすみ」ヘイリーが手を振った。「明日、展示会場でね」

セオドシアが家に引きあげようとすると、アール・グレイがヘイリーとジャックめがけて駆け出した。

「アール・グレイ?」セオドシアは手を叩いた。「戻りなさい、ほら」

「ぼくたちと一緒に行きたいみたいだ」ジャックが言った。

ヘイリーもその言葉にのった。「ねえ、ぼく、あたしたちの車に乗る? ハンバーガー屋さんに寄ってから、あたしの家に泊まるのはどう?」

アール・グレイはお出かけに誘われでもしたみたいに(実際、誘われたのだけど)、熱っぽい目でセオドシアを見つめた——行ってもいいでしょ、ママ?

ヘイリーの招きにセオドシアも心を動かされた。「本当に連れていってもらえるの? 明日は朝いちばんに会場に行かなきゃいけないのに」

「平気、平気。だって楽しそうじゃない? ワンコのパジャマ・パーティって感じで」

ヘイリーは腰をかがめ、アール・グレイの肩の毛をくしゃくしゃに乱した。

「あらあ、もうフリースのパジャマなんか着ちゃって」

セオドシアは迷った。ヘイリーの現在の住まいは、セオドシアが以前住んでいたティーショップの二階のアパートメントだ。つまり、アール・グレイにしてみれば、なつかしいかつてのわが家をひさしぶりに訪れることになる。

「そうね、お願いしようかな」セオドシアは言った。いいわよね？「じゃあ」と言いながら両手を振った。「ボン・ソワール。みんな、また明日ね」


アール・グレイがお泊まりに出かけ、家にはセオドシアひとりきりになった。なんとなく二階にあがった。ささやかな読書部屋にしている小塔の間に入り、赤青のチンツを張ったふかふかの椅子に腰を落ち着けた。読みかけの本を手に取り——とてもおもしろいサスペンス小説だ——ページをひらいて物語の世界に入りこもうとした。

しかし、気が散ってちっとも読み進めない。午前中は葬儀、午後はリビーおばさんのところのお茶会、おまけに夜にはシェルビーと会ったせいか、気持ちが高ぶって落ち着かないのだ。それにもちろん、パーカーの死がいまだ頭に重くのしかかっているせいもある。

それに、ティドウェル刑事から電話がくるのを、心のどこかで待ってもいた。電話をよこして速報を伝えてくれるはずよね、きっと。なんと言っても、ものすごく重要かもしれない手がかりを探しあてたのはこのわたしなんだから。

セス・トーマス社製の置き時計が十時を打っても、刑事から電話はなかった。もうきっとかかってこない、とセオドシアはあきらめた。

ティドウェル刑事らしいわ。

椅子に深くすわり直し、あと何章か読み進めようと決めた。ようやく気分が乗ってきて、ウサギの穴を転げ落ちるように本の世界に入りこんだ。

しかし一時間後に寝じたくをすませると、いとしいアール・グレイがそばにいないせいで、居心地のいいこのささやかなコテージがとてもわびしい場所に思えたのだった。

16

コーヒーとお茶の博覧会は、コーヒーの流通業者がゆるやかに連携する団体、東海岸コーヒー組合の発案によるものだ。自分たちの商品を買い入れて売りさばく多数の小売店やコーヒーショップにアピールし、さらなる売り上げアップをはかるため、ノース・チャールストン・コロシアムでの盛大なコーヒー博覧会の開催を決めた。

しかし組合の呼びかけに応じて参加を決めたコーヒーと食べ物の店舗は四十にも満たなかった。それでは博覧会にならない。

さんざん頭をかきむしった末、規模を拡大してお茶の流通業者にも門戸を広げてはどうかというすばらしい提案がなされた。お茶の関係者はこの申し出に感激し、一も二もなく参加を決め、おまけにいくつかの貿易会社や海外の業者までも引っ張りこんだ。彼らはまた、テイスティングや調理の実演、斬新なセミナーも内容としてくわえたらいいと提案した。これを契機に博覧会は本格的に動き出し、出展数が八十を超えて関係者全員が満足することとなったのだ。

いまセオドシアは展示の最初の列を歩きながら、手にしたプログラムをたしかめ、出展者

の種類の多さとレベルの高さにすっかり感じ入っていた。黒と緑色で竹をイメージした個性的なブースはチェンロン茶公司のものだった。そこではすでに、茉莉銀毫茶のサンプルを配っていた。その奥には、食べ物を出すブースがふたつ、〈チャタリー・チーズケーキ・カンパニー〉と〈ディクシーズ・ファイン・チョコレーツ〉が並んでいる。やかんやポットカバー、コーヒーポットに派手なコーヒーマグを展示したブース、ジャマイカ産ブルーマウンテンやケニア産ルイボス・ティーを並べたブースなどはいったい何軒あることか。

おおいに楽しみながら博覧会場を見てまわり、ようやくインディゴ・ティーショップのブースにたどり着いた。ヘイリーが構想を練り、ほとんどひとりでつくりあげたブースだ。それもけさのわずかな時間で。

選んだブースは無地の黒い背景幕、幅六フィートのテーブル、椅子二脚だけのシンプルなもので、そこに自分たちらしいひと手間をくわえて展示を際立たせていた。中国やインドの山深い茶園をモチーフにした異国情緒ただようポスターが背景をなし、インディゴ・ティーショップの大きな横断幕が目立つところに飾られている。棚には〈T・バス〉製品が麗々しく並び、下のもっと大きな棚にはドレイトンのオリジナルブレンドのお茶が詰まった銀色の缶が並んでいる。博覧会で売るお茶を三人で話し合い、クーパー・リバー・クランベリー、ブリタニア・ブレックファスト・ブレンド、そしてレモン・バーベナの三つに決めた。ドレイトン自身が推し、季節に関係なくよく売れるブレンドだというのがその理由。セオドシアが言うところの〝楽なものから撃ち落としていく〟作戦だ。

ヘイリーはテーブルについて、ふたりの女性と話しこんでいた。セオドシアが午前中としてはけっこうな人混みをかき分けていくと、ヘイリーはそれに気づいて白い歯を見せ、大きく手を振った。

「こちらが、いまお話しした当店のオーナー、セオドシア・ブラウニングです」ヘイリーはブースに来ているふたりの女性に紹介した。「ものすごい敏腕経営者で、インディゴ・ティーショップを一からつくりあげたんですよ」

ふたりとも興味津々の様子で愛想よく会釈した。

「セオ、こちらはヘレンさんとアンドレアさん。おふたりはフロレンスでティーショップを始めたいと考えておいでなの」フロレンスはチャールストンの北二百マイルのところにある中規模都市だ。

「はじめまして」セオドシアはあいさつした。「がんばってくださいね」

「ありがとう」ヘレンは期待に満ちた目をセオドシアに向けた。「いまヘイリーに聞いたんですが、おたくでブレンドしたお茶をまとめ買いしたらいいんじゃないかって」

「それをわたしたちの店で淹れようかと思うんです」アンドレアが横から言った。「それに、そうですね、販売もするかもしれません」

ヘイリーが話に割りこんだ。「さっきも言いましたけど、当店のお茶の責任者であるドレイトン・コナリーはお茶というものを知りつくしています。ロンドンのお茶の卸売り会社に勤めていましたし、アムステルダムでおこなわれるお茶の競りにも何度となく参加した経験があるんです」

「お茶の競りですって？」アンドレアが訊き返した。はじめて聞いたらしい。

「ええ」とヘイリーは言った。「アムステルダムでは世界じゅうのお茶が売買されていると言っても過言じゃありません。最上級の茶葉はそこで目と舌の肥えた会社に買い取られます。残りのくずみたいな茶葉はティーバッグを製造する会社に買われていくわけです」

「そうだったの？」ヘレンが言った。「全然知らなかった」

「でしたらぜひ」とヘイリー。「当店のパンフレットをお持ちになって、ご検討ください」

「当店のお茶を販売いただけるのでしたら、オリジナルラベルの製作をお手伝いしますよ」

セオドシアは言い添えた。

「いいお話ね」ヘレンが言った。

「お訊きになりたいことがあれば、お電話ください」セオドシアはさらに言った。「同じティーショップのオーナーさんですもの、喜んでお手伝いいたします」

「ねえ」ふたりの女性がゆっくり去っていくと、ヘイリーはセオドシアに呼びかけた。「うちのブース、どう？」

「とてもすてきよ。ずいぶん忙しかったんじゃない？」

「うーん、そうでもない。まだ初日だもん。明日は大変だと思うな」ヘイリーはぴんとまっすぐな髪を耳にかけた。「ずいぶん早く来てくれたのね」

「はやくインディゴ・ティーショップに戻りたくてうずうずしてるだろうなと思ったのよ」

とセオドシア。

「実はそうなんだ」とヘイリー。「だって正午にブロード・ストリート園芸クラブの人たちが来るんだもん」

セオドシアは腕時計に目をやった。「ジェニーは何時に引き継ぎに来てくれる予定?」ジェニー・ハートリーはヘイリーの友人で、昼下がりにヘイリーが戻るまでブースに詰めていてくれることになっている。

「十時か、十時半かな。それくらいまでいられる?」

「がんばるわ」セオドシアは言った。

「あ、そうそう」ヘイリーが言った。「バニラハニー・ブレンドの注文を何件か受けたんだ」バニラハニー・ブレンドはドレイトンのオリジナルブレンドのひとつで、中国は福建省産の白茶にバニラと蜂蜜の香りをほんのりくわえたお茶だ。「すごいよね。無料サンプルを配ったら効果てきめんなんだもん」

「ええ、たしかに効果てきめんだわ」

セオドシアはマーケティング業界で数年を過ごした経験がある。その後、一日二十四時間、一年三百六十五日働きづめのあわただしい世界から足を洗い、ティーショップを始めたのだった。

セオドシアはテーブルの反対側にまわり、ブースの番を引き継いだ。サンプルを配り、顔見知りのお茶の業者数人にあいさつし、小売商らしき人が足早に前を通るたび、気さくで声をかけやすい感じに見せようとがんばった。ここにブースを出すことがどのくらい役に立つかは未知数だが、結果を分析するのが楽しみだ。なにしろ、お茶の需要は飛躍的にのびており、店では二十以上ものオリジナルブレンドを売っている。これまたオリジナルの〈T・バス〉製品についても同じことが言える。昨今の厳しい経済状況のなかでは、ほんのささいなことが積み重なって収益を押しあげてくれるのだ。

「ああら、セオ・ドー・シアじゃない」

ピーチズ・パフォードの耳ざわりな声が響いた。彼女はじりじりとブースに歩み寄り、なかを見まわした。

「こんなところにいるとは思いもしなかったわ。しかも自分のところのブースの番をしてるなんて」

ピーチズが嘲笑しているも同然の笑い声をあげた。

「さすが、小さな店の働き者店主はちがうわね」

顧客になりそうな相手にダージリンのファーストフラッシュとセカンドフラッシュのちがいを説明していたセオドシアは話をやめ、けわしいまなざしでピーチズを長々と見つめた。ピーチズったら、ここでなにをしているの？　わたしの邪魔をする以外に。

ピーチズはそんなことはおかまいなしに、インド産のスパイスティーの缶に人差し指を突き立てた。「インドのスパイスねえ」と大きな声を出した。「これってちゃんとスパイスがきいてるの？　それとも風味が強いだけ？」

「ちょっと失礼」セオドシアはお客にひと声かけると、迷惑なピーチズの相手をするため向き直った。「ピーチズ？　なにかご用かしら？」その口調は冷淡で、〝なんでそんなに失礼なことを言うの？〟という言外の意味を含んでいた。

ピーチズはセオドシアの真意はわかっているとばかりに応じた。

「ところで、こちらにはチョコレート・ティーもあるのかしら？」

セオドシアは胸のうちでため息をつき、ピーチズをじっと見つめた。きょうのピーチズはピンクのパンツスーツで決め、少しピンクがかったブロンドの髪をゆるく巻いてスプレーで固めている。セオドシアの頭の奥に、ストロベリー・ショートケーキという名前のキャラクターがぼんやりと浮かびあがった。

「チョコレート・ティーはあるの？」ピーチズは繰り返した。

「ああ、おたくの四つ星レストランでチョコレート・ティーを出すのね」このときはそうとしか思わなかった。

ピーチズはおなかを抱えて笑い出した。「ちがうわよ、ばかね。事業を拡大してパティスリーをオープンしようかと本気で考えているんじゃないの」そこで少し口ごもった。「それだけじゃないけどね」

「そう」セオドシアは言った。いったいなにをもくろんでいるんだか。

ピーチズは猫のようににたにたと笑った。「パティスリーの名前は〈ビタースイート〉にしようかと思うの」そう言ってマニキュアを塗った人差し指でお茶の缶を軽く叩いた。「いい名前でしょ?」

「ええ」セオドシアは失礼にならない程度の熱意をこめて答えた。「すばらしい名前ね」

ピーチズの自慢話はまだつづいた。「とにかく、正真正銘のパリ風パティスリーにしたいの。しかも〈ビタースイート〉という名前をつけるくらいだから、お店で出すのはチョコレートとクルミのブレッド、チョコレート・ベルベット・ブラウニー、ショコラテ・スコーン、それにチョコレート・ビスコッティなどリッチな味わいのものでないとね」彼女はひと呼吸入れた。「ことによったらの話だけど、〈ビタースイート〉が順調に滑り出せば、ショコラティエ・コンテストに出場することも考えないでもないわ」

「ついこのあいだ、ヘイリーがそのコンテストで優勝したのよ」セオドシアは言った。

「あら、そう?」ピーチズは大げさに知らないふりをしてみせた。けれど、もちろん、本当は知っているはずだ。

「なにかわたしでお手伝いできることがあれば」セオドシアはピーチズから遠ざかりながら言った。「どんなことでもお知らせくださいね」

ピーチズは指をひらひら振った。「ええ、ぜひともそうさせていただくわ」

三十分後、ジェニーがやってくると、セオドシアは喜び勇んでエプロンを脱ぎ、ブースの店番を譲った。

「大丈夫?」セオドシアはジェニーに訊いた。「ヘイリーから要領は聞いている?」

「はい」ジェニーは答えた。「それに、こういう仕事は経験がありますから。去年、ジョンソン&ウェールズ大学の料理専門学部で開催された外国料理の展示会で働いたんです」

「なら、プロも同然ね」

「実を言うと、ブースをどう切り盛りすればいいか、わたしがヘイリーに教えてあげたんです」

「まあ、それは助かるわ」セオドシアは自由の身になれてほっとした。「だって、すべてちゃんとわかっているようだもの」そう言うと、最後にちょっと見物してから店に戻ろうと思い、ほかのブースの列を歩きはじめた。

しかしインディア製茶のブースのところで曲がったとたん、どこへ行くともなくだらだら歩いている人たちの壁に行く手をさえぎられた。麦芽のような芳醇《ほうじゅん》な香りが周囲にただよっているので、アッサム・ティーの試飲の列に並んでいるのだろう。そこで左に大きくよけると、まだ彼女の人生には奇怪な出来事が充分でないとでも言うのか、ライル・マンシップにまともにぶつかった。

「あら！」セオドシアは大声をあげて、あとずさった。まさかここでマンシップに出くわすとは思ってもいなかった。

マンシップは数秒遅れてセオドシアに気がついた。「ああ、あなたでしたか。お茶の女性の。また会いましたね」

「コーヒーやお茶に目がない方とは存じませんでした」

「ちがうんです。正直なところ、わたしはボルドーワインかジェムソンをやるほうが性に合ってますがね。しかし、経営しているカフェの〈ヴァイオレッツ〉をうまいコーヒーとお茶を出す店にしようと考えておりましてね。その方面にも熟知しないといけなくなったんですよ」そこで肩をすくめた。「市場の要望なものですから」

「ええ」セオドシアはうなずいた。「市場のね」

マンシップは条件に合うかどうか値踏みするようにセオドシアをじっと見つめ、やがて口をひらいた。

「あなたはお茶についてとてもくわしそうですね」

「ええ、かなり。とは言え、種類もブレンドも無限にあるので、学ぶことはいくらでも出てきますけど」

「でしたら、興味を持っていただけそうな提案がありますよ」

セオドシアは疑うような目を向けた。「どんなことでしょう？」

「ティー・クルーズの案内役などいかがです？」マンシップは訊くと、片手をあげて言った。「いまの質問に答える前に、少々説明をさせてください」

「ええ」

「わたしの友人にマイアミで小さなクルーズ船会社をやってる者がいましてね。インシグニア・クルーズというのですが。たぶん、お聞きになったことがあるのでは？」

「あいにくと」セオドシアがクルーズ船に関心を持つのは、国内のニュースで取りあげられるときくらいだ。乗客全員が悪性のインフルエンザで倒れたとか、新婚さんがなぜか手すりを乗り越えてそれきりということがあった場合にかぎられる。

「インシグニア・クルーズは」マンシップは説明した。「比較的定員の少ない船を所有し、航海のたびにテーマをさだめるんです。具体的に言うと、ショッピング・クルーズ、ブリッジ選手権クルーズ……」

「そしてティー・クルーズ」とセオドシア。

「そのとおり」とマンシップ。「寄港地はグランドケイマン島のジョージ・タウンやバハマのナッソーであることが多いですね。ショッピングが楽しめるメジャーな港はとくに女性向けなんですよ。みなさん、免税店でのショッピングとなると大騒ぎだ」

「グランドケイマン島はオフショア銀行がたくさんあるところでしたね？」セオドシアは訊いた。

マンシップは肩をすくめた。「たしかにあります」そう言うと重心をかかとに預け、セオドシアをながめた。「で、興味を持っていただけましたか？」

セオドシアは首を振った。この虫の好かない男のために働くですって？

「いいえ。それほどでも」

ドレイトンのお薦め

インディゴ・ティーショップの
オリジナル・ブレンドティー

バニラハニー・ブレンド

中国、福建省産の白茶《パイチャ》にバニラと蜂蜜の香りをほんのりくわえたお茶。

17

セオドシアが戻ったときには、ヘイリーとミス・ディンプルが厨房で向かい合って作業をしていた。

「お帰り」ヘイリーがかきまわしていたスイートポテト・バターの鍋から顔をあげた。「ジェニーが約束どおり来てくれたみたいね」

「ええ」セオドシアは言った。「約束の時間ぴったりにね」

「ちゃんと約束を守る人っていいよね」ヘイリーは言った。「みんなもっと、自分の言葉を大事にしてほしいと思わない？」

「そうなればきっと、いろいろと楽になるでしょうね」セオドシアはきれいなスプーンを手に取ると、レモンバタークリームが入ったボウルにくぐらせて味見をした。おいしい！

「あなたみたいに信頼できる人のことよ、ミス・ディンプル」ヘイリーはそう言ってすり寄り、小柄な助手を肩で軽く押した。「どんなときでもあてにできるんだもの」

「きのうがそのいい例だったわね」とセオドシアは言った。「いくらお礼を言っても足りないくらい。弟さんにも」

「あら、弟は楽しんでいたようですよ」とミス・ディンプル。「人と交わったり、知識をひけらかしたりできましたからね」

「ふたりとも本当に頼もしかったわ」ヘイリーはミス・ディンプルに言った。

ミス・ディンプルは満面に笑みを浮かべ、頭をひょいとさげた。「三人とも本当にすてきな人たちですね。だからここで働くのは、いつもとっても楽しいんですよ」

「いまの聞いた？」ヘイリーが上機嫌で言った。「楽しいって言ってくれたわ。単なる仕事じゃなく、冒険なんですって」

「失礼」ドレイトンがずんずんと入ってきて話の輪にくわわった。「誰か、軍に入隊しようと張り切っているのかね？　冒険やらなにやらを求めて？」

「そうよ、ドレイトン」ヘイリーはオーブンからビスケットが並んだ天板を出した。「なんだか急に、あたしの内なる男らしさをコンコンと叩いてヘリコプターから飛び降りたくなっちゃったの。軍隊ではヘリと略すみたいだけど」

「でしたら州兵に入るといいですよ」ミス・ディンプルが言った。「お友だちのお孫さんが入ったんですけどね、あちこちをハンヴィーで走りまわるのがとても楽しいんですって」

「ハンヴィーに乗れるの？」ヘイリーは目を輝かせた。「それこそ本当に楽しそう！」

「ティールームのほうで手伝うことはある？」セオドシアはドレイトンに訊いた。

「いまのところ、とくにないな。ミス・ディンプルがオーダーを持って出たり入ったりしてくれたからね。実にいい仕事ぶりだよ」

「まあ、ドレイトンったら」ミス・ディンプルの顔がサクラソウのようにピンクに染まった。

「しかし、あと二十分もすると、園芸クラブのお客様がお見えになる。そしたらきみの出番だ、セオ。愛想のいい店主役に徹して、全員に声をかけてくれたまえよ」

「声をかけるのはまかせて」セオドシアは応じた。

「それで、博覧会のほうはどうだったね?」

「すごかったわ。思っていたよりもずっと大規模だったし。お店がたくさん出ていたわ」

「それはよかった。人の入りはどうだった?」ヘイリーはそうとうにぎやかだったと言っているが」

「けっこう大勢来ていたわよ」

「午後の講座を心配してるんでしょ?」ヘイリーが訊いた。「聴いてくれる人が少なかったらどうしようって?」

「そんなことはちらりとも頭に浮かんでおらんよ」ドレイトンはセオドシアに目を戻した。

「特大のブーケが届いているのだが、気がついたかね?」

「ピンクのバラとピーチ色のあじさいなんですよ」ミス・ディンプルが言った。「とってもきれいで、本当にいい香りがするんです。ドレイトンのお茶の香りがかすんでしまいそうなほど」

「わかった」セオドシアは言った。「園芸クラブが送ってきたのね? 自分たちのテーブルを豪華にするために」

「当たりだ」とドレイトン。「しかもそのテーブルには、ミス・ディンプルとわたしとでジエイソン・イングリッシュの骨灰磁器《ボーン・チャイナ》とリード&バートンの銀食器を並べてある」

「ああ」とヘイリーがつぶやく。「あの豪華なやつね」

「みなさん、豪華なご婦人方ばかりですものねえ」とミス・ディンプルが言った。「お宅は大きいし、お庭は広いし」

「おまけにお金もたくさんあるし」とヘイリーがつけくわえる。

「ほかのテーブルもぜひ見てもらわないとな」ドレイトンはセオドシアに言った。

「え?」

ドレイトンはほほえんだ。「きのうきみがリビーおばさんのところから持ち帰った花を、われらがいとしのミス・ディンプルが欠けたティーカップに植えてくれたのだよ。捨てるつもりだったティーカップにね」

「それ、本当?」

「自分の目でたしかめてみて」ヘイリーが割りこんだ。「すっごくかわいいんだから。葉っぱだのなんだのでうまく隠してあって、欠けた縁なんか全然見えないの」

「花はしおれかけていたし、ティーカップはとってもすてきでごみ箱行きにするには忍びなかったんですよ」ミス・ディンプルが説明した。

「あなたは本当に心の優しい人ね」セオドシアが言うと、ミス・ディンプルの顔が真っ赤になった。

「さあ、仕事にかかろう」ドレイトンは作業用テーブルをすばやくあらためた。「確認したいのだが、ヘイリー、きょうの最初の一品は冷製スープでいいのだね？」

「そうよ」ヘイリーは答えた。「夏の定番ガスパチョにパルメザンチーズのクリスプを浮かべたスープ」

「んまあ」ミス・ディンプルが鼻をひくつかせた。「パルメザンチーズのクリスプは本当においしいですね。つくり方も簡単ですし。天板にちょっぴりのチーズを山にするだけで、数分後には、ああらびっくり！　チーズが溶けて薄い円になるんです」

「夏のメニューに切り替えたのだから、オリジナルのシナモン・サマー・ブレンドでも淹れるとするか」

「ぜひお願いするわ」セオドシアは言った。「メインがチキン・ディヴァンとホット・ビスケットだから、ぴったり合うんじゃないかしら」

「うむ、たしかに」ドレイトンはまんざらでもなさそうな顔をした。

やがて全員が忙しく働きはじめると、セオドシアはいったんオフィスに引っこんだ。デスクには山のような送り状が積まれ、いいかげん整理して支払うべきものに印をつけておかないと不払いになってしまいそうだ。

そこで十五分間はその仕事に専念した。てきぱきと手を動かし、大半は支払いを承認し、いくつかは納品が済んでいないために保留にした。しかしその間ずっと、頭の奥のほうではパーカーのことが小さな雑音となって響いていた。もっといろいろ探り出せるはずだ。容疑者の割り出しにつとめなくてはいけない。

とうとうセオドシアはペンを放り出すと、何度も何度もすわり直したあげく楽な姿勢を見つけ、デスクの正面の壁をじっと見つめた。頭のなかをからっぽにし、脈絡のない考えが浮かんでくるにまかせた。

というのも、不思議なことに、西の空に幸運な配列で星が並ぶがごとく、何人もの容疑者がきれいに並んでいる気がするからだ。ピーチズ・パフォードもそのひとりで、根拠は彼女がパーカーから〈ソルスティス〉の主導権を奪おうとしていたという一点につきる。

ライル・マンシップは少々うさんくさくて傲慢なところがあるし、彼もまた、パーカーと交渉を重ねていた。その交渉は最近になって不成立に終わった。

デイヴィッド・セダキスも妥当な容疑者と言える。パーカーとのビジネス関係を一方的に打ち切っているし、殺人事件は彼がトップをつとめる水族館という、いわばお膝もとで起こったのがそのおもな理由だ。そう、セダキスには機会があった。

それにもちろん、シェルビーもまだ容疑者リストから削除できないし、パーカーのパートナーも同然だった弁護士のジョー・ボードリーも同様だ。

それだけではない。はっきりこれと名指しできないものの、なにかが頭のなかを飛び交っている。この目で見たものだろうか？　それとも耳にしたものだろうか？　セオドシアはなんとかしてそれをほじくり返そうとしたが、無駄骨に終わった。

うん、それはあとにしよう。そのうちひょいと思い出すかもしれない。

それでけっきょくのところ、具体的になにがわかったの？　バレエシューズを脱いで、足の指をほぐした。靴がペルシャ絨毯に沈みこんでいくのもかまわずに。なにがわかったというの？　動機のある容疑者が何人かいるとはいえ、どの動機も少しあやふやで、有罪にできるだけの証拠――それどころか、逮捕できるだけの証拠すらない。

しかも奇妙なことに、その全員が〈ソルスティス〉とセオドシアのまわりをぐるぐるまわりつづけている気がする。昔からよく言われる表現はなんだったかしら？　犯人はいつも犯行現場に戻る、だっけ？

で……誰が戻ってきた？

セオドシアはデスクを指で軽く叩き、顔をしかめた。そもそも、誰もわたしのまわりからいなくなっていないじゃないの。

セオドシアの友人のサラ・スティルウェルはすでにブロード・ストリート園芸クラブの会長をしりぞいたが、シャーロット・ウェブスターという名の気さくで明るい社交界の花があとを引き継いでいた。淡いピーチ色の上下にクリーム色の麦わら帽子をかぶったシャーロットがリーダーシップを発揮して、顔に期待の色を浮かべた園芸クラブの会員八人を店内に案内し、大きな円形テーブルに椅子をていねいに並べた。テーブルの中央には持ちこんだ花がでんと置かれ、背の高いピンクのキャンドルの炎がちらちらと躍り、皿、クリスタル、銀食器を輝かせている。

「すてき！」

シャーロットは言うと、即座にセオドシアの腕をつかんで自己紹介した。

「お会いできてとてもうれしいわ。急なお願いにもかかわらず、わたしたちのささやかな集まりのためにいろいろ骨を折ってくださってありがとう」

「ようこそ、おいでくださいました」

セオドシアは言った。大人数のグループをもてなすのはいつものことながら楽しい。言うなれば、インディゴ・ティーショップの底力を見せるチャンスだ。テーブルを見まわし、ひとりひとりにほほえみかける。

「本日は四品のコースをご用意いたしました。まずは当店の名物、クランベリーとオーツ麦のスコーンにレモンバタークリームをたっぷり添えてお出しします。ふた品めはとれたてトマト、スイートオニオン、自家製キュウリを使った夏のガスパチョを召しあがっていただきます」

ぱらぱらと拍手が起こった。

「メインディッシュは」とセオドシアはつづけた。「チキン・ディヴァンと付け合わせのグリーンピースとホットビスケットでございます。そして最後はお待ちかね、当店自慢の三段トレイにチョコレートバー、チャールストン風ペカンのブラウニー、ミニサイズのチーズケーキを盛りつけ、みなさまのハートをメロメロにいたします」

「お楽しみのお茶はと申しますと」ドレイトンが引き継いだ。「こくのあるラプサン・スーチョンおよび、当店オリジナル、シナモン風味のサマーブレンドをポットにご用意しております。もちろん、いずれのお茶もお好みに合いません場合は、遠慮なくご希望をおっしゃってください。当店は三千種類以上もの茶葉を仕入れておりますゆえ、必ずやお好みにぴったりのお茶を探し出してごらんにいれます」

ミス・ディンプルがスコーンを山盛りにしたトレイを持って現われ、セオドシアはシルバーのトングでひと皿につき一個、慎重にのせた。つづいて、レモンバタークリームを満たした脚付きグラスもひとり一個ずつ配った。

十五分ほどたつと驚きと喜びの声もひとしきりやみ、お茶のおかわりを注ぎ終わったところでパルメザンのクリスプを飾ったガスパチョを出した。スープ用スプーンが上品な音をたてはじめると、セオドシアはひと息つこうと持ち場を離れた。

少なくともそのつもりでいたのだが、小さいテーブルのうちふたつのお客が帰ったのと入れ替わりに、デレインとメイジェルが飛びこんできた。

「やだ、すごく混んでる！」デレインは店内を見まわし、思わず叫んだ。店がにぎわっていて、すっかりあてがはずれたようだ。「園芸クラブの人たちがいるじゃないの。こんにちは、みんな！」そう甘ったるい声で呼びかけると、親しみのこもったあいさつの言葉が返ってきた。デレインはクラブの副会長をつとめていたことがあるが、自分の店にもっと時間を割きたいという理由で脱会していたのだ。やがて彼女はセオドシアにおもしろくなさそうな目を向けた。「ほとんど満席じゃないのよ！」

「心配しないで」セオドシアは言った。「あいてる席はなかなかないけど、あなたたちのためならなんとかするから」

「それを聞いて安心したわ」デレインははしゃいだ声で言った。「なにしろあたしはここの常連なんだもの！」

「ええ、そうね」セオドシアはうなずくと、お茶のメニューを二部手に取り、ミス・ディンプルが大急ぎで片づけてセッティングしたテーブルにデレインとメイジェルを案内した。

「思うんだけど」デレインがかなりえらぶった態度で言った。「これだけ足繁く通ってるんだから、さりげなく敬意を表してくれてもいいと思うのよね」そこで彼女は目を輝かせた。

「たとえばそうねえ、テーブルのひとつに真鍮の小さな銘板を飾るなんてどう？」

「考えてみるわ」セオドシアは答えた。二秒間だけね、と心のなかでつけくわえる。

「それとも、調査とやらが忙しくてそんな暇はないってわけ？」デレインはにやりと笑い、目をぐるりとまわした。

ありがたいことに、メイジェルが雰囲気をやわらげてくれた。

「なんて贅沢なのかしら！　二日つづけてきちんとしたお茶をいただけるなんて」

「これってやみつきになるのよ」デレインが耳打ちする。

「きのうはリビーおばさんの会に来てくれてうれしかったわ」セオドシアはメイジェルに言った。

「あら、そんなこと」とメイジェル。「とってもすてきな会というだけじゃなく、これまでにない新しい経験だった。お茶のおもてなしのすべてが優雅ですばらしかったんだもの」彼女は椅子にすわったまま身を乗り出し、期待のこもった表情を浮かべた。「ねえ、セオドシア。お願いのしすぎとは思うのよ。だって、すでに借り物ゲームのことでは充分よくしてもらってるんだもの。でも、いつかエンジェルズ・レストで女の子たち向けのエチケット講座をひらいてもらえたらうれしいわ」

デレインは含み笑いを洩らした。「エンジェルズ・レストっていうのは、〈火曜の子ども〉が運営しているサマーキャンプなんですって」そして強調するように目をぐるりとまわした。「とーっても意義のある活動なのよ。あたしも大きな資金集めの催しをやるつもりでいるわ」

「キャンプの場所は？」セオドシアは訊いた。

「アーリー・ブランチのほうよ」メイジェルは説明した。「サルカハートチー川の近く」

「森が深くていいところよね」とデレイン。

「ぜひうかがうわ」セオドシアは言った。「だって、とても光栄なことだもの」

めぐまれない少女たちにお茶というすぐれた文化を教えられるなんて、これほどすばらしい話はない。人生におけるうるおいというものを知ってもらえれば、きっと心が豊かになる。

食器をさげはじめたとき、驚くべきゴシップが聞くともなしに聞こえてきた。

「レストランを相続した若い女性をご存じでしょう？」シャーロットが言った。

両脇にすわった女性ふたりはうなずいた。「〈ソルスティス〉のこと？」

「そうそう」とシャーロット。「とにかく、その彼女が店を売りに出したという話なの」

セオドシアは抱えていたトレイをあやうく落としそうになった。なんですって？　シェルビーが〈ソルスティス〉を売る？　相続した二日後に？　いったいどういうこと？

セオドシアは立ち聞きをつづけた。

「わたしもけさ聞いたんだけどね」とシャーロット。「ここに来る途中でシティ・チャリティーズのオフィスに寄ったときに。ピーチズ・パフォードが買うことで、その若い女性と話がまとまったみたいよ」

「あの娘さんも処分できてせいせいしてるんじゃないかしらね」シャーロットの相手が言った。「ピーチズのように手広くやっているビジネスウーマンに引き受けてもらえて、本当に運がいいわ」

セオドシアは手近のあいているテーブルにトレイをおろし、あとずさりした。顔から血の気が引いていた。重くぎこちない足取りで、どうにか入り口近くのカウンターにたどり着いた。

いったいどういうこと？　セオドシアは首をかしげた。だって、シェルビーとは昨晩会ったばかりで、そのときには〈ソルスティス〉を売るなんてひとことも言ってなかったじゃない！　ピーチズともほんの数時間前に話したのに、あの人ったらなにも言わなかった。どうなってるの？

「彼女と話さなきゃ」セオドシアは誰にともなくつぶやき、大急ぎでオフィスに向かった。

しかし、シェルビーの携帯に急いで電話してもつながらなかった。〈ソルスティス〉にかけて捕まえようとしたが、それも果たせなかった。電話に出たルネが、彼女はいまどこにいるかわからないと答えた。

「でもお店の売却の話は知ってるでしょう?」セオドシアは言った。「シェルビーが〈ソルスティス〉をピーチズ・パフォードに売るそうだけど」

「もちろんですよ」ルネは言った。「ついさっき聞きました」

「動揺してる?」

「というより暗澹《あんたん》たる気持ちですね。ぼくたちみんな、履歴書を書いたり電話をしたりしなきゃいけないいな」

「ピーチズのもとで働くのはいやなの?」

「当たり前じゃないですか。いい評判を聞きませんから」

「まったくなんてことかしら」セオドシアは電話を切ってつぶやいた。「どうなってるのよ?」

頭を前に倒して首のつけ根を揉み、そこからもっと凝っている首筋へとさすりあげていく。シェルビーは最初からピーチズとぐるになっていたの? すべてが巨大な陰謀だったの? あるいはすべてシェルビーがひとりで仕組んだことだったりして。パーカーなら落としやすいと見抜き、メロメロになるよう仕向けたとか? そうしておいて自分を相続人にするよう口説き落とし、財産を手に入れようとしたのかも。

シェルビーって人はそこまで卑劣なの？

シェルビーが策を弄《ろう》してパーカーの人生にもぐりこむところまでは想像できる。でも、そんなに腹黒いタイプとも思えない。つまり、裏で糸を引いている人がいるのだ。

誰だろう？

セオドシアはまだあれこれ考えをめぐらせていた。立ちあがって数フィート歩き、くるりと向きを変えて椅子にへたりこむ。なんとしても突きとめなくては。この衝撃と動揺から立ち直り、きちんと論理的に考えなくてはいけない。

数分間、身じろぎひとつせずにさまざまな仮説を検証し、昂奮しすぎた脳を整理し直した。やがて、地下からじわじわ上昇してきたタールがついには地表にわき出すように、ひとつの考えが浮かんだ――ジョー・ボードリー？

たしかにあの人は卑劣きわまりないし、口がうまい。しかも財務にくわしいときてる。彼が仕組んだことなの？　ボードリーがピーチズと共謀して、裏で糸を引いているの？　ジョー・ボードリーは最初からパーカーをだましていたの？

そして最後に殺した？

その推理は考えるだにおぞましかった。

園芸クラブの女性たちがランチを終えて店内やギフトコーナーを探索しはじめると、セオドシアはこの隙にシャーロットから話を聞こうと思い立った。

シャーロットは棚に並んだアンティークのティーカップや壁を飾るリースをほれぼれとながめているところだった。

「おたくのブドウの蔓のリースはとてもすてきね。小さなティーカップをあしらっているところがいいわ」シャーロットは人差し指でリースにそっと触れた。

「シャーロット」セオドシアは言った。「さっき、うっかり立ち聞きしちゃったんだけど、〈ソルスティス〉がピーチズ・パフォードに売却されるんですって？」

とたんにシャーロットは目を見ひらき、片手で口もとを覆った。

「まあ、どうしましょう。わたしったら声が大きいんだから。まずいことを言っちゃったかしら？」

「ううん、かまわないの。本当に」

しかしシャーロットはすっかり畏縮していた。「信じて、セオドシア。あなたがパーカー・スカリーとつき合っていたことをすっかり忘れてしまって」

「それはいいのよ。全然怒ってなんかいないから。ただ、教えてほしいだけ……さっきの話はどこで聞いたの？」

「ボブ・コイから直接教わったのよ。ほら、チャールストン・ホテルでケータリング部門の責任者をやってる人。わたしがシティ・チャリティーズのオフィスを出ようとしたときに、彼がちょうど入ってきたの。あいさつして、いろいろ立ち話をするうちに聞いたのよ」

「その話はたしかなの？」セオドシアは訊いた。なにしろチャールストンという街はゴシップにことかかない。旧家に昔からの対立、巨額な金に巨大な問題。ここはいろいろな意味で、ロングランの連続メロドラマと大差ない。

「ええ、たしかよ」シャーロットは答えた。

「そう」セオドシアはわけがわからないという顔をした。

「ボブに電話してみましょうか？　噂の出所をたしかめてもいいのよ」

「ううん、そこまでしなくてもいいわ。ただ、呆然としちゃったものだから」

「たしかに呆然とした顔をしているわね」とシャーロット。

「しつこく訊いてごめんなさいね」とセオドシア。

「ううん、いいの。気が動転するのも当然だわ。だってあんなむごい亡くなり方をしたんだもの……溺死だなんて」


セオドシアはオフィスに戻り、急いで電話をかけた。

「ジョー・ボードリーさんをお願いします」受付のベティが電話に出ると、セオドシアは告げた。

「すみません」とベティは言った。「ボードリーはただいま外出しております。伝言をおうかがいしましょうか？」

「いいえ、いいんです。なら、あなたにうかがってもいいかしら」

「どうぞ、なんなりと」

「セオドシア・ブラウニングです。先日、うかがってボードリーさんとお話をした者です」

「ええ、はい」

「それはともかく、〈ソルスティス〉をめぐる取引について、ボードリーさんからお話を聞こうと思いまして」セオドシアはいったん黙った。「レストランのことです。ボードリーさんが……ええと……仲介をしていらっしゃるレストラン」

「ええ、わかります」とベティ。「ボードリーの予定を調べて面会のお約束を入れましょうか」

「あの……ボードリーさんは例の取引を仲介されているという理解でいいのでしょうか？」

「そのとおりです。戻りましたらお電話させましょうか？」

「いえ」セオドシアは言った。「大丈夫です。のちほどこちらからかけ直しますので」

しかし、心のなかでは大丈夫でないとわかっていた。全然大丈夫なんかじゃない。ティドウェル刑事と電話で話そうとしたが、つながらなかった。電話を切り、あらたなこの情報について考えをめぐらせた。

「トントン」ドレイトンが戸口のところで心配そうな表情を浮かべていた。「いましがた、ぞっとする噂を聞きつけてね」

「ピーチズが〈ソルスティス〉を買うという噂？」

ドレイトンはうなずいた。

「単なる噂じゃすまないみたいよ」

「なんと！」

「落ち着いて、まだ先があるんだから。その取引を仲介しているのがジョー・ボードリーなのよ」

「下劣な弁護士の？」

「あたり。正確に言うなら、融資をちらつかせてパーカーをだました下劣な弁護士よ」セオドシアはたっぷりした鳶色の髪を額から払った。「講座に出かけなくていいの？」

「五分ほどしたら出かけるとも」ドレイトンは言うと、セオドシアのデスクの前にある椅子に腰をおろした。「誰がどこのレストランを所有しようが、それはかまわん。知りたいのは誰がパーカーを殺したかだ」

「わかってる」セオドシアは言った。「ビジネスの問題にこれだけの人がからんでいると……どうしても問題の核心が見えにくくなりがちだわ」

「殺人」ドレイトンは強調するように言葉を長くのばして発音した。それから長々と黙りこんだ末につけくわえた。「うまく考えがまとまらない様子だな」

「もう、なにがなんだか」セオドシアは答えた。「シェルビーが最初からピーチズと組んでいたのか、ジョー・ボードリーが犯人で、わたしたち全員をだましているのか、ライル・マンシップがこの事件のダークホースなのか、さっぱりわからない」

「五里霧中というわけだ」ドレイトンが言った。

「そうなのよ。それにあなたが言ったように、きのうの朝パーカーは埋葬されたけど、彼の死についてはなにひとつわからないままなのが悔しくて」セオドシアは大きなため息をひとつついた。「なにより悔しいのは、どの道を行けばいいのかも、どこで曲がればいいのかもわたしにはわからないってこと」

「チェスで言う手詰まり状態《ステールメイト》だな」とドレイトン。

セオドシアはうなずいた。「似たようなものね」

ドレイトンは人差し指を頬にあて、物思いにふけるような顔をした。やがて口をひらいた。「偉大なるチェスの名人、ボビー・フィッシャーが、〝ぼくは心理学なんて信じない。大事なのはいい手を打つことだ〟とよく言っている」そこで言葉を切り、まじめくさった表情でセオドシアを見つめた。「だから、決めるしかない……次はどう動くかを」

18

セオドシアが四つん這いでパイン材の食器棚の下段に〈T・バス〉製品を詰めこんでいると、ティドウェル刑事がふらりと現われた。下向きに固定された視点からは、磨きあげたトムマッキャンの靴、ひらひらはためくスラックス、ぽこっと出た膝がテーブルに向かってのしのし進んでいくのが見えた。五秒後、つんとすました様子のヘイリーが急ぎ足で注文を取りに向かった。

セオドシアは小さくうめくと、最後に残ったスイートティーのフットトリートメントとカモミール配合の敏感肌用クリームを棚に突っこみ、刑事の席へ向かった。

ヘイリーが刑事の大きな手にレーザープリンタで印刷した本日のメニューを渡すかたわらで、セオドシアは同じテーブルについた。

「お知らせしたいことがあります」と刑事に向かって言った。「ビッグニュースです。それもとてつもなく」わずかに息が切れ、早く話したくてうずうずしていた。

刑事はなんの反応も見せなかった。ランチのメニューをひたすらながめていたかと思うと、やがて底意地の悪そうな目を上に向けて、ヘイリーに告げた。「スコーンとガスパチョ、それに台湾産烏龍茶を小さなポットで」

「いい組み合わせですね」ヘイリーは刑事の手からメニューをひったくるようにして取りあげた。「あえて言えば、烏龍茶は福建省は安渓のものがいいと思いますけど。発酵度がやや高めで」

セオドシアは咳払いをした。「あの、いいかしら？」気づかないふりをするなんて、まったくもっておもしろくない、
ようやく刑事はセオドシアに目を向けた。「お話しください」彼は低く響く声で答えた。ぴんと張ったベストの下で、寄せては返す波のように腹部が何度も上下している。

「シェルビーが〈ソルスティス〉をピーチズ・パフォードに売却するそうです」セオドシアは一気に言った。「しかもその取引をジョー・ボードリーが仲介しています」

「知っています」刑事は言った。

セオドシアは呆気にとられ、椅子の背にもたれた。「知ってたの？　もう？」そんなばかな。「どこで訊いたんですか？」

刑事は唇をゆがめた。「いろいろとつてがありますのでね」

「要するに……密告者ということ？」

刑事は肉づきのいい手を広げ、テーブルから数インチ浮かせた。

「そう」セオドシアは舌を巻いた。何度も言うようだが、ティドウェル刑事は外見こそ居眠《こ》りしているクマそっくりだが、実際は獰猛《どうもう》な肉食動物だ。機敏で残忍、常に攻撃の瞬間を虎

視眈々《したんたん》とねらっている。たいていの場合——いや、ほぼ常にというべきか——彼のとろそうな雰囲気はよく考えたうえでの芝居にすぎない。

「とにかく」刑事は言った。「興味深い展開ですな」

「わたしは異常だと思いますが」

「しかし、ボードリー弁護士がかかわっている件については、さほど異様とは言えません。なにしろ、当初はミスタ・スカリーの代理人として金銭面での交渉にかかわっていたわけですから。なので、ボードリーは〈ソルスティス〉の状態を熟知しており、帳簿類にも目をとおしているはずです」

「でも、こんなにも早く売却がなされるのはどうなの？　とても妙だと思うわ」

「売却はまだなされておりません」刑事は指摘した。「申し入れがなされ、了解を得ただけです」

ヘイリーが注文のスコーン、スープ、それにキャラコのカバーをかぶせた小さなティーポットを持って現われた。「お茶はあと一分このままにしておいてください」そう告げて、そそくさといなくなった。

ティドウェル刑事はスープ用スプーンを手にし、そろそろとカップに差し入れ、ひとくち飲んだ。

「いかが？」セオドシアは言った。

「たいへんけっこうだ」刑事はもうひとくち味わってから言った。「わたしのほうからもお知らせすることがあります」

「お知らせというと？」

「水族館のレストラン出店に関することです。昨夜、あれほど気にかけていたじゃありませんか」

「まさか、あれにもピーチズ・パフォードが関与しているわけじゃないんでしょうね。彼女が出店契約を勝ち取るために闇取引をしたとか？」

ティドウェル刑事は顎の贅肉を揺らしながら首を横に振った。

「そうじゃありません。あのおいしい話はライル・マンシップのところに行くそうです」

セオドシアはあんぐりと口をあけて刑事を見つめた。「冗談でしょ？」

刑事も見つめ返した。「その様子からすると、おふたりはすでに出会っているようですな」

わざわざサヴァナまで出かけたことは黙っていよう。そこでこう言うにとどめた。

「けさ、コーヒーとお茶の博覧会の会場で、マンシップさんに声をかけられたのよ」

刑事はどことなくおもしろがっている様子だった。

「なるほど、ミス・ブラウニング。声をかけられたわけですか」

「ええ、ものすごくずうずうしかった。ティー・クルーズをやらないかと誘われたの」

「チャールストンでですか？」

「いいえ、クルーズ船で」

「引き受けたのですか？」刑事はセオドシアをもてあそんで楽しんでいた。彼お得意の猫とネズミのゲームだ。

「まさか」セオドシアは答えた。「彼みたいな人と関わるよりましなことはいくらでもあるもの」

「ましなことというのは、今後も調査をつづけるという意味でしょうな？」刑事はたしなめるような口調で言った。

「当然でしょう？　だって、すべてわたしの周辺で起こっているのよ」

「まさに人間渦巻ですな」刑事が応じる。

「まじめな話、本当にそんな感じがしてきたわ」セオドシアは椅子にぐったりともたれた。「シェルビーが〈ソルスティス〉を相続し、ジョー・ボードリーが売却の仲介をしている理由がどうしても理解できないの。あまりにことを急ぎすぎじゃない？　やけに都合よく運びすぎじゃない？」

「たしかに都合よく運んでいますな。ついでに言うなら、不穏当であり、あやしすぎます。ですが、わたしの見たところ、違法な点はありません」

「でも都合がよすぎて言葉も出ないわ」

ティドウェル刑事はスコーンを横半分に切ってバターを八切れほど塗り広げ、上からイチゴジャムをたっぷりかけると、大きくがぶりとかじりついた。じっくりと味わうように口を動かし、のみこんでから言った。「ファイルについてご報告しておきます」

「ファイル？」セオドシアはその言葉に飛びついた。「行方不明のファイルのこと？」

「ええ、まあ」刑事は人差し指を立てた。「ですが、もう行方不明ではありません」

「え？　中身が見つかったの？」これはとんでもないビッグニュースだ。「どこで？　ううん、そうじゃなくて……誰が持っていたの？」

「興味深いことに」刑事は言った。「ファイルはパーカーの車のなかで見つかったのですよ」

「はあ？　彼の車のなかで？　でも……どういうこと？」

「パーカーのお兄さんのチャールズから電話がありましてね」と刑事は説明した。「パーカーの自宅アパートメントに行って、たまたま車のなかをのぞいたのだそうです。そうしたら、後部座席に置いてあったというわけです」

「ファイルが」

「ええ」と刑事。「〝財産〟と記されたファイルでした」

「ほかのと同じ、緑色のフォルダーでした？」

「まさしくそれです。刑事は言った。中身はいっぱいでした。ぱんぱんにふくれるほど書類がたっぷり入っていましたよ」

「いっぱいの中身とは……」セオドシアは指をくねくねさせて先をうながした。

「契約書、事業用不動産のリスト、種々雑多な企画書、プレゼン資料。いずれもミスタ・スカリーが検討していたレストランや不動産に関するものでした。それに資金調達案も」

「すべて揃っているようね」セオドシアはのろのろと言った。この情報をうまく理解できずにいた。「盗まれたと思っていた仕事関係の情報は、実際には所在不明でもなんでもなかっ収できました」

「そのようですな。これでミスタ・スカリーの今後の事業と交渉に関する書類は、すべて回

「ネプチューン水族館との交渉に関するものも？」

「パーカー・スカリーによるプレゼン資料が一部ありました」

セオドシアは指でテーブルを軽く叩いた。どうも釈然としない。パーカーの車で見つかったファイルと、中身がなくなったファイルとはちがうものだ。「だったら、〝検討中のプロジェクト〟というタイトルのファイルはどうしたのかしら？」

ティドウェル刑事はそっけなく首を横に振った。「おそらくたいしたものはなにも入っていなかったのでしょう」

「そんなことないわ」セオドシアは反論した。「きっとなにか大事なものが入ってたはず。パーカーのオフィスから中身だけがなくなったのよ。おそらくは盗まれたんだわ」

しかしティドウェル刑事はそうは考えていなかった。

「それはきわめて疑わしいですな。わたしとしては、中身は廃棄されただけだと考えております。おそらくは古い送り状のたぐいかなにかでしょう。あるいはレストランに必要なものの注文書か。あるいはなんの役にも立たないものか」

「そうね」セオドシアは言ったが、それでも完全には納得していなかった。

セオドシアはティーポットを十個ほどすすいで、ていねいに拭き、お茶の缶が何列も並んでいる段のすぐ下の棚に並べた。ドレイトンの基準に照らしてきちんときれいに並べ終えると、今度は床の掃き掃除に取りかかった。インディゴ・ティーショップには小さな宝石箱のように輝いていてほしいから、常にちりひとつないようつとめている。それでもはるか昔、小さな馬小屋として使われていたせいか、埃が隙を見ては忍びこんでくる。日々の摩耗によるものなのか、それとも木くぎでとめた床からもぐりこんでくるのだろうか。

「セオ」ドレイトンが片手に自分の時計を、もう片方の手にお茶の入ったカップを持って立っていた。「明日の夜の打ち合わせをしないか。ヘリテッジ協会で開催する茶の湯の件だよ」

セオドシアは腰をのばした。「あら、戻ってたのね。講座はどうだった?」

「ひじょうに好評だったとも。ほとんど満席だったよ」

「で、話した内容は……」

「紀元前二〇〇年頃の秦朝までさかのぼるお茶の歴史。そのあと、いかにして四川省の丘陵地帯から長江三渓にまで茶畑が広がったかを語り……」

「お茶の詩を引用したんでしょ」セオドシアがあとを引き取った。

ドレイトンはにっこりした。「正確に言うと、宋時代の詩だ。そして締めくくりに今日《こんにち》のお茶の生産について説明した」

「博覧会をやってよかったわね。少なくともお茶の関係者にとっては」

「明日の夜の盛大なフィナーレには関係者が大勢参加するのだろうな」

「きょうの講座を受講した人たちに、日本の茶の湯への参加を呼びかけたんでしょ？」

「当然じゃないか」

「段取りに変更はなし？　ヘイリーとわたしはパティオでお茶を出し、あなたは茶道の簡単な実演をやってみせるんだったわよね」茶道というのは日本語で〝茶の作法〟という意味だ。

「ああ。しかしあらためて確認しておきたいのだよ」ドレイトンはにっこりした。

「どうして？」

「わたしがそういう性分だからだ」ドレイトンは辛抱強く言った。「ひょっとしたら、強迫性障害《OCD》の気があるのかもしれないな」

「ちがうわ。それはヘイリーよ。ＯＣＤの気があるのは彼女のほう。『愛がこわれるとき』という映画に出てくる神経質なあの人にそっくりだと思わない？　タオルがまっすぐかかってないと気がすまないあの人に」

「あたしがどうかした？」ヘイリーがビロードのカーテンから顔を出した。

「きみの並外れたお菓子づくりの才能はたいしたものだと話していたのだよ」ドレイトンが答えた。

「本当？」ヘイリーは言うと、鋭い視線を床に浴びせた。「そこ、掃き忘れてる」とちっちゃな汚れを指差した。

「ほら、言ったでしょ？」セオドシアは言った。

「ふたりしてあたしのことをなにか話してたのはわかってるんだから」ヘイリーは腕を組み、

疑わしそうな目をふたりに向け、足で床をトントン鳴らす以外のあらゆる動きをしてみせた。

「実を言うとだね」とドレイトン。「これから明日の夜におこなう茶の湯について、ざっと予習しておこうと思ったのだよ。きみも一緒にどうだね？」

ヘイリーはキャプテンズ・チェアにすわりこんだ。「いいわね。やろうよ。手順をさらうと余裕が持てるもん」

「出す予定のお茶は、当然のことながら、日本の玉露だ」ドレイトンは言った。玉露は日本の緑茶のなかでももっとも上質なもので、色のあざやかさと青くさいながらも深みのある風味が特徴だ。

「上等なお茶ね」ヘイリーは言った。玉露の小売り価格の相場は一オンスあたり十ドル。それに対し、日常使いの煎茶は一オンスあたり二ドルほどだ。

「もちろんだとも」ドレイトンは言った。「それ以下のお茶をコーヒーとお茶の博覧会のお客様に出すなどとんでもない話だからね」

「で、お料理のほうはどうなってるの？」セオドシアはヘイリーに目を向けた。

「鶏の照り焼き、エビの天ぷら、それに海苔で巻いたおにぎりよ」ヘイリーは答えた。「全部、ここで準備していくけど、天ぷらはヘリテッジ協会の厨房で揚げるわ。揚げ鍋から出してすぐの熱々でカリッとしたのじゃないとおいしくないし」

「たいへんな手間だな」ドレイトンが感心したように言った。

ヘイリーがすごい目つきでにらんだ。「コーヒーとお茶の博覧会のフィナーレは、うんとすごいものにしてほしいってセオに頼まれたんだもの」

「でも、燃えつきたりしないでね」セオドシアは案じるような顔になった。「この一週間ずっと、ふたつの仕事を掛け持ちしている状態だったじゃない」

ヘイリーはあくびをした。「まあ、ちょっとは疲れたかな」

「濃いお茶を飲むといい」ドレイトンは言うと、入り口近くのカウンターに向かった。

「ふああ」ヘイリーはまたあくびをした。「今夜は例の借り物ゲームもやんなきゃいけないのよね」

「あなたは自宅で少し休んだほうがいいわ」セオドシアは言った。

「いいの？」

「ええ」とセオドシア。「でも、ひとつお願いがあるの」

「なあに？」ヘイリーは言った。

「今夜遅くまでアール・グレイを預かってもらえる？」

ヘイリーは大きくほほえみ、顔じゅうをしわくちゃにした。

「いいわよ、まかせて。あれはあるんでしょ……」

「オフィスにドライフードと缶入りドッグフードがひとつずつあるわ」

「じゃあ、スクランブルエッグをつくってやる必要はないのね」

「あの子がルームサービスの電話をしないかぎりはね」と言ってセオドシアは笑った。

「だったら誰と一緒に……」ヘイリーは言いかけた。

「ねえ、ドレイトン」セオドシアは歌うような声で呼びかけた。

ドレイトンは青白柄の中国のティーポットを片手でしっかり握り、くるりと向きを変えた。

「なんだね？」

「お願いがあるんだけど」

「ほう。前回、お願いがあると言われたときは野生のハーブを摘むのにつき合わされたな。たしか、スベリヒユだのフユガラシなんかを」

「あのときは、ズボンに緑色のトゲトゲをいっぱいつけて帰ってきたよね」ヘイリーが笑いながら言った。

「今度のはもっとずっと簡単よ」セオドシアは言った。「借り物ゲームだもの」

ドレイトンはあからさまに顔をしかめた。「借り物ゲームをやるには、わたしはいささか歳を取りすぎているとは思わんか？」

「まだそんな歳じゃないくせに」セオドシアは言い返した。「そもそも、このゲームをやるには歳は関係ないの。わたしの車の助手席に乗って、何枚か写真を撮ってくれればいいんだから」

それを聞いてドレイトンは眉をひそめた。「写真を撮るだけでいいのかね？」

「そう」セオドシアは使い方を教えてあげるというように、自分の携帯電話を高くかかげた。

「わたしが運転するから、あなたには写真を撮ってもらいたいの」

「わかった」ドレイトンは言って首を片側にかしげた。つまり、実際はまるでわかっていないということだ。

「リストにある場所を一緒に車でまわるのよ」セオドシアはわかりやすく説明した。「そして、リストにあるものを全部、写真におさめる。それが終わったら、シティ・チャリティーズの人に電子メールで写真を送るというわけ」

ドレイトンは困惑顔だった。「わたしが携帯電話で写真を撮り、それをメールで送るだと？」

「コダックのブローニー・スターフラッシュ・カメラだと思ってみて」ヘイリーが言った。

彼女は椅子にふんぞり返って、ふたりのやりとりに聞き入っていた。「そうじゃなきゃ、古いローライフレックスのカメラでもいいわよ」

「それ、全然、フォローになってないわ」セオドシアはヘイリーに言った。

「とにかく、テクノロジーがどうのこうのと気にしすぎないことよ」ヘイリーはドレイトンに言った。「コンピュータのプログラムをつくれとかバグを除去しろと言われたわけじゃないんだし」

ドレイトンはまだおろおろした様子だった。

「あのね」セオドシアは緊張をやわらげようとして言った。「カメラは内蔵されてるの。だからスマートフォンと呼ばれてるのよ」

「どうやら」ドレイトンは言った。「そいつはわたしよりはるかに頭がいい《スマート》らしい」

19

真っ黒な雲が夜空を猛スピードで流れ、いつ雨が降ってもおかしくない空模様のもと、セオドシアはチャールストン図書館協会の裏をくねる細い路地を車で走っていた。ここは三つめのポイントで、これまでのところ進捗状況ははかばかしくなかった。

「昼間ならもっと楽にできるのだろうが」ドレイトンが言った。

「同感」とセオドシア。「でも、きょうの昼間は二分と暇な時間がなかったんだもの」アクセルから足を離し、ゆるゆると車をとめる。「このへんでいい？　ちゃんと撮れそう？」

「たぶんな」ドレイトンは携帯電話をかかげ、ねらいをさだめた。「だんだんコツがつかめてきたようだ」息をとめてシャッターボタンを押し、すぐさま携帯をセオドシアに手渡す。

「どうだね？」

セオドシアは黒っぽい石造りの建物の写真に見入った。陰気で不気味な感じだが、ちゃんと確認できる。「申し分ないわ。次はどこ？」

ドレイトンは膝にひろげた紙に目を落とした。「いまのところ撮影できたのはフレンチ・ユグノー教会、エイケン－レット・ハウス、そして図書館協会の三カ所だ。この界隈にいるあいだにエアマン・アートギャラリーとヨットクラブを撮ったほうがいい」

両側の生け垣と上から垂れてジープの屋根をなでるスパニッシュ・モスを意識しながら、セオドシアはそろそろと路地から車を出した。

「わかった。それじゃマリー・ストリートに出てヨットクラブに行きましょう。そこで撮らなきゃいけないものってなに?」

ドレイトンはふたたびリストに目を落とした。「双胴艇だ」

「双胴艇ね。だったら楽勝じゃない」

「撮るだけのわたしは楽勝だがね。狭苦しい埠頭に車を乗り入れなきゃいけないのはきみだぞ」

「平気よ」子どもの頃から埠頭を飛びまわり、重たいセイルをボートに運びこんだりしていたのだ。

「それにしても」とドレイトン。「写真による借り物ゲームとは、うまいことを思いついたものだな」

「でしょう?」とセオドシア。

「奇妙でなんの役にも立たないものを集めてまわるより断然すぐれている。トラックのタイヤを探したり、よそのお宅の庭からノーム像を盗んだりするよりもな」

セオドシアは噴き出した。「しかも、それを全部持ってこなきゃいけないものね。たしかにバーチャルな借り物ゲームのほうが断然楽だわ」

「しかし、どうやって点をつけるのか、いまひとつよくわからんのだよ。要するに、ほかのチームに勝つにはどうすればいいのだね？」自分では認めていないものの、ドレイトンはたいへんな負けず嫌いだ。

「きょうは第一ラウンドだから」とセオドシアは説明をはじめた。「リストにあるものをすべて写真に撮ったら、それを全部審判にゆだねるの。明日、審査にとおれば、第二ラウンド、すなわち決勝に駒を進められるというわけ」

「で、どうなるのだね？」

「土曜日に同じことを繰り返すのよ」セオドシアはブレーキを踏み、鋭角にハンドルを切って丸石敷きの細い道に入った。「ただし、見つけて写真を撮るもののリストは、まったく新しいものになるけどね」

「しかも見つけにくいものになるのだね？」

「そう思うわ」

「それを言うなら」ドレイトンは額にしわを寄せながらリストをながめている。「今夜もこの先、見つけにくくなりそうだ。歴史地区近辺のものを撮り終えたあとは、かなり遠出しないといけない」

「ジョンズ・アイランドの天使のオークとか？」

「それもあるし、ハイウェイ一七号線で北に行ったところの〈ホット・フィッシュ・クラム・シャック〉という店もリストにある」

「まいったわ」セオドシアは車をヨットクラブの駐車場に入れながら言った。タイヤが砂利をざくざくと踏みしだく。「奥まで行ったら戻るのが大変そう。ひと晩かかっちゃうかも」

「わたしが案じたとおりじゃないか」

「こうしましょう」彼女はドレイトンの手から携帯電話を取りあげた。「あなたはここにいて。すぐに戻るから」

セオドシアはジープを飛び降り、急ぎ足で駐車場を進んだ。ピックアップ・トラックが一台、ぽつんととまっている。両脇に白いチェーンを張った細い下り坂を進み、国旗と白い縁取りで装飾された黄色い木造のクラブハウスの前をすぎ、チャールストン・ヨットクラブの埠頭に出た。

頭を低くし、腰をかがめた恰好で木の渡り板を進んだ。足をおろすたび鈍い靴音が響き、その下で波が寄せるひたひたという音が聞こえてくる。ここまで来ると確実に涼しく、風も強い。春の暖かな陽気は完全にどこかに消え、大西洋のひんやりとした霧が静かに流れこんでいる。帆桁《ほげた》がアルミのマストにぶつかって大きな音をたて、船が前後に揺れてもやい綱を引っ張るのにはわけがある。風速がゆうに十ノットはあるからだ。

曲がるところを一回まちがえ、少し引き返したのち、船着き場のアームのひとつにもやいである双胴艇が見つかった。すばらしいホビーキャット、それもワイルドキャットと呼ばれるヨットだった。なるほど、借り物ゲームで探すのにぴったりだ。

写真を撮って確認し、念のためにあと二枚撮影した。ピンボケ写真だったせいで敗退するような事態は避けたい。

波に揺れたり沈んだりする船着き場に立って、セオドシアは広々とした海を見わたした。パトリオッツ・ポイントで光がきらめいている。いつもなら温かく包みこんでくれるように感じるが、今夜はどうしたわけか、ぽつんとさびしそうに見える。距離がありすぎるせいかしら。

それとも、いまのわたしの気持ちがそう思わせるの？

パーカー殺害についてなんの進展もなく、それで罪悪感とあせりを感じているとか？あせり？　たしかに感じている。罪悪感？　それもあるかもしれない。

セオドシアは急いで車に戻って飛び乗ると、ヒーターのスイッチを入れた。

「寒くなってきたわ」

ドレイトンはセオドシアを見つめ、彼女の気持ちを読み取ろうとした。それから意を決して声をかけた。「大丈夫かね？」

「ええ、もちろん」セオドシアはジープのギアをリバースに入れ、駐車スペースからバックで出た。「次はどこ？」

ドレイトンはリストのしわをのばした。「まずはエアマン・アートギャラリーの写真を撮って、次に天使のオーク、それから北に向かってハマグリ小屋を探すことにしよう」

およそ四十分後、車はハイウェイ一七号線を北に向かって走っていた。

「雨が降ってきたな」雨粒がフロントガラスにぱらぱらと落ち、あっという間にすべてがソフトフォーカスがかかったようにぼやけてしまった。

「思ったとおりだわ」セオドシアはワイパーを動かした。

「マリーナに立ち寄ってからずっと、やけに口数が少ないな」ドレイトンが言った。「なにかのきっかけでパーカーを思い出していたのかね？」

「彼のこともだけど、わたしが無駄な努力を重ねているような気がしてきて」

「きみがやっていることは無駄でもなんでもないじゃないか」

「いつもあなたが頼りになる味方でいてくれて、本当にありがたいと思ってる。でも今回は、現場にもぐりこんだり、貴重な情報を入手したりしているのに、そこから先に進めないんだもの」

「きみは最善をつくしている。大事なのはそこだ」

「そうだけど」とセオドシア。「いっこうに成果があがらない気がしてしょうがないのよ」

「きみは結果にこだわる人だからな」

セオドシアはハンドルを握る手に力をこめた。「そうね……誰だってそうでしょ？」

ドレイトンは口の両端をわずかにあげ、さびしそうにほほえんだ。

「親愛なるセオドシア……残念ながら、誰もがというわけではないんだよ」

フロントガラスのワイパーが軽快なリズムを刻むのを聞きながら、ふたりはハイウェイ一七号線を北へと向かっていた。雨が滝のように降りつけ、セオドシアはより常識的な時速五十五マイルまで速度を落とさざるをえなかった。

「前がろくに見えないな」ドレイトンが言った。

真っ黒な木々が一瞬にして過ぎ去り、ひたすら木深いだけの景色がフィルム・ノワール風の雰囲気を醸している。すでにたっぷり二十分は走っており、目印になりそうなものはほとんど見当たらない。

「この先でわき道に入るんだと思うわ」セオドシアは言った。「もしかしたら、もう過ぎちゃったのかもしれないけど。ハマグリ小屋はわき道を行ったところにあるはずよ」

「自動で道案内してくれる便利な道具は持っていないのかね？」

「わたしのナビは旧式なの。たたんでグローブボックスに入ってる」

「そうか」とドレイトン。

「携帯電話にナビ機能はあるけど、道を確認して、写真を撮って、電話をかけるのを同時にやるなんて芸当はできそうにないもの」

「まるで三次元チェスだな」とドレイトン。

「まったくだわ」

そのときふいに、ドレイトンがシートにすわったまま背筋をぴんとのばした。

「あそこだ。その先。緑色の案内標識が見えるだろう？」

セオドシアは急ブレーキをかけ、右に急ハンドルを切った。

「ゆっくりでいい、ゆっくりで」曲がったいきおいで左右に振られ、ドレイトンが小さくつぶやく。

「でも、この道でいいんでしょ？」セオドシアは訊いた。

「そうであってほしいね」ドレイトンは言った。「もう曲がってしまったことだしな」

「ちゃんと標識を読まなかったわ」セオドシアは言いながら、一車線のアスファルトの道をゆっくりと走った。雨にくわえ、霧もじわじわ立ちこめてきていた。

「この道でまちがいないとも」ドレイトンが言った。

「どうしてわかるの？」そのとき、巨大な稲妻が空を切り裂き、前方の道とマツに覆われた周囲の風景を照らし出した。「嘘みたいね」セオドシアはこらえきれずに笑った。「おかげでとてもよく見えたわ。でも、疑問が解消されたわけではないわ。本当にこの道で〈ホット・フィッシュ・クラム・シャック〉に行けると思う？」

結局、行けなかった。

もう一マイルほど走ったところで道はぷつりと切れ、〈ムーアズ・ランディング〉という場所の未舗装の駐車場になっていたからだ。

「ここはかなり大きな桟橋のようだな」ドレイトンが言った。砂浜から荒波の大西洋へとのびた大きな木の船着き場だった。白茶けた材木が杭のように並んでいる。

「たしか週末になると市営のフェリーがここに接岸するんじゃなかったかしら」

ドレイトンが窓の外をながめやった。「いまは人の姿は見えないな」

「フェリーもないし」とセオドシア。

いる。

「曲がるところをまちがえたようだ」とドレイトン。

「ふう、そのようね」

セオドシアはフロントガラスの向こうに目をこらした。ワイパーがまだ雨を払いつづけている。


「そこに標識があるわ。なんて書いてあるのかしら。ねえ、読める？」

ドレイトンはウィンドウをおろして身を乗り出した。

「読めそうだ」風と波の咆哮に負けじと大声を出した。「ケープ・ロメイン野生動物保護区というようなことが書いてある」

「そう」セオドシアは言った。「やっぱりまちがったところで曲がっちゃったんだわ」

ドレイトンはウィンドウをあげ、ハンカチを出して濡れた顔をぬぐった。

「曲がるのがはやすぎたのかもしれんな」

「でも、きれいなところね。こんな土砂降りでさえなければ」

「ビルが次々と建ち、文明が破壊されているいま、これほど近くに野生動物の保護区があるというのは実にけっこうなことだ」

「ここの水路も保護されているのかしら？」

「そうであってほしいね」とドレイトン。「なんでもかんでも絶滅するまで釣りあげるわけにはいかんだろう。なんらかの規制があって当然だ」

「チリでのシーバスの乱獲騒動を覚えてる？」セオドシアは訊いた。

「レストランで人気が出たせいで、いまや本物のチリ産シーバスはめったにお目にかかれないものになってしまった」

「モンテレー湾のイワシと同じね、一九四〇年代の」

「たしかスタインベックの『キャナリー・ロウ』に、そういう話が出てきたはずだ」とドレイトン。「水産関係者はみな、無尽蔵に獲れるものと信じていた。しかし、ある日突然、獲れなくなる。獲りつくしてしまったせいで」

「無尽蔵のものなどどこにもないのに」

「この借り物ゲームはべつだがね」

その科白にセオドシアは小さく笑った。「それじゃ、探し直しましょう」エンジンを噴かし、ジープをバックさせて来た道を引き返しはじめた。

「〈火曜の子ども〉の関係者には、われわれがどれだけつくしているかを、ぜひ知ってもらいたいものだな」ドレイトンが言った。

「代表のメイジェルはとても熱心な女性みたい」とセオドシアは言った。「ちゃんと感謝してくれるはずよ」

ふたたびハイウェイ一七号線まで戻ると、セオドシアは右に折れ、北に向かった。「そんな遠くではないはずだわ」

「たぶんな」ドレイトンは言ったが、望みを持っているようには聞こえなかった。

時速四十五マイルというおとなしい速度でそろそろと進みながら、どこにあるかわからないハマグリ小屋の看板が見えないかと目をこらした。

「ストップ!」ふいにドレイトンが大声をあげた。「いま通りすぎたようだ」

セオドシアはアクセルから足を離し、道路わきに車を寄せた。「なにも見えなかったけど」

「完全に閉まっていたせいだ。看板の電気もついていなかった」

「それじゃわからないはずね」セオドシアはつぶやくと、ギアをリバースに入れ、暗いハイウェイをバックで戻りはじめた。

「慎重にな。まっすぐ。まっすぐだぞ」

「店に入る道がどこか全然わからないわ」セオドシアはこぼした。

「あと十か、ひょっとしたら十五フィートほどだな。そこだ、ハンドルを切れ!」

言われたとおりハンドルを切り、〈ホット・フィッシュ・クラム・シャック〉の駐車場でとまった。荒れ果てた小さな店で、もともとは白いペンキで塗ってあったとおぼしき壁も、いまでは風雨や潮風にやられて褪《あ》せた灰色に変わっている。とはいえ、いかにも入りやすそうな感じの店で、木でできた大きな目の魚が笑いながらフライパンに飛びこみ、赤と黄色で〈ホット・フィッシュ・クラム・シャック〉という文字が躍る、しゃれた看板がかかっている。傷んだ正面ドアの両側には、デイジーを植えた黒い大きな釜が置いてあった。

「閉まっているとは実に残念だ」ドレイトンは鎧戸《よろい》のおりた窓を見つめた。「ちょっと軽く食べていけると思ったのだが」

「ここで食べるつもりだったの?」セオドシアは訊いた。

「そうだとも」

「白いリネンのテーブルクロスはかかってないと思うけど」

「そんなことはわかっている」

「お皿じゃなくて、赤いプラスチックのバスケットで出てくるわよ」

「わたしを気取った食通のように思っているようだが、そんなことはない」

「でも、首の長いビール瓶からじかに飲める？」

ドレイトンはほほえんだ。「いいや。そのかわりにスイートティーをいただくよ」彼はカメラをかまえた。「どっちが撮る？　雨はあがりかけてきているようだが……」

セオドシアはカメラを手にした。「わたしが撮る。申し訳ない気持ちでいっぱいだから。今夜はもうさんざん迷惑をかけちゃったもの」

「そうだな」ドレイトンは力なく笑った。

セオドシアはセーターをかき寄せ、車を飛び出した。いい写真を撮って、チャールストンに帰ろう。残った借り物ゲームの標的を探しながら。

いまだ雨粒がぽつぽつと落ちるなか、ざくざくという音をさせながら駐車場を進んだ。髪が湿りすぎると風をはらんだ三角帆のようにふくらんでしまう。それが急速に乾くと、今度はチリチリに縮れるのが悩みの種だ。たいていの女性は、セオドシアのたっぷりした髪を喉から手が出るほどほしがるが、本人にしてみれば手がかかってしょうがないだけ。気温も湿度も高いチャールストンではなおさらだ。

ステップをあがって建物の正面玄関に立ち、ドアにペンキで書かれた〈ホット・フィッシュ〉のロゴを撮影した。次にうしろにさがって屋根の看板を見あげ、もう少しさがった。建物のわきにまわりこんでみると、板で作った魚がいいアングルでおさまった。しかも幸運が味方したのか――それが今夜のふたりにはいちばん必要なものだ――霧が晴れ、雨も細かい霧雨にまで弱まっていた。髪の毛にはよくないことに変わりないが、肌をうるおしてくれるのはありがたい。

店のわきにまわりこむと、大西洋からの風の通り道に出てしまった。遠くにはバリアの役目をする島もいくつかあるが、そのあいだを抜けてくる風は、ベンチュリ管を通したように速度を増し、途中にあるものすべてをなぎ倒さんばかりのいきおいで吹きつけてくる。

セオドシアは海、というか正確に言うなら沿岸内水路を見やり、二艘の船が沖に浮いているのを目にして驚いた。よくよく見ると、船の黄色い照明が浮いたり沈んだりを繰り返している。同じ場所にとどまっている様子からして、おそらくは漁船だろう。ムーアズ・ランディングにつないであった渡し船ということはありえない。

さらに二分ほど船をぼんやりながめながら、いまもああいう大変な仕事に従事するひたむきな男性たちに思いを馳せた。そこでふと思った。この小さなカメラであの人たちをとらえてみようと。それもハマグリ小屋を手前に、船を遠景にして撮れば、雰囲気のあるおもしろい写真になりそうだ。

場所を変え、アングルをいろいろためしながら何枚か写真を撮った。ようやく満足すると、急ぎ足でジープに戻った。

「やけに時間がかかったじゃないか」運転席側のドアをあけると、ドレイトンの声が飛んだ。

「よっぽどいい被写体だったのだろうね」

セオドシアが説明しようとしたそのとき、一台のピックアップ・トラックがジープのうしろに現われてとまった。目を向けたものの、スモークフィルムを貼ったウィンドウしか見えず、暗い車内からくぐもった音楽が聞こえてくる。クリーデンス・クリアウォーター・リヴァイヴァルだわ、きっと。曲は「ジャングルを越えて」か「アップ・アラウンド・ザ・ベンド」だ。しばらくして車はバックし、ハイウェイのほうに走り出した。

「あれもおなかをすかせたお客だったのだろうな」とドレイトンが言った。「ハマグリ小屋がやっていなくてがっかりしたんだろう」

「でしょうね」そのとき、セオドシアの電話が鳴った。車のドアを途中まで閉め、駐車場に立ったまま電話に出た。「もしもし?」

マックスからだった。

「やあ、スイートハート、ぼくだよ!」マックスの陽気な声が耳に飛びこんできた。

セオドシアはたちまちにんまりとした笑顔になった。こらえようとしても頰がゆるんでしまう。「あなたの声が聞けてとてもうれしいわ」

「どうしてた?」マックスは訊いた。

「元気よ。いまちょうど、借り物ゲームの真っ最中なの。ドレイトンと一緒にね」

「へええ。つまりきみたちふたりは、頂華飾《フィニアル》りやら街灯柱をむしり取るべく、歴史地区をこそこそうろついているわけだ」

「ううん、この借り物ゲームはちょっと変わってるの」セオドシアは言った。「家を一軒一軒まわるんじゃなくて、車でまわっていろんなものの写真を撮るの。名物とかそういうものをね」

「そのほうが面倒がなくていいね」

「しかもチャリティーの一環なの」

「なるほど」とマックス。「きみは本当にやさしい人だね。どんなときでも他人への思いやりを忘れない」

「わたしたちのチームには大事な使命があってね」とセオドシア。「非行のリスクが高い若者を支援する団体のためなの。おたくの金魚鉢募金のお金を受け取る団体のことよ」

「わかった、〈火曜の子ども〉だね」

「ところで、印象派の絵は持ち帰れそう?」

「だめだった。目録に入っていなかったんだよ。それでシスレーの風景画に目をつけたけど、フリーア美術館に競り負けてしまった」

「そっちは予算が豊富なんでしょうね」とセオドシア
「寄付をしてくれる人も豊富だし」とマックス。「はっきり言って、雲泥の差だよ」

「それで、こっちにはいつ帰ってくるの?」もう待ちどおしくてたまらない。

「明日の夜になるかな」

「そう」とセオドシア。「明日の夜は、コーヒーとお茶の博覧会の閉幕イベントをまかされているの。ヘリテッジ協会で日本の茶の湯を披露することになっていて」

「だったら、ちょっと寄って、きみを探すよ」

「本当？　来てくれるの？」

「もちろんだとも。せっかくだから、俳句のひとつくらいひねるのもいいな」


「マックスったら、俳句のひとつもひねろうかな、ですって」

セオドシアは車に乗りこみながらドレイトンに言った。俳句というのは日本の詩の一種で、簡潔な形式に美しい心象風景が凝縮され、おまけに季節感までもが盛りこまれる。

「十七の音節に歓喜と哲学的な心理を封じこめるのだからね」とドレイトン。「簡単にはいかないよ」

「あなたもいくつか俳句をつくったんでしょ。去年の春にマグノリア・プランテーションで日本の茶会を開催したとき、一句、披露してくれたじゃない」セオドシアは思い出し笑いをした。「みんなでアザレアの花を桜に見立てたわよね」

「そうだったな」とドレイトン。

「あのときに詠んだ俳句を覚えてる？」

「きのうのことのように覚えているとも」ドレイトンはにっこり笑うと、ひと呼吸おいてから吟じた。「吹く風に、桜花揺れる、たおやかに」

「すてき」セオドシアは言った。「明日の夜にもぜひ一句お願いしたいわ」

「本気かね？」

「あなたの盆栽の展示、うちの店の日本茶と料理、そこに俳句がくわわれば最高の演出になるわ」

「考えてみるか」

「お願い」

20

ヘイリーの予想どおり、コーヒーとお茶の博覧会は二日めになるといっそうのにぎわいを見せた。大勢がコロシアム内を行き交うなか、コーヒーがわき、お茶が入り、セールスマンが呼び込みの声をあげる。会場内は挽きたてのコーヒー豆、香り豊かなお茶、そしてシナモンの香りがただよっていた。

「どんな具合？」

セオドシアはヘイリーに声をかけた。彼女はドレイトン特製のラズベリー・モジョ・ティーが入った小袋を配っていた。ラズベリーの風味をつけチョウセンニンジンでピリッとさせた独自ブレンドの中国紅茶だ。

「順調よ」

長い髪をうしろに払いながらヘイリーが答えた。

「でも、早くここを出たいな。さっきドレイトンに聞いたけど、お店のほうに予約がたくさん入ってるんだって。きょうはいわば……ランチマラソンの日になりそう」

「きょうもジェニーが来てくれるんでしょ？」

ヘイリーは腕時計に目を落とした。「あと十分もすれば来るはずね」

「それまでは……」セオドシアはあたりを見まわし、急に自分たちのブースに人が殺到しはじめたのに気がついた。「あなたは試供品を配って」とヘイリーに言う。「わたしは注文を書きとめるから」

その後の十分間、ふたりは二人三脚で働いた。ヘイリーは試供品を配り、お客が来るペースががくんと落ちると、通りすがりの人が思わず足を止めるような呼び込みを披露した。

一方セオドシアはと言えば、ひたすら注文票を書いていた。サヴァナにある新しいティーショップ、〈マフィーズ・カッパ〉がインディゴ・ティーショップのオリジナルブレンドの噂を聞きつけてやってきたので、レモン・バーベナ、フラワー・ソング・ブレックファスト、それにガンパウダー・ブラックティーについて簡単にプレゼンをした。うれしいことに、それが相当数の注文という結果をもたらした。

また、ヘイリーが何個かティーポットを選んで持ってきていたので、気がつくとそのなかでもとくに宜興《ぎこう》のティーポットのよさを力説していた。紫砂を使ったティーポットの多くは小さくてかさばらず、ティーショップで販売するのにうってつけ。しかも一杯だけお茶を淹れるのにも適している。それからクロテッド・クリームに関する問い合わせを受けたときには、おすすめの専門店を二軒紹介するだけにとどまらず、お気に入りのレシピまで書いて渡した。

ひと息入れようとしたとき、ヘイリーが話しこんでいるのが目に入った。相手は……あら、やだ。またピーチズ・パフォードじゃないの。

ピーチズはヘイリーがうんざりしているのにもかまわず、真剣な表情でなにやら一生懸命しゃべっている。

ふたりのそばまで行くと、ピーチズがヘイリーに話しているのは〈ビタースイート〉のことだとわかった。計画について語っていたのだ。

「コーヒーとお茶の専門店だけど、ちょっとしたランチも出したいの」ピーチズが言った。「着席形式で」

「パティスリーを始める準備は進んでいるようね」セオドシアは声をかけた。

ピーチズは得意そうにほほえんだ。「そうなのよ。最高のケーキとクッキーとブレッドのレシピも集めたし、オープンが待ち遠しいわ」

「でも、もっと大きなプランが進行中なんでしょ」とセオドシアは言った。「わたしたち全員をびっくりさせた、特大級のサプライズのことよ」

ピーチズはわざとらしく怪訝な顔をした。「そうだったかしら?」

「〈ソルスティス〉を買ったんですってね。思ってもいない話で驚いたわ」

ピーチズはその買収話をささいなことと片づける作戦に出た。

「そんなことはないでしょ。わたしがあの店に興味を持ってたのは秘密でもなんでもないし」

「ええ、でもパーカーのほうは、あなたに売ろうなんて全然考えていなかったはず」

言葉と一緒に毒も吐き出しているのはわかっていたが、かまわなかった。

「でもあんなことになって、パーカーはあなたの買収話を突っぱねたくても突っぱねられない。おかげであなたはほしいものをすべて手に入れた」

ピーチズは口をぴくぴくと動かし、顔をゆがめた。「いやあね、すべてだなんて大げさだわ」

「ちょっと訊いていいかしら」セオドシアは一歩足を踏み出し、ピーチズにぐっと近づいた。「あなた、シェルビーに圧力をかけたんじゃない？」

ピーチズは目を細めた。「そんなことはしてないわ」

「いいえ、したはずよ」

「わたしはあの人に適正かつ妥当な申し出をしただけ」ピーチズはあとずさることなく言った。「うしろ指をさされるようなことはなにもしてないわ。あくまで正当なビジネス上の提案だったのよ」

「でも、都合がよすぎるわよね。パーカーという邪魔者がいなくなるなんて」

すると今度はピーチズが毒を投げ返した。「いったいなにが言いたいわけ？」憤慨し、怒りを剝き出しにした。「わたしがあの人の死に関わっているとでも？」

「関わってるの？」ヘイリーが割って入った。セオドシアとピーチズの会話が白熱していくあいだ、彼女はずっと黙って聞いていたのだ。

「関わってるわけないでしょうが！　あきれたわね、そんなふうに考えるなんて！」

ピーチズは歯をぎりぎりいわせ、いまにも言葉でないものを吐きかけそうに見えた。けれども思い直したのか、頬をふくらませたまま立ち去った。

「すっごく怒らせちゃったね」ヘイリーがぽつりと洩らした。

「彼女とはどのくらい話してたの？」セオドシアは訊いた。

「あなたが話にくわわる前？」

「ええ……そう」ヘイリーは照れくさがっているのか、それともさっきの口論に怖じ気づいているのかセオドシアには判断がつかなかった。

ヘイリーは肩をすくめた。「たいして長くないわ。せいぜい数分ってとこかな」

「ピーチズはパティスリーの構想を語って聞かせたんでしょ」

「うん。〈ビタースイート〉って言ってたけどね」

セオドシアはみぞおちにずしりと重いものが沈んでいくのを感じた。

「ヘイリー、彼女から……ピーチズから仕事の話を持ちかけられた？」

人の大切な従業員を横取りするなんて、いかにもピーチズがやりそうなことだ。

ヘイリーはうなずいた。「遠まわしだったけど。でも……うん、たしかに持ちかけてきたよ」

セオドシアの声が極端に小さくなった。「その話、検討するつもり？」

ヘイリーはいびつな笑みを浮かべた。「どう思う？」

セオドシアはごくりと唾をのみこんだ。「あなたは一人前の人間なんだから、自分の将来にとってもっともいいと思うことをやればいいわ」

「ねえ」ヘイリーはわずかに顔をしかめ、両手を腰のところにあてた。「そんな言い方で引きとめてるつもり？　向上心を持たせるためのこむずかしいアドバイスにしか聞こえないんだけど」

「だったら、こう言い換える。お願いだから辞めないで。みんな、あなたのことが好きなんだもの」

「セオ」ヘイリーは言った。「あなたやドレイトン、それにインディゴ・ティーショップにさよならするなんて、一度も考えたことはないわ」

「本当に？」

「本当よ。あたしだってみんなが大好きなんだもん。だから、置いてもらえるかぎり居座るつもり」ヘイリーは右手をあげ、小指を軽く曲げた。「指切りしたっていいのよ」

ふたりは指切りをした。

ティーショップに戻ってみると、ドレイトンがなにげなく口にした誘いの言葉は、耳に届くだけにとどまらず、目に見える反応も引き出していた——講座に参加した博覧会関係者のうち二十人ほどから。さらにインディゴ・ティーショップの常連客や、赤と黄色の乗り合い馬車から降りたばかりの観光客の集団もくわわって、十一時半をまわる頃の店内はぎゅうぎゅう詰めの状態だった。

「そこのブラウン・ベティ型のティーポットにセッサ茶園のアッサム・ティーの茶葉をスプーン四杯分入れてくれたまえ」ドレイトンが言った。セオドシアとドレイトンはカウンターでお茶を淹れ、トレイに角砂糖、レモンの薄切り、クロテッド・クリーム、ジャムを並べるなど、とかいがいしく働いていた。

セオドシアはお茶の用意ができると、オレンジと白の三毛猫を模したポットカバーをかぶせた。「どのテーブル？」

「五番だ」ドレイトンは答えた。「それと、料理は照り焼きサーモンのガーデンサラダ添えだったかレモンチキンだったか確認してきてくれないか。書きとめるのを忘れて思い出せないのだよ」

「ずいぶん余裕がないみたいね」セオドシアは声をかけた。

ドレイトンはうなずいた。「われながらいやになる。前頭葉がふやけてどろどろになってしまった気がするよ」

セオドシアはお茶を運ぶついでに、ドレイトンのかわりに料理を確認すると、包種茶、シナモンスパイス、烏龍茶をそれぞれポットに淹れた。さらにいくつか注文の品をテーブルに運んだところで、厨房にいるヘイリーのところに顔を出した。

「ふう」ヘイリーは業務用コンロでシーフードのチャウダーが入った大鍋をかき混ぜ、味見をし、真剣な顔でホワイトペッパーをひとつまみくわえた。「そっちもやっぱり忙しい？」

「ものすごくね」セオドシアは答えた。「きょうもミス・ディンプルに来てもらえばよかったわ」

「大丈夫、なんとかなるって。たまには百二十パーセントのパワーを出すしかないことだってあるよ」

「ええ、でも、あなたはこの一週間、ずっとそんな状態じゃない」

ヘイリーは少しびっくりしたように顔をあげた。「そう？　道路工事のローラーに轢かれたみたいな感じがするのはそのせいかな？」

「いつだってお手伝いの人を雇っていいのよ。前にも言ったけど」

ヘイリーは首を横に振った。「あたしの厨房によその人にずかずか入られて、めちゃくちゃに荒らされるなんて耐えられないもん」

「めちゃくちゃに荒らしたりするわけないでしょ。手を貸すだけよ。アシスタントかスー・シェフ役として」

「あたしのレシピはどうなるの？」ヘイリーの声が大きくなった。「大事なレシピは？」

「どうなるって、どういうこと？」

「雇った人に盗まれるかもしれないじゃない！」ヘイリーはいったん口をつぐみ、片手をあげた。「わかってる、この話は前にもしたよね。セオはそんなことはないって言うけど、レシピがお客さんに洩れる可能性だってないわけじゃない。あたしにとっては命の次に大事なものなのよ。おばあちゃんから教わったレシピなんだから」

「ヘイリー」セオドシアは言った。「そんなことを言ったら、料理の本なんか書けないわよ」

「それが問題なのよ。料理の本は書きたいし、実際、執筆の話も来てる。でも、あたしのレシピが世間に広まって、広い宇宙をめぐると思うとうれしくないの」そこでいったん口をつぐんだ。「秘密の料理本にでもするしかないかな」

「おかしなことを言い出すわね」

「どうやればいいと思う？」

「さあ。見えないインクで印刷するとか？　そして読みたい人はいちいちページをろうそくの火にかざすの」

「いいね、それ！」

セオドシアはサラダをのせたトレイを手にした。「そう言うと思ってた」


セオドシアが二度めにティールームをまわっていると、のびてきた手につかまれた。彼女はその場で立ちどまり、眉をひそめて下に目を向けた。

ライル・マンシップだった。カナリアをのみこんだ猫のような顔で、ひとりテーブルについていた。

「びっくりしたわ」セオドシアは言った。「またあなたなの」うれしそうな声にならないよう気をつけた。

「また会いましたね」マンシップは言った。

「さぞかし有頂天でいることでしょうね。新しくできたネプチューン水族館にレストランを出せると決まったそうじゃないですか」

「感激していますよ」マンシップはあたたかみがまったく感じられない、へつらうような笑みを浮かべた。

「地元チャールストンのレストランが選ばれないなんて、残念だわ」

「よその店はわたしの店ほど独創的ではないんでしょう」マンシップはあからさまに得意然とした様子だった。

「ビジネスのやり方がそれほどあくどくないだけかもしれませんよ」セオドシアは言い返した。お金が決定を覆したかどうかはわからないが、そうだとしても驚かない。

「ひどいことを言いますね」

「水族館のオープニング・パーティには本当に来ていらっしゃらなかったの？」

マンシップのまなざしは冷静で揺るがなかった。「あの場にいなかったことはすでにお話ししたはずですが」

「確認しただけです」とセオドシア。

「ずいぶん疑り深い人だ。こっちも教えてもらいましょう。先日、わざわざわたしに会いに来たのは、本当にパーカー・スカリー氏の遺族の代表として話を聞くためだったのか、それとも、彼が殺された事件の、いわば調査が目的だったのか」

「そんなことどうでもいいじゃないですか」

マンシップはせせら笑いを浮かべた。「どうでもよくないかもしれませんよ」そう言うと、急に態度を変えた。「ところで、例のティー・クルーズの件は少し考えてもらえましたか？」

「いいえ」セオドシアは言った。「全然」

二十分後、お客全員の注文がようやく行き渡ると、セオドシアはオフィスに引っこんだ。デレインからもらった招待客リストにもう一度目をとおしたくなったのだ。しかし人差し指でリストをなぞりながら、じっくり見ていったものの、マンシップの名前は見当たらなかった。ということは、たしかに招待はされていなかったのだ。

だからと言って、ライル・マンシップがあの場にいなかったとは断言できない。ブラックタイによく磨いた靴といういでたちで水族館に颯爽と入っていけば、招待状を見せろとは言われなかったろう。つまり……マンシップは簡単にもぐりこめた。そして残虐な行為を実行したのち、つまりパーカーを殺害したのち、ふたたびこっそり出ていこうと思えばできたはずだ。

ライル・マンシップは完全犯罪をおこなったのだろうか？

ううん、おそらくはそうじゃない。パーカーを殺したのが彼だとしても、完全だったかと言えばちがうと思う。おおかたの犯罪学者が言うには、完全犯罪というものは存在しない。遅かれ早かれ、ひとかけらの証拠なり、目撃者なり、手がかりなり、とにかくなにか出てくるからだ。

なのに残念ながら、パーカーの事件ではまだなにも出てきていない。

「信じられるかね？」ドレイトンが言った。「四番と六番のテーブルの紳士方からお茶のテイスティングのご要望があった」彼はお茶の缶をいくつも選び出し、正義の天秤ではかるように両手で抱えていた。

「そんな時間、あるの？」セオドシアは訊いた。

ドレイトンは視線をあちこちにやり、両手を目にもとまらぬ速さで動かしている。見るからに完全に集中していた。「時間ならつくればいい」

「それじゃ、なにか手伝うわ」

「カンドリ茶園のアッサム・ティーの缶を取ってもらえるかな？　あれは蜂蜜の風味がなんとも言えなくてね」

「テイスティングは全部インドのお茶を使うの？」セオドシアは訊いた。

「そうとも。それに、ダージリンのセカンドフラッシュも淹れようと思う。あのかすかなマスカットの風味をぜひとも味わってもらいたいのでね。最後は風味の強い上等なニルギリで締めくくる」

「きっと目が覚めることでしょうね」セオドシアは言った。「小さい中国のカップをまとめて出しましょうか？　持ち手のないカップを」

「いいね」ドレイトンが言うと同時にやかんが鋭い音を発し、たちまち彼は湯気に包まれた。

相変わらずお客が次から次へと入ってくる。

「テイクアウトはできるかしら？」正面のカウンターで辛抱強く待っていた女性が訊いた。

「かわいいランチボックスならご用意できますよ」セオドシアは答えた。「スコーンが一個に、ジャムの小瓶、それにティーサンドイッチが二個入っております」

「片方はチキンサラダのサンドイッチ？」女性客は訊いた。

「本日は千切りアーモンドの入ったチキンサラダです」セオドシアは答えた。「もうひとつのサンドイッチはゴートチーズとドライトマトが具です」

「まあ……聞いてるだけでおいしそう。そのランチボックスを六ついただける？」

「ただいまお持ちします」セオドシアは厨房に駆けこむと、スコーンとジャムをパックし、ティーサンドイッチを自然にやさしいワックスペーパーで包み、急ぎ足で厨房を出た。藍色《インディゴ・ブルー》の箱六個をカウンターに並べて食べ物を入れ、紙ナプキンも放りこんでふたを閉めた。おまけに――しゃれた宣伝の意味合いをこめて――インディゴ・ティーショップのロゴと電話番号が書かれたラベルシールを、箱のひとつひとつに貼った。

「テイクアウトの注文がしだいに増えてきているな」ランチボックスを詰めた白い紙袋を手にお客が帰っていくと、ドレイトンが言った。「デリ専門カウンターをもうけたほうがいいかもしれん」

「どこに？」セオドシアは訊いた。入り口近くのカウンター、床から天井までお茶の缶が詰まった棚、テーブルに椅子、みやげものがぎっしり並ぶサイドボードやハイボーイ型チェストがところ狭しと置かれ、活用されていない空間は一平方インチもない状態だ。

「さてね」とドレイトン。「きみのオフィスとか？」

「まあ、ひどい」とセオドシア。そこだけはなんとしても死守しなくては。

「冗談だよ」ドレイトンは言い、かかってきた電話に出ようとやかんを下に置いた。「インディゴ・ティーショップでございます」彼は一秒間、耳を傾け、それから受話器をセオドシアに差し出した。「きみにだ」

「もしもし?」セオドシアは言った。

「セオドシア! わたし、メイジェルよ!」

「こんにちは」セオドシアはメイジェルの声に緊張の響きを感じ取った。それとも高揚感?

「あんなのでよかったかしら?」写真はすべて、きのうのうちにシティ・チャリティーズのウェブサイトあてに送ってある。だから、〈火曜の子ども〉は正式に借り物ゲームにエントリーしているはずだ。

「からかってるの?」とメイジェルの答えが返ってきた。「もう、めちゃくちゃうれしくて! あなたが骨を折ってくれたおかげで〈火曜の子ども〉は二回戦に駒を進めることができたわ。ううん、というより、あなたが勝たせてくれたも同然ね」

「まあ、よかった」セオドシアは言った。

「写真もとてもすてきよ」

「ありがとう」

「見たければ、もうアップされてるわ。シティ・チャリティーズのウェブサイトに行って借り物ゲームをクリックしてみて」

「ええ」セオドシアはそう言って腕時計に目をやった。もう出かける時間だ。リビーおばさんが待っている。それにハリー・デュボスと彼のメロン蜂蜜も。

「本当にありがたいわ、セオドシア。さっきデレインと話したら、あなたはいま、いっぱい仕事を抱えてるんですってね」

「いいのよ、べつに」

「こんなこと言っていいのかわからないけど、デレインの話では、前のボーイフレンドが殺された事件について素人探偵みたいなことをしているんですって？」メイジェルの声がうわずった。「ごめんなさいね。紹介されたときは、そんなこととは知らなくて。水族館で人が亡くなったことは聞いてたけど、あなたとその人につながりがあるなんて夢にも思ってなかったの。とにかく、心からお悔やみを言わせてちょうだい。あなたによけいな負担を強いるべきじゃなかったわね」

「メイジェル」セオドシアは言った。「負担だなんて。そんなことは気にしないで。とにかくあなたの団体の役に立てて、わたしもドレイトンもとても喜んでいるんだから」

「喜んでるのはわたしも同じ。あなたは頭がいいってデレインから聞いてたけど、それが身をもってわかったわ。本当にありがとう。おかげで決勝に行ける。第二ラウンドに」

「このあともベストをつくすわ」セオドシアは約束した。

「信じてる」メイジェルは言った。

21

「助かるわ」

セオドシアのジープに揺られながら、リビーおばさんが言った。

「わざわざ遠回りしてもらっちゃって……」

「おばさんに会えるんだもの」とセオドシアは言った。「面倒でもなんでもないわ」

リビーおばさんは満足そうにほほえんだ。きょうは紺と白の春用スーツに同色のコンビの靴を合わせている。とても粋な感じだ。「お茶とスコーンを詰めたバスケットを持ってきたのね」そう言って、首だけうしろに向け、ヘイリーが詰めた大きな柳細工のバスケットに目をやった。

「蜂蜜風味のお茶と蜂蜜のスコーンよ」セオドシアは言った。「ハリーと養蜂場の人たちにあげようと思って。でも、おばさんもよければひとつつくらいつまんでね」

「二日前のあれでまだおなかいっぱいよ」リビーおばさんはあの日の記憶を味わうように、顔を仰向けた。「本当に夢のようなお茶会だった。すてきなお料理に魅力たっぷりのお客様……」

「そしてすばらしい理念」とセオドシアがつけくわえる。

「小切手を渡したときにアニマルシェルターのボランティアがどれほど喜んでくれたか、口ではとても言いあらわせないわ。いまの経済状況はとりわけペットたちにとって大きな逆風となっている。ペットを飼いつづけることができなくなった人が増えてるのよ。その結果……」おばさんは声を詰まらせた。「手放さざるをえなくなる」そう言って涙をぬぐった。

「住む場所を失った気の毒な子たちも、いずれ誰かに引き取られるといいのだけど」

「悲しむべき現実ね」セオドシアはつぶやいた。アール・グレイの餌を買うお金をかき集められなくなったら、どうすればいいのだろう？　自分の食べ物を愛犬と分け合うことになるだろう。あるいは、自分は食べずにすますか。アール・グレイはそれほど大切な存在だ。

車の速度を落とし、ラトリッジ・ロードから鋭角に左折してハミングバード・レーンに入った。曲がるところが見えにくく、標識はどれも葛《くず》に覆われてしまっている。葛というのはやっかいな有害植物で、フェンスや道路標識、場合によっては小さな建物にまで葉の多い蔓で巻きつく習性がある。

「田舎道を走るのは本当に楽しいわ」リビーおばさんがウィンドウの外を見やりながら言った。車は濃い藍色のエリオットマツが密生する場所をスピーディーに走っていた。「田舎のおいしい空気を思い切り吸ったり、フウキンチョウやムクドリモドキの姿がときどき見えたりするんですもの」

「こういうところに来ると、自然にリラックスしてくるわよね」セオドシアは言った。実際、セオドシア自身ものびのびとした気持ちになっていた。バイユーが流れる深くて暗い森は、頭と心を癒やしてくれる。チャールストンに住むのももちろん楽しい。すぐれた建築物や人を魅了してやまない歴史、おいしい食べ物、それに変わった人たちに事欠かない街だ。けれども花をつけたハナミズキ、青く流れるバイユー、パルメットヤシが密生する低地地方は、まさに桃源郷と言っていい。

角を曲がると、そのまま青々としたアーチ道に入った。老齢のオークの巨木がこんもりとした枝を道路の反対側までのばし、見事なまでの緑のアーチをなしている。

このあたりは大半が森林湿地で、鹿やアリゲーター、アライグマにとっての楽園となっており、ときにはヒシモンガラガラヘビが出ることもある。

「昔のハンティントン・プランテーションで稲作が復活したんですって」リビーおばさんが言った。「カロライナ・ゴールドがこの地でふたたび栽培されるなんてすばらしいことだわ」

セオドシアは速度を落とし、小さな池をまわりこんだ。木漏れ日を受けて水面がきらきら光っている。「あれはサギ?」と細くてまっすぐな脚をした鳥を指差した。

リビーおばさんは鋭い目を鳥に向けた。「アメリカトキコウよ」

「さすがに生き物のことはくわしいわね」セオドシアは言った。

「わたしにとってはかけがえのない存在だもの」リビーおばさんはそう言って、小さくほほえんだ。「今夜はあなたの茶の湯の会があるんだったわね?」

「そうなの。ヘリテッジ協会でね。実際にはドレイトンの茶の湯の会だけど。陣頭指揮をとるのは彼だし、日本でのお茶の作法を実演したりもするのよ」

「ずいぶんと格式のある内容ね」

「たしかに茶の湯は格式があるわ。とくに日本の人にとってはね」セオドシアは含み笑いを洩らした。「たぶん、ドレイトンにとっても。彼は儀式というものに敬意を抱いているから」

「べつに悪いことじゃないわ」リビーおばさんは言った。「たしか彼は盆栽も展示するんだったわね？」

「五、六鉢ほど持参すると言ってたわ。あの小さな木を、それはそれは大事に育てているのよ」

「そうでしょうとも。何年か前、ドレイトンがケイン・リッジ農園まで来て、小さなアメリカカラマツを何本も掘り起こしていったことがあったわ」

「それがいまはどうなったか、自分の目でたしかめるといいわ。彼ったらあれで森を再現したのよ」ドレイトンは十三本の小さなアメリカカラマツを青い釉薬《ゆうやく》のかかった浅い陶器の鉢に植え、丹念に剪定を繰り返し、小さな石を配置してミニチュアの森そっくりの作品をつくりあげていた。

「森ねえ」リビーおばさんは感心したように言った。「なんて独創的なのかしら」

「地元の盆栽展で賞も取ったのよ」セオドシアはそう言って、なにげなくバックミラーに目をやった。一台のトラックがうしろを走っているのが見えた。かなりのスピードで近づいてくる。きっとこの車を追い越したいのね。この道は細いし、路肩もほとんど、というかまったくないので、思いやりのある運転を心がけるセオドシアは追い越してもらおうと、自分の車を少し端に寄せた。

しかしトラックは追い越していかなかった。それどころかジープのリアバンパーの真うしろにぴったりとつき、そのままの状態で走りつづけている。

ハイウェイが大きくカーブして離れていくと、ハミングバード・レーンはいくらか下り坂となり、両側にてらてら光る広大な湿原が現われた。セオドシアはアクセルを踏みこんだ。速度を落としたのはまちがいだった。十人並みのスピードを維持し、ほかのドライバーなど気にしないほうがいい。

ただ、ひとつ問題があった。うしろのトラックがいっそう距離を詰め、ジープのバンパーに軽くぶつけてきたのだ。パニックを起こすほどの衝撃ではないものの、いやでも気づく程度には強かった。

「ちょっ……！」セオドシアは思わず大声をあげた。

「どうかした？」リビーおばさんが訊いた。セオドシアがバックミラーに目をやったのに気づき、ぴりぴりしたものを感じ取ったようだ。おばさんも、ぶつかられたときの衝撃に気づいたかしら？　たぶん気づいたはずだ。

「さあ。うしろの車がさっきから……」

またもコツンとぶつかった。今度はさっきよりいくらか強い。

「こっちの車をどかそうとしてるのかしら？」リビーおばさんは心配そうにつぶやいた。

「さあ」セオドシアは同じ科白を繰り返した。道の両側にはまだ沼と湿地が広がっていて、乱暴なドライバーをやりすごそうにも、うまいことわきに寄れる場所が見つからない。パニックになるほどのことではないかもしれないが、セオドシアは胸に恐怖が迫りあがってくるのを感じた。

サイドミラーをのぞくと、ぴかぴかの真っ黒なトラックは十五フィートほど後方を走っていた。とりあえず気が済んだようだ。

しかし、それも長くはつづかなかった。

突然、トラックは一気にスピードをあげた。猛然と近づいてきたかと思うと、ジープの後部にいきおいよく突っこみ、前へ前へと押しやるようにエンジンを噴かした。

「なんなの、これは!」リビーおばさんが叫んだ。「どういうこと?」

「しっかりつかまってて!」いまやセオドシアは全エネルギーをひとつのことに集中させていた。そのもっとも大事なこととは、車をまっすぐ進ませることだ。

トラックはふたたび遠のいた。しかしセオドシアは警戒をゆるめなかった。

いい判断だった。

というのも、十五秒後、トラックは大きなうなりをあげながら近づき、またもやジープに激しく追突したからだ。

今度はジープのリアバンパーの左をひどくぶつけられた。金属がつぶれる大きな音がし、ジープが抗議するようにぎしぎしときしんだ。セオドシアは道路の真ん中を走るべく必死の努力をつづけたが、ようやく制御を取り戻したと思ったそのとき、後輪が横滑りを始め、車はいわば制御された尻振り状態となった。

セオドシアはこの状態を脱するべくハンドルを操作した――あと少しだった。しかし、右の前輪がアスファルトのへりにかかり、すべてが無に帰した。ブレーキペダルを何度かに分けて踏み、体勢を立て直そうとできるかぎりの努力をした。しかし車は突然、小さな堀に落ち、そのまま沼に突っこんだ。

いけない！　沈んじゃう！

塩を含んだ水がフロントガラスに飛び散り、前がまったく見えなくなった。リビーおばさんが恐怖の悲鳴をあげた。

セオドシアはまだ制御しようとがんばっていたが、頭のなかを無数の不安が駆けめぐっていた。このままひっくり返っちゃうの？　エアバッグがふくらんでリビーおばさんの顔にぶつかったりしない？　ふたりともこの沼に沈んでしまうの？　このあたりには流砂があったんじゃない？

もちろん、どれひとつとして実際には起こらなかった。最悪の事態を想定したばかげたシナリオにすぎなかった。

実際には、深さ二フィートほどの水を多く含んだ泥に、ぐしゃっと音をさせながらゆるやかに着地しただけだった。くだんの黒いトラックがふたりの窮状には目もくれずに走り去っていくのを、セオドシアはウィンドウごしに呆然と見ていた。二秒後、トラックは完全に視界から消えた。

「大丈夫?」セオドシアは大きな声でリビーおばさんに呼びかけた。「やだ、大変、まさか……?」

「平気よ」リビーおばさんは小さな声で返事をした、「でもあなたのほうは……頭をぶつけたみたいね」

「え、そう?」まったく記憶がなかった。覚えているのは、人形アニメのようにすべてがコマ送りだったことだけだ。そのあと大きな水しぶきをあげて着水したのだった。フロントガラスの向こうに目をこらすと、丸坊主のイトスギとヌマミズキが歩哨のように立っている。脳から最後のメッセージが送られてきた――そうよ、車が沼に落ちたの。セオドシアは手を額にやって、なでさすった。たしかになにかにぶつけたようだ。「ううん、大丈夫」と嘘をついた。

リビーおばさんが助手席でもぞもぞとなにかを探しはじめた。

「どうかした?」水が入ってきたのかしら?

「双眼鏡がないの!」

セオドシアも一緒になって探すと、茶色い革のケースがアクセルのところに引っかかっていた。衝突の際にミニチュアのミサイルよろしく車内を飛びまわったにちがいない。手をのばし、リビーおばさん愛用のツァイスの双眼鏡が入ったケースをつかんだ。ビロードで内張りしたケースをおそるおそるあけてなかをたしかめ、それからリビーおばさんに渡した。

おばさんは手にした双眼鏡をいろいろと動かし、ためつすがめつした末にようやく安堵のため息を洩らした。「壊れてないわ」

「よかった」

リビーおばさんは片手で胸を押さえた。「いったいなにがあったの？」

「わたしにもまるっきり見当がつかないわ」とセオドシア。

「頭のおかしなドライバーもいるものね」

セオドシアはそれでケリをつけたくはなかった。あれはすべて故意としか思えないからだ。けれどもリビーおばさんを落ち着かせたい一心でこう答えた。「まったくだわ」

リビーおばさんは顔をしかめ、助手席のウィンドウから外を見やった。

「こんなどろどろしたところから車が出るかしら？　レッカー車を呼ぶことになりそう？」

「やってみる」

イグニッションに挿したキーをまわすと、一発でエンジンがかかった。自分でエンジンを切ったのか、ひとりでに切れたのかはわからないが、とにかく大きなしゃっくりのような音をさせてぴたりととまったのは記憶にある。

「とりあえずエンジンはかかったわね」リビーおばさんは言った。「でもスタックしちゃって動かないんじゃないかしら」

セオドシアはセレクターを四駆モードにスライドさせた。

「どうか動きますように」

そう言いながらも、どうせ前にもうしろにも動けないに決まってると思いこみ、エンジンを強く噴かした。案に相違し、車は少しずつ前進を始めた。

「やったじゃないの！」リビーおばさんが叫んだ。

「クライスラー社に感謝しなきゃね」セオドシアは言うと、ハンドルを切りながら慎重にエンジンを噴かしていった。あせらずに、なおかつアクセルを踏む足をゆるめることなく。車は少しずつぬかるみを脱し、土手をのぼって道路に戻った。

「やったわ！」リビーおばさんが昂奮して手を叩いた。「セオったらすごい！」

セオドシアは大きく息を吐き出し、しばらく考えこんだ。「家まで送ったほうがいい？」

リビーおばさんは意外そうな顔をした。「家まで送る？　てっきり養蜂場のみなさんに会いに行くものとばかり思ってたけど」

「まだ行く気はあるの？」

「あなたさえその気なら、ぜひとも行きたいわ」

「でも、本当に大丈夫？」セオドシアは訊いた。土手を転がり落ちたときに怪我をしたのではないか、激しく揺さぶられたのではないかと心配だった。それに、落ちた先が泥の沼だったとはいえ、衝撃はかなりのものだったはずだ。

「大丈夫」リビーおばさんは言い切った。しかしすぐに眉間にしわが現われた。「でも、いったい誰が……それにどうして？」いつもは屈託のない顔を怒りで曇らせ、前方の無人の道路をじっと見つめた。「まったく。あんなふうに接触してくるなんて、乱暴にもほどがあるわ。車をとめて、わたしたちの無事すらたしかめないなんて」

「まったくだわ」

あの車が接触してきたのでないのははっきりしている。うしろからいきおいよくぶつけてきたのだ。口に出せない思いがセオドシアの心の奥底で渦巻いた――あのドライバーはわたしたちに無事でいてほしくなかったのではないだろうか。

ドレイトンのお薦め

インディゴ・ティーショップの
オリジナル・ブレンドティー

ラズベリー・モジョ・ティー

ラズベリーの風味をつけ、チョウセンニンジンでピリッとさせたオリジナル・ブレンドの中国紅茶。

22

デュボス養蜂場は三世代にわたってつづく農場で、この十六年ほどは蜂を育て、蜂蜜をつくっている。もともとはリンゴ園あり、アルファルファ畑あり、酪農場ありの広く浅くの経営方針だった。いまは、どこもかしこもクローバーやトールグラスがびっしり生え、たくましいリンゴとサクランボの木が目立って多い。

ハリー・デュボス一家はこぢんまりした白い下見板張りの家に住んでいた。床が高くなっていて、しゃれたベランダがぐるりを囲んでいる。すぐ近くには寄棟屋根の大きな納屋と、それより小ぶりで新しいギフトショップも建っている。

セオドシアとリビーおばさんは農場内に入ると車をとめ、さっそくギフトショップに向かった。

ドアの上でベルが軽快に鳴り、カウンターにいたハリー・デュボスが顔をあげた。カーキのスラックスに揃いのシャツを着て、ミツバチがにこにこ笑う絵がついた丈の長い黄色いエプロンをかけていた。満面に笑みを浮かべ、手にはヌマミズキの蜂蜜を持っている。

「いらっしゃい！」彼は大声で呼びかけると、蜂蜜を置き、カウンターをまわりこんで出迎

えてくれた。

紹介をすませると、セオドシアたちはギフトショップを見てまわりはじめた。デュボス養蜂場で売っている商品はどれもすばらしい。サクラの花の蜂蜜、リンゴの花の蜂蜜、クローバーの蜂蜜、クリーム蜂蜜、コムハニー、ハニーマスタード、おまけに蜜蠟でつくったキャンドルもある。それにお目当てのメロン蜂蜜も何個かあった。

「これと同じものを二ケース取り置いてあるのよね」セオドシアは言った。

デュボスは頭をちょっとさげた。「もちろんさ」

「よかった」とセオドシアは答えた。「そうそう、みなさんにと思って蜂蜜のスコーンとドレイトン特製のバニラ・ハニー・ティーをバスケットに入れて持ってきたの」

「えっ、本当?」デュボスは差し入れを心の底から喜んでくれた。「ハニー・ティーだって?」

「白茶にバニラビーンズと蜂蜜をちょっぴりブレンドしたお茶よ」

「ギフトショップで売ってもかまわないかな」デュボスは訊いた。「うちに来るお客さんも気に入ってくれると思うんだ。なにしろハニー・ティーだからね」

「なんとかできると思うわ」セオドシアは答えた。

三人はスクリーンドアを押しあけ、外に出た。セオドシアはスコーンとお茶を詰めたバスケットを取ってデュボスに渡し、リビーおばさんは愛用の双眼鏡を手にした。

「おや」デュボスはセオドシアの車を見ながら言った。「途中、オフロードを走ってきたみたいなありさまだね」ジープの下半分は泥だらけで、タイヤハウスには固まった草がこびりついていた。

「まあね」セオドシアは言った。

「四輪駆動車はそのためのものだからね。道じゃないところを走るのが」デュボスはそう言うとニカッと笑った。「作業してるところを見ていくだろう?」

「巣箱のこと?」

「そうとも。魔法の場所だよ」

「防護具は必要?」セオドシアは訊いた。

「いらないよ」デュボスは手を振った。「うちのミツバチはとてもおとなしいんだ」

三人は踏み固められた通路を並んで歩きはじめた。トールグラスをかきわけ、葉の茂った低い木が並んでいるわきを通っていく。

「そこにあるのは、二年ほど前に植えた東洋の梨の木なんだ」デュボスが指差した。「今年の夏はたっぷり実がなるといいんだけど」

「じゃあ、梨の風味の蜂蜜も製造を考えているの?」セオドシアは訊いた。

「うん、そういうこと」

さらに歩きつづけた。あふれんばかりの陽が射し、暖かな風が草地を吹き渡り、セオドシアのうなじの毛をふわりと浮かせた。夏だわ、と思う。

前方に山のような白い巣箱が、おもちゃのマンションのように並んでいるのが見えてきた。

「巣箱はいくつあるの?」セオドシアは訊いた。

「二百四十個」とデュボス。

「まあ!」リビーおばさんがいきなり大声を出した。愛用の双眼鏡を顔のところまで持ちあげ、いましがた木から木へと飛び移った極彩色の鳥に焦点を合わせようとしている。「あれはゴシキノジコかしら?」

「かもしれませんね」デュボスが答えた。「めずらしい鳥だけど、このあたりではたまに見かけます」

「カラフルですてき」リビーおばさんはにこにこ顔で言った。

「きれいな鳥ね」セオドシアは言った。あんな災難に見舞われたあとだけに、リビーおばさんがこうやって楽しむ姿が見られて心中ほっとしていた。

「名前の由来は派手な色をしているからよ」リビーおばさんは説明した。「とくにオスは頭が青、羽が緑、おなかのところが赤いの」そう言うと、双眼鏡をふたたび目のところまで持ちあげ、しばし木立をうかがっていたかと思うと、ずんずん前に進みはじめた。もっとよく見たくてしょうがないのだ。

セオドシアの隣でデュボスの携帯電話が突然、六〇年代のポップチューンを奏ではじめた。

「ちょっと待っててくれ」

セオドシアは彼が話しやすいようにと、数フィート遠ざかった。一本の梨の木に手をのばし、人差し指で小さな緑色のこぶに触れた。梨の赤ちゃんだ。これが大きくなって熟すと、果汁たっぷりの甘い果実となるのだろう。ドレイトンに頼めば、これら地元でとれた梨を混ぜこんで、オリジナルブレンドのお茶に仕立ててくれるかもしれない。たとえばそう……中国紅茶に梨、蜂蜜、それにショウガをちょっぴりきかせてみたらどうだろう。

近くの茂みでカサカサと音がし、セオドシアはそちらに気を取られた。くるりと向きを変え、養蜂箱のそばに広がる深くて鬱蒼とした森に向かって歩き出した。あそこに誰かいるの？ 物音はそのせい？ まさか。おそらく、森を用心深く抜けていこうとするオジロジカにちがいない。でなければイノシシか。意外にもイノシシは、チャールストンの中心部から十マイルと離れていない場所でも、餌を求めてさまよう姿を目撃されているのだ。

イノシシが実際に危険かどうかはわからないが、好奇心がむくむくと頭をもたげた。もしもイノシシに出くわして襲いかかられたら木に登って逃げようと心に決め、森に向かってゆっくりと歩いていった。

右のほうでまだ葉がカサカサいっている。セオドシアはほくそえんだ。やっぱりなにかいるんだわ。しかし葉の動き方と音からして、そのなにかはイノシシよりも地上からの高さがあるとみた。

だとすると……子鹿を連れた鹿？ それなら、さぞ、ほほえましいながめでしょうね。

じっと耳をすませていると、三十フィートほど離れたところで突然、ゴトンという音がした。鈍い響きだった。たとえて言うなら、野球のボールを木の塀に投げつけたような感じだ。あるいは石でもいい。

なんだろう?

つづいてぞっとするような甲高い音が響きわたった。

まさか……リビーおばさん?

セオドシアはくるりと向きを変え、走って通路まで戻った。あわただしく左に折れ、さっき目にした巣箱の山があるほうに向かった。そこがあの音の出所だと思ったからだ。

リビーおばさんは無事だった。相変わらず双眼鏡を目にあてて、木立をながめている。しかし、蜂が帯状に舞いあがったのには気づいていなかった。蜂の大群はミニチュアの竜巻のようにぐんぐんいきおいを増したかと思うと間隔を詰め、大きな円となって飛びはじめた。

「たいへん!」セオドシアは叫んだ。「まさかおばさんを……」

声が詰まって最後まで言えなかった。一部の蜂が本隊からひょいと向きを変え、リビーおばさんめがけて突進していくのが見えたからだ。

「リビーおばさん!」セオドシアのヒステリックな叫びが周囲の空気を切り裂いた。リビーおばさんは驚いて双眼鏡を取り落とし、すばやく振り返った。そこで目にしたのは、小さな嵐雲を思わせる蜂の群れがまっすぐ自分に向かってくる光景だった。

リビーおばさんは走り出したが、突然、両手を高くあげてやみくもに振りまわしはじめた。

セオドシアはすかさずおばさんに向かって足音高く駆け出した。

「セオ!」リビーおばさんは声をあげた。手をしきりにばたつかせ、必死に顔を守っている。

「助けて!」甲高くて痛々しい声だった。

数秒としないうちにセオドシアは現場に到着し、小さな雲のように群れる蜂をはたき、首に巻いたスカーフを取ってリビーおばさんの頭を刺されないようにくるんだ。

二十秒後、ハリー・デュボスが駆けつけ、どこから持ってきたのか、緑色のホースで大量の水を噴射した。蜂はリビーおばさんを襲撃したのと同じ速さで退却し、騒動はおさまった。

「リビーおばさん！」セオドシアは大きな声で呼びかけた。「ああ、かわいそうに。大丈夫？」

リビーおばさんの目は恐怖で大きく見ひらかれ、唇は動いているようなのに声がいっこうに出てこない。

これを見れば、大丈夫でないことくらいすぐわかる。大丈夫だなんてとんでもない。

「刺されたのかい？」デュボスが息を切らしながら尋ねた。

「顔をね」セオドシアはリビーおばさんの顔を両手ではさみ、注意深く調べた。「五カ所くらいかしら、ちがう、はっきり見えるだけでも八つ痕がある」

「なにがあったんだ？」デュボスは訊いた。「うちの蜂はいつもならこんな……」

彼は不安そうな表情で息をはずませていた。リビーおばさんの容態を気遣い、うちの蜂なら大丈夫と請け合った矢先にこんな事故が起こって動揺していた。

「何者かが巣箱になにかぶつけたみたい」セオドシアはまだリビーおばさんを抱えて怪我の具合を診ながら、早口で言った。「石とか。あるいは棒で叩いたか」息をととのえようとしながら、そう説明する。「蜂を……蜂を怒らせようとして」

「攻撃から巣を守るよう仕向けたわけか」デュボスは言うと、ふたたびリビーおばさんを心配そうに見つめた。「おばさんはアレルギー体質？　エピペンを打ったほうがいいかな？」

リビーおばさんのまぶたがひくひくと動いた。「だ……大丈夫よ」

「いや、大丈夫とは言えない。こんなに刺されたんじゃ、血圧が一気にさがって気道が拡張するおそれがある」

ポップオーバーの生地が高温で急にふくれるように、リビーおばさんの顔が膨張しはじめた。はじめのうちは肌がうっすら赤く、ぴんと張っただけだったが、すぐに顔と手がものすごいいきおいでふくらんだ。おまけに息が苦しそうで、しゃっくりまで出始めた。

「注射をして、急いで病院に連れていかないと！」セオドシアは大声で言った。

デュボスは身を乗り出すようにしてリビーおばさんを抱えあげ、駐車場に向かった。息を切らし、玉のような汗をかきながらひたすら走った。

「病院！」セオドシアはまた大声で言ったが、デュボスの助手のひとりが状況を察知してエピペンを用意して待っていた。デュボスはそれをひったくるようにして受け取ると、包み紙をむしり、慣れた手つきでリビーおばさんの二の腕に注射した。すぐに薬がきいて、蜂の毒を中和してくれるはずだ。

少しぐったりしたリビーおばさんをセオドシアのジープに乗せると、デュボスは自分の白いフォーランナーに飛び乗った。「ついてきて！」そう大声で言うと、ギアを入れ、埃を舞いあげながら発進した。

近くのセイント・フランシス病院まではわずか六マイルの距離だったが、セオドシアには六十マイルにも感じられた。助手席でぐったりしているリビーおばさんは顔が真っ青で、呼吸も浅かった。それでも無理して弱々しくほほえんでくれた。おばさんは必死でがんばっている。

一行は救急治療室の入り口に通じる通路を突き進み、セオドシアはジープを完全に停止させるやいなや飛び降りた。ガラスのスライディングドアを駆け抜け、看護師と医療技術者がカウンターのところに大勢集まっているのに目をやると、大声で叫んだ。

「急患です！　お願い、助けて。八十二歳の女性が蜂に刺されました！」

23

セオドシアの必死の訴えがきいたのか、たちまちあたりは騒然とし、なにがなにやらわからなくなった。看護師がリビーおばさんの容態を確認しに大急ぎで外へ出ていき、補助員が金属のストレッチャーを引きずりながらそのあとを追った。しばらくすると、車輪が舗装路でガタガタいう音を引き連れ、毛布をはためかせながら、おばさんは救急室に運びこまれた。

セオドシアは紫色のプラスチックの椅子に腰をおろし、恐怖とわずかな孤独感とを嚙みしめていた。なにしろリビーおばさんは、たったひとりの存命の親類なのだ。

「おれのせいだ」デュボスは大きな手で野球帽を握りしめ、つばのところをしきりにいじっている。目は縁が真っ赤で、怯えの色が浮かんでいる。

「あなたが悪いんじゃないわ」セオドシアは言った。非難すべき者がいるとすれば、それは自分だ。リビーおばさんが森のほうに歩いていって、巣箱のすぐそばでバードウォッチングをするのを黙って見ていたんだもの。森のなかでなにかが動く音を聞きながら、変だとは思わなかったんだもの。なにかが――あるいは誰かが――愚かにも蜂を怒らせるなんて考えもしなかった。

「何者かが巣箱に石を投げつけたようだという話だったけど」デュボスが言った。「そんな感じの音がしたの。もしかしたら棒で叩いたのかもしれない」

デュボスはかぶりを振った。「どうして?」怒り半分、驚き半分でつぶやいた。「どうしてそんなことを?」

「さあ」セオドシアは言った。「たぶん……子どもの仕業かも。粋がって悪いことをしてみただけとか」

「かもしれないな」

「前にもこんなことはあった?」

「いや」

五分ほど無言ですわっていると、ようやく看護師が出てきた。緑色の医療着姿の彼女は、十二時間勤務を終えたばかりのように疲れて見えた。しかしほほえみは心からのもので、物腰も気遣いにあふれて好感が持てた。

「いまドクターがおばさまを診ています」看護師の名札にはアン・ライリーとあった。「酸素吸入のほか、いくつか治療をおこなっています」

セオドシアは椅子から飛びあがった。「それで、おばは……?」

ライリー看護師はさえぎるように言った。

「エピペンを打ったからよかったんですよ。いい判断でしたね」

セオドシアはデュボスを振り返り、その腕に手を置いた。

「ありがとう。すばやく判断してくれて」

ハリー・デュボスはいまにも泣きそうな顔をしていた。

「大変なことになって本当にすまない」

「あなたが悪いんじゃないわ」セオドシアはもう一度言った。

「おばさまは持ちこたえているようですよ」看護師は言った。「治療が終わりしだい、先生が説明にまいります」

「ここで待っています」セオドシアは言った。三十分待ったのち、デュボスは家に帰した。最初彼は強く抵抗したが、けっきょくセオドシアの説得に折れた形となった。引き替えに、セオドシアは、あとで電話してリビーおばさんの容態を一から十まで説明すると約束させられた。

ようやくドクターが出てきたときには、セオドシアは落ち着いていたものの、不安な気持ちは相変わらずだった。

「おばは……？」セオドシアは言いかけたものの、そのまま口をつぐんだ。答えにくい質問をするのが急にためらわれた。大事なリビーおばさんのいない世界など、考えたくもない。

しかし、ヴィクター・プリンスという名の若くて熱心そうな医師は、手をあげた。

「大丈夫、落ち着いて。おばさんの容態は安定しています。追加のエピネフリンとコルチコイド少々を投与しました」

「では、助かるということですか？」

「そうですよ」とプリンス医師は言った。「いまは落ち着いて休んでおられますが、今回の事故によると思われる合併症はいっさい見受けられません」

「会えますか？」セオドシアはリビーおばさんのもとに行きたくてうずうずしていた。

「けっこうですよ」医師は片手を振った。「そのドアを抜けて、左に曲がってください」

「ありがとうございます」セオドシアは数歩進み、ドアに手を置いて押しあけた。そこで足をとめ、医師を振り返った。「ひと晩入院させたほうがいいでしょうか？」

医師は考えこんだ。「おばさんはおいくつでしたっけ？」

「八十二です」

医師はその答えを噛みしめた。「そんなお歳でしたか。様子を見るのも悪くないな」そう言ってうなずいた。「ええ、そうしましょう。指示書を書いておきます」

「ありがとうございます」セオドシアはもう一度言った。「本当に感謝します」

リビーおばさんは救急室の寝台で半身を起こしていた。病院色とでも言うような緑色の毛布にやせた体をくるまれ、鼻に酸素カニューラをつけていた。緑色の作業着姿の医療技術者がかたわらに立ち、手と顔にいくつも残る刺された痕にねばねばの白いコルチゾン・クリームを小さな円を描くように塗るあいだ、おばさんは少し緊張しながらも落ち着いた様子で待っていた。

「もう死ぬほど心配したのよ！」セオドシアはそう叫びながら、リビーおばさんのそばに駆け寄った。両腕をまわしてきつく抱きしめたいところだが、蜂に刺されたところを刺激してしまうかもしれない。

リビーおばさんはセオドシアの手をつかんで強く握った。

「そんなつもりはなかったのよ」おばさんの声はかすれ、少しこわばっていた。それを振り払うかのようにかぶりを振った。「自分でも本当に怖かったわ。なんだか……しばらく気を失っていたような気がするの」

「だって本当に気を失っていたんだもの」そう言うセオドシアの声も震えていた。すぐに彼女は考え直し、きょうの蜂の一件のうち、負の部分の話はするまいと決めた。前向きな話で元気づけてあげよう。「でもお医者様はすぐよくなるっておっしゃっていたわ。もうなんともないって」

「たしかになんともないわ」リビーおばさんは言った。「最高の気分」しかし顔色は陽気な発言にそぐわなかった。

「二日もすれば生まれかわったみたいに元気になりそうね」セオドシアは言った。「でも、今夜は入院してほしいそうよ。あくまで様子を見るために」

ベヴァリーという名札をつけた医療技術者がコルチゾン・クリームを塗りおえてうなずいた。「こういうことは、いくら用心してもしすぎることはありませんからね」

「わたしが付き添うわ」セオドシアはリビーおばさんに言った。

おばさんはとんでもないとばかりに首を振った。「なにを言うの。今夜は茶の湯があるんでしょ。ヘリテッジ協会で茶道を披露するんじゃないの」

「わたしがいなくたって、ドレイトンとヘイリーでちゃんとやってくれるわよ」

「いけません」リビーおばさんの声からは強い意志が伝わってきた。「行かなきゃだめよ。ちゃんと顔を出しなさい。わたしなら大丈夫。ここにひと晩泊まるんだもの、大丈夫なんて言葉じゃ足りないくらいよ。すばらしい人たちが大勢で面倒を見てくれるんですからね」

「わたしたちでしっかりお世話いたしますよ」ベヴァリーが口をはさんだ。

「でも……」セオドシアはまだ帰るのを渋っていた。

「本当にいいんだったら」このときのリビーおばさんの声は、いつもの彼女らしさを取り戻していた。「明日の朝いちばんに迎えにきてちょうだい。それまでわたしはここで、ルームサービスを注文して、五つ星のおもてなしをエンジョイしてるわ」

セオドシアはまだ決心がつかなかった。「ものすごい反応を起こすところだったのは知ってる？　蜂の毒にひどいアレルギーがあるのは知ってた？」

「長年生きてきたけど、そんなことは疑ったこともなかったわ。蜂に刺されたことはこれまでにもあるけど、一度に一カ所か二カ所だったから」リビーおばさんは大きくため息をつき、それから心臓のあたりを手で押さえた。「でも今度のことは……わたしもいずれは死ぬ身だと認めたくはないけれど……今度のことは本当に恐ろしかった。完全に包囲された感じだったもの」

「だって本当に包囲されたのよ」セオドシアは言った。リビーおばさんをこれ以上不安にさせたり、昂奮させたりする必要はないが、ひとつの疑問が心の奥で烈火のようにたぎっていた。蜂たちはなぜ、リビーおばさんに一斉攻撃を仕掛けたのだろう？　いつもはおとなしいミツバチが急に癇癪を起こして、老婦人に襲いかかったとか？

まさか、ありえない。

チャールストンまで戻る途中、セオドシアは携帯でデュボスに電話し、リビーおばさんのことは心配いらないと告げた。

「もう最低の気分だよ」デュボスはおまじないのように、また同じ言葉を繰り返した。「完全におれの責任だ」

「あなたのせいじゃないって言ってるでしょ。蜂たちはなにかに怯えたのよ」

「あんなことははじめてだ」

しかし、蜂が飛び立つ直前にゴトンという大きな音が聞こえた事実が、セオドシアの記憶に生々しく残っていた。なにか重たいもの、石か野球のバットか木片が巣箱にぶつかる音だった。何者かがわざと蜂を怒らせた音だった。

自宅に帰り着いたときにもまだ、セオドシアは何者かが蜂を怒らせた一件について考えをめぐらせ、これがどうつながるのかと首をひねっていた。

蜂による攻撃はわたしをねらったもの？

そう考えたくはなかったが、可能性はあると認めざるをえない。セオドシアがパーカーの死を調べているせいで、誰かの計画が頓挫したのだとすれば、彼女の動きを永遠に封じようとする動きが出てもおかしくない。

蜂による襲撃は第二弾だったのだろうか？　車が道路から突き落とされたのが第一弾？　考えれば考えるほど背筋が寒くなる。それでもセオドシアは狩りを中止して引きさがろうとは思わなかった。退却なんて考えられない。そんなのはわたしの性に合わない。

足の爪を寄せ木の床でコツコツいわせながら、アール・グレイがキッチンまで迎えにやってきた。

「きょうは大変なことがあったのよ」セオドシアは声をかけた。「まず、車が道路から沼に落とされ、つづいてものすごくたくさんの蜂がリビーおばさんを襲ったの」

アール・グレイは耳をぴんと立て、真剣な茶色の目で飼い主をじっと見つめた。

「そうなのよ。たしかおばさんはあなたにとって大おばさんになるのよね。犬語によれば」

セオドシアはアール・グレイにじっと見つめられながらキッチンをせわしなく動きまわり、ボウルに新鮮できれいな水を満たし、一カップ半のドッグフードを入れた。

「きょうは何時にヘイリーが家まで連れ帰ってくれたの？」セオドシアは訊いた。

「ウルル」

「四時？」とセオドシア。「ティーショップのなかを歩きまわらせてもらった？　お客様がみんないなくなったあとでだけど。ティーショップの看板犬をやりはじめたの？」

ティーショップという単語が出たとたん、アール・グレイは尾をびゅんびゅん振った。

「やっぱりね。ヘイリーは危険なことに挑戦するのが好きなのよ、わかるでしょ？　保健所が抜き打ち検査に来なくてよかったわね」セオドシアはドッグフードを入れたボウルを〝この食べ物に祝福を〟と書かれたテーブルマットの上に置いた。「いいわよね。なんの害もないんだから」

五分後、セオドシアは二階でウォークインクローゼットをひっかきまわしていた。今夜はアジア風のものを着なくてはいけないが、それにぴったりのトップスがあったはずと思ったのだ。なのによりによっていま……なかなか見つからなかった。寝室に駆けこみ、整理箪笥の抽斗をかきまわし、やっとのことで見つけた。キモノ風のデザインで、淡いブルーと緑の地に美しい鶴が描かれている。

クローゼットに戻り、細身の白いシルクのスラックスを引っ張り出した。これでよし、と。トップスとスラックスを身につけ、しゃれた革のサンダルに足を入れた。淡い翡翠《ひすい》のネックレスを首にかけた。

浴室に行って髪をとかし、ゆるくひとつにまとめてから毛束をねじって巻きつけた。ていねいにピンでとめ、鏡で確認する。急いで寝室に戻り、パールのネックレスやアンティークのブローチ、バングルがぎっしり詰まったバスケットをひっくり返した。青と金色の漆《うるし》の箸を選び、お団子に結った髪に簪《かんざし》の代わりに挿した。それから鏡に映った自分を見つめ、鼻にしわを寄せた。やりすぎかしら？　なんとも判断がつかないわ。ヘイリーに訊いてみよう。

24

ヘイリー愛用の電気フライヤーから、天ぷら衣にくるまれた大きなエビが揚がるおいしそうな音が聞こえてくる。黒い漆塗りの盆には、美しく盛りつけられたツナとアボカドの完璧な巻き寿司。セオドシア、ドレイトン、ヘイリーの三人はヘリテッジ協会の実用一点張りの狭苦しい厨房で窮屈な思いをしながら、今夜の前菜とお茶の準備に余念がなかった。外のパティオでは、水しぶきをあげる噴水を囲む石の支柱ひとつひとつにドレイトンの盆栽が置かれ、エメラルドグリーンの竹が夜風を受けて揺れている。日本風の提灯《ちょうちん》からしっとりとしたオレンジ色の光がこぼれるなか、招待客がぽつりぽつりと到着しはじめていた。

セオドシアは鶏肉の照り焼きを小さな串に刺しながら、午後の劇的な（と同時にいまわしい）出来事をドレイトンとヘイリーに打ち明けた。

「なんともおぞましい話ではないか！」ドレイトンが大きな声を出した。彼はセオドシアの話を一言一句、固唾《かたず》をのんで聞き入っていた。「警察には通報したのかね？」

「警察になにができるの？」ヘイリーが言った。「蜂の一味を逮捕するとか？」

「わたしが言ってるのは、セオの車を道路から突き落としたトラックのことだ」とドレイト

ン。

「なあんだ」とヘイリー。

「地元警察に連絡しようとは思ったのよ」セオドシアは言った。「でも、まともに人相も伝えられないと気がついたの。ナンバープレートの数字すら見てないし、黒いトラックというだけではあいまいにすぎるもの」

「わざと突き落とされたのはたしかなの?」ヘイリーが訊いた。

「あのときはそう思ったわ」とセオドシア。

「それにつづき、何者かが蜂を驚かせた」とドレイトン。「そっちはどう考えても故意としか思えないな。まるで……」彼はそこで口をつぐみ、緑茶を数杯、量り入れた。「まるで本気できみにいやがらせをしている感じじゃないか。あるいは危害をくわえるつもりだったのか」

「よくない偶然が重なっただけかもしれないけど」ヘイリーが言った。

「そうね」とセオドシア。

「あるいは、何者かがきみを片づけようとしたのかも」ドレイトンが低い声で言った。

たちまちヘイリーが不安な表情に変わった。「なんでそんなことを? セオがパーカーの死を調べてるから?」

「真っ先にそれが頭に浮かんだよ」ドレイトンは言った。

「でも、誰がセオをねらうわけ?」ヘイリーはセオドシアに向き直った。「心あたりはある？」

「見当もつかないわ」セオドシアは答えた。

「そこが実にやっかいなところだな」ドレイトンは言った。「まったく見当がつかない。パーカーが殺された事件のことだが」

「たしかにこれといったものはなにもないわ」とセオドシア。「逮捕に結びつくようなものはひとつも」

「まったくもどかしくてならんよ。しかも今度はきみにまで危害がおよびはじめたとはね」

ドレイトンはセオドシアを意味ありげに長々と見つめた。

「さっきドレイトンも言ったけど」ヘイリーはふたりの会話を頭のなかで嚙み砕きながら言った。「蜂を怒らせたのは、どう考えても故意だよね」そう言いながら、長い木の箸を使い、ぶくぶくいっている油のなかのエビをひっくり返した。「かわいそうなリビーおばさん！たくさんの蜂に刺されるなんて、きっと怖かったと思うな」

「わたしが帰るとき、かわいそうなリビーおばさんはチキンピカタを食べながらジュリア・ロバーツの映画を観てたわよ。これで少しは安心する？」

「よかった」とヘイリー。「そう聞いてほっとしたわ。じゃあ、本当に元気なんだ」

「様子を見るので今夜は入院するけどね」とセオドシア。「でも、ええ、だいたいのところ、元気と言っていいんじゃないかしら」

「リビーおばさんはとてもタフだからな」とドレイトン。「小柄だが、背骨が頑丈な鍛鋼でできているとしか思えんよ」

「言えてる」セオドシアは言った。「でも、それでももう八十二歳なのよ」

「第二次世界大戦を生き抜いたんだもんね」ヘイリーが言った。彼女にとって、第二次世界大戦の経験の有無が、根源的な勇気のあるなしを判断する基準になっている。兵士でも工場労働者でも農民でも大工でも、はたまたただの子どもでも、あの時代を生き抜いた人は誰でも、ヘイリーの目には真の英雄と映るのだ。

「おばさんは実際に戦場に行ったわけではないぞ」ドレイトンが指摘した。

「そんなのわかってるってば！」ヘイリーは言い返すと、竹と金網でできた平たいすくい網を油に差し入れ、キツネ色に揚がった十尾ほどのエビをさらった。それを厚手のペーパータオルの上に移す。「さあ、これもできたわよ。ひとつひとつに楊枝を刺して、そっちの大皿の端のほうに重ねて盛りつけるの。カリフォルニア巻の隣にね」

「そしたら大皿は持っていっていいの？」セオドシアは訊いた。

ヘイリーはうなずいた。「ティーテーブルに置いて、自分で取ってもらって。配ってまわったりしなくていいから。ブラックタイ着用のパーティじゃないんだもん」

「黒い着物は着ているけどな」とドレイトン。彼は白いシャツと黒いスラックスの上から、着物を短くしたような絹の黒い上着をはおっていた。

「ドレイトンたら」ヘイリーが彼を見てけらけら笑った。「その恰好だと、どこかのやくざなウェイターみたい」

ドレイトンは背筋をぴんとのばし、わし鼻ごしに見おろした。

「知らないなら教えるが、これは明治時代に使われていた本物の羽織という上着なのだよ」

「へえ、そう」ヘイリーはドレイトンを横目で見た。

「それから、ふたりにも着てもらおうと思って着物を持ってきた」ドレイトンはつづけた。「膨大な数をコレクションしている友人から借りたのだよ」

「本当？」とヘイリー。「着物って、いまセオが着てるのよりもすてき？」

「もっと本格的な感じがすると思うよ」ドレイトンはうしろに手をまわし、買い物袋からさらさらした音とともに絹地を取り出した。広げたそれは、ピーチ色の地に紫色の花をあしらった丈の長い着物だった。

「とても豪華ね」セオドシアは言った。

「だったらこれはきみが着るといい」ドレイトンは鼈甲縁の半眼鏡を押しあげた。「ところで描かれているのは、偶然にも藤の花でね。日本では春を告げる花とされている」

「あたしの着物は？」ヘイリーがぜん興味をそそられて訊いた。

ドレイトンは二枚めの着物を取り出した。今度のは赤だ。

「赤はきみの気性にぴったりだが、美しい白い鶴が描かれている。幸運のシンボルとされている鳥だ」

「いけてる感じ」ヘイリーは言った。

「いけてる、か」ドレイトンはぽつりと言った。

セオドシアが自分の着物をはおり、ドレイトンに手伝ってもらってクリーム色の長い帯を腰に巻くのを見ながら、ヘイリーが言った。「そんなのを着ると、ファンタジーの世界から抜け出たように見えるね。火を噴くドラゴンの背中に乗って、富士山から舞い降りてきそう」

「今夜は火を噴くのはなしだぞ」ドレイトンが言った。「わたしの火鉢で赤々と燃える炭だけはべつだが」

セオドシアは帯の位置を直し、もう少しきつく締めあげると、日本の食べ物がのったトレイを抱えあげた。「これでいい?」と訊く。でこぼこのパティオを木の下駄でよたよた歩けと言われなくて助かった。

ドレイトンもヘイリーもそれでいいと言うようにうなずいた。

「ねえ!」ヘイリーはセオドシアのアップスタイルに気づいて大声をあげた。「箸を使うアイデアがすてきね。ヘアスタイルのことよ。原宿っぽいかっこよさと芸者の雅《みやび》な感じが融合してて」

「これは、これは!」

セオドシアがパティオに姿を現わしたとたん、ティモシー・ネヴィルが賛嘆の声をあげた。

「なんとも美しい」

「ありがとうございます」セオドシアは言った。

ティモシーは八十をとうに超えながら、いまもヘリテッジ協会の理事長をつとめている。サルを思わせる風貌の小柄な老人で、ぴんと張った顔の上に白髪がうっすら生えている。早くにアメリカに移住したユグノーの直系子孫であるおかげで有力なコネにめぐまれ、莫大な富で知られたクロイソス王にも匹敵するほどの金持ちであり、その豪腕でヘリテッジ協会を牛耳っている。しかも――これはセオドシアも事実として知っていることだが――彼は取り替えのきかない存在でもある。それが証拠に、いずれヘリテッジ協会に別れを告げるときには、棺《ひつぎ》に横たわって出ていくことになるだろうと、ティモシー自身が公言しているほどだ。数人の理事はそれを聞いて含み笑いを洩らしたが、セオドシアはティモシーの言葉を一瞬たりとも疑ったことがない。

「ちょっと教えてもらいたいのだが」こざっぱりした白いディナージャケット姿のティモシーはとてもしゃれた感じに見える。「今夜のイベントはドレイトンがすべてお膳立てしてくれたのだが、どのような計画になっているのだ?」彼は蜘蛛《くも》のような指を寿司の上でさまよわせていたが、やがて方向を変えてぷりぷりのエビをひとつ取った。

「お客様が揃ったらすぐ、ドレイトンが茶の湯を披露することになっています」

ティモシーは顔をしかめた。「面倒くさい手順の儀式なのだろう?」

「とんでもない、とてもシンプルですよ。あくまで実演して見せるだけですから」

「ならけっこうだ」ティモシーはそう言うと視線をさまよわせ、次々と入ってきては音だけのキスを交わす人々に目をとめた。あのなかにはまだ寄付を打診したことのない相手がいるはずだ。ちょっと圧力をかけて、愛するこの協会にたっぷり払わせようともくろんでいるにちがいない。

「パティオの使用許可を出してくださってありがとうございました」セオドシアは言った。今夜はヘリテッジ協会公認のイベントではない。あくまで、セオドシアとドレイトン、それにコーヒーとお茶の博覧会のスポンサーたちに配慮したものだ。

ティモシーは片手を振った。「どうということはない」そこで声を落とした。「まいったな、お騒がせデレインがこっちに来る。たしかに資金をたっぷり集めてはくれるが、とんでもなくゴシップ好きなのが困る」そう言うとティモシーは逃げ出し、人混みに姿を消した。

デレインはすでにセオドシアを見つけ、ちぎれるほど腕を振った。きらびやかなブレスレットが手首のところでカチャカチャと音をたてる。

「セオドシア！」

大声で呼びながら、ちょこまかと歩いてくる。体にぴったりしたゴールドのシースドレスに同色のヒールが四インチもあるピンヒールのせいで、それがやっとだったのだ。近くまで来ると陽気ではしゃいだ声を出した。「まあ、セオ！　すごく色彩豊かで、きれいで、変わった感じじゃないの。ねえ、言ってもいい？　まるで美しい浮世絵から抜け出た侍女みたい」

「なんだ、その、うきよナントカってのは？」ドゥーガン・グランヴィルが言った。デレインに引きずられる恰好で、どうでもいいような話につき合わされているようだ。

「浮世絵は文字どおりに翻訳すれば、〝移ろいゆく世の中を描いた絵〟という意味なの」セオドシアは説明した。「転じて、十七世紀から十九世紀の日本の木版画を指す言葉として使われてるんです」

「そうか」グランヴィルはうなるように言い、人混みに目を転じた。たぶん、逃げ出す口実を探してるんだわ。セオドシアはそう思ったが、ドゥーガン・グランヴィルにはいくつか訊きたいことがある。

「ドゥーガン」セオドシアは声をかけた。「ネプチューン水族館の理事であるあなたにうかがいたいんだけど、レストランの出店はどのようにして決まったかご存じ？」

「ん？」グランヴィルは心ここにあらずで、まだあたりをきょろきょろ見まわしている。

「ドゥーガン？」デレインがいとおしそうに彼を見あげ、その腕を軽く引っ張った。「レストランの出店の話をしてるんだけど？」

「ライル・マンシップに決まったあれのことよ」セオドシアもうながした。「なぜ彼が請け負うことになったか教えてもらえないかしら？」

グランヴィルはていねいに仕立てられた紺色の上着の胸ポケットからコイーバ葉巻を一本出し、指でもてあそんだ。「さっぱりわからんな」

「でも委員会の一員なんでしょ」とセオドシア。

デレインが打って変わってかばうように、グランヴィルにさらに体をすり寄せた。

「ドゥーガンはいくつもの委員会をかけ持ちしてるのよ」

「委員会があって、作業委員会というのもあるんだよ」それで充分説明になっているといわんばかりの口ぶりだった。

「つまり、あなたは名前だけの委員なの？」セオドシアは訊いた。

「まあ、そのようなものだね」とグランヴィル。「ネプチューン水族館のように、個人のほか市および国からも助成金が出ている場合、すでに最高執行委員会というものが用意されているんだよ。事務局長、事務局長補佐、財務責任者、広報担当などからなる組織だ」

「問題なのは」とセオドシアは言った。「レストラン出店を勝ち取ったライル・マンシップは卑劣なところがある人物だってことなの。不正行為に関わった過去もあるそうよ」

「まさか！」グランヴィルはそんな話は初めて聞いたというように、驚いた顔をした。

「だから不思議に思っているの。なぜ彼の過去の商売がもう少し丹念に調べられなかったのかって」

「いまの話は事務局長にしたほうがいい」グランヴィルは言った。

「デイヴィッド・セダキスさんね」

「そうだ」

「マンシップが脛《すね》に傷を持つ身だというのはよく知られた事実なの。だとすると、セダキスさんがその点を大目に見たとは考えられない？」セオドシアは深呼吸をひとつして、さらに訊いた。「お金でどうにかしたんだと思う？」

「知らないな」グランヴィルは言ったが、その身振りと怒らせた肩はあきらかにこう言っていた——知りたいとも思わないね。

セオドシアは食いさがった。「突きとめてもらえないかしら？　ちょっと調べてもらえない？」

グランヴィルは迷惑そうな顔をした。「まあ、やってもいいが」

「あたしの大事なパンプキンちゃんはいますっごく忙しいのよ」デレインが口をはさんだ。

「あなただって責任ある委員でありたいでしょ」セオドシアはさらに訴えた。「単なる名前だけの存在にしても」

グランヴィルはますます迷惑そうな顔になった。

「もしも闇取引のようなものがおこなわれていた場合、自分の名前が出されたらいやでしょう？　りっぱな名声に疑問を持たれたくはないはずよ。だって、長時間の激務を重ねた末に、自分の法律事務所をチャールストン屈指の事務所にまで押しあげたんだもの」セオドシアは最後の言葉で声を詰まらせそうになったが、それでも相手のツボを突くには充分効果的だった。

グランヴィルの顔色がみるみる悪くなり、デレインは歯の詰め物が砕けそうなほど顎に力を入れている。セオドシアはチャールストンの上流階級に属する全員がもっとも恐れていることに触れたのだ。すなわちスキャンダルに。

「調べてみよう」グランヴィルはぼそぼそと言った。

「ありがとう。恩に着るわ」

25

茶の湯は実に風流だった。お客全員が折りたたみ椅子にすわり、演奏家が日本の琴で簡素ながらも耳に残る旋律をつまびくなか、ドレイトンが小さな壇にあがった。

「この鉄瓶には……」彼は小さな火鉢の上で熱くなっている黒い鉄のティーポットを指差した。「水が入っており、まもなく沸騰します。しかし、上等なお茶を淹れる場合の例に洩れず、ぐらぐらと沸騰させてはいけません」

観客はささやき合ったり、大きくうなずき合いながら、真剣な表情で話に聞き入っていた。

「しかも、日本には完璧な指針となる有名な表現があります」ドレイトンはかすかにほほえんでからつづけた。「蟹の目をすぎて魚の目が現われたら、じきに松風が鳴るであろう、というものです」と彼は説明する。「ご承知のとおり蟹の目とは小さな気泡をあらわし、魚の目とはぐらぐら煮え立つ直前の大きな気泡をあらわします。松風とは、おわかりでしょうが、やかんがしゅんしゅんいう状態を指します」

趣ある比喩に、お茶を愛する観客から盛大な拍手がわいた。

ドレイトンは真っ赤に燃える炭の入った火鉢からポットをおろし、海緑色の小さな陶器の

碗に湯を注いだ。次に、揃いの陶器の壺のふたを取り、木でできた長い茶杓《ちゃしゃく》で緑色の抹茶を数杯すくい取った。それを碗のなかの湯にくわえる。竹でできた茶筅《ちゃせん》で抹茶と湯をよくかき混ぜ、美しい緑色をしたきめの細かい泡にした。

「お碗をこのように三回に分けてまわします」ドレイトンは言って、碗をまわした。「これで飲むための準備は完了です」彼は、すぐそばに立っているセオドシアに碗を渡した。セオドシアは両手で受け取り、少し飲んだ。「茶道とは茶をたててふるまうことを言います」ドレイトンはにっこりして言った。「お茶は各人に一杯ずつ、べつべつにたてることになっています」

セオドシアが碗を返すとドレイトンは説明をつづけた。「お茶、音楽、詩とすべてがみごとに融合したところで、みなさまに高浜虚子の手になる俳句を一句、ご紹介しましょう」

生きてゐる
しるしに新茶
おくるとか

「無事でいるのを知らせるために緑茶を送ると、友人が書き送ってきたという内容です」ドレイトンは両手を大きく広げ、観客に向かってうなずいた。「さてここで、淹れたての玉露――"貴重な露《プレシャス・デュー》"としても知られておりますが――をお出しいたしましょう。日本のせんべいという米で作った菓子と前菜もご一緒にお召しあがりください。どうぞこのあとも、平和と友好の美しいゆうべをお楽しみくださいますようお願いいたします」

「あなた、ドゥーガンにちょっと厳しく言いすぎたんじゃない？」デレインがセオドシアに声をかけた。口をとがらせ、目が警告の光を放っている。

セオドシアはお客全員のお茶を注ぎ終え、自分へのごほうびのつもりで一杯いただいているところだった。

「そういうつもりじゃなかったのよ。ただ、真相にたどり着きたいだけ」

「あなたがやってるその調査とやらだけど、なんだかうんざりしてきちゃったわ」デレインはお茶にすこし口をつけ、大勢の客をながめわたした。ドゥーガンを見張っているのだろう。

「そんなふうに感じていたのなら謝るわ。でも、身近で大事な人を失ったら、犯人に裁きを受けさせたいと思うのは自然でしょ」

デレインは驚いたふりをした。「犯人ですって？　パーカーの死は事故と判断されたと思ってたわ。新聞にはそう書いてあったわよ」

「ええ、でもそれは新聞がまちがっているの」

「でも、事件なら警察が解決してくれるはずでしょ？」

セオドシアはことを荒立てたくない一心で、屈託のない表情をたもった。

「最善をつくしているのはわかってるわ」

「でしょう？」とデレイン。「だったら、そんなカリカリするのはよしなさいよ、ね？」

「カリカリなんかしてないわ。そっちこそ、さっきから目をあっちこっちにせわしなく動かしてるじゃないの」

デレインのつっけんどんな仮面があっさりはがれ、うめくような声が洩れた。

「白状するとね、セオ、あたしもうぼろぼろ。ドゥーガンとつき合いはじめたときは、あの人に何人の元恋人がいるのか全然知らなかった。まさしく地雷原なのよ、これが。ふたりでレストランや劇場に出かけるとするでしょ。するとどこからともなく知らない女が現われて、おなかをすかせた野良猫みたいに彼のあとをつけまわしてくるの。どうしたらいいのよ、まったく！」

「やるべきことはひとつよ」セオドシアは言った。

デレインは藁《わら》をもつかむような顔でセオドシアを見つめた。「やるべきことって？」

「ビヨンセの『シングル・レディース』の歌詞じゃないけど、〝だったら指輪をくれればいいじゃない〟よ」

「そうね！」デレインはキンキン声をあげた。「そうだわ！」

「あなたとドゥーガンはお似合いのカップルよ」セオドシアは言った。「だって似た者同士だもの」本当にね！

「そうなのよ！」デレインはわが意を得たりとばかりに喜んだ。「プーさんとあたしはまさにソウルメイトなの！」

「だったら」とセオドシア。「あなたとプーさんは次のステップに進むことを考えなきゃ」

「それって、ものすごく大きなステップじゃないの」デレインはたちまち思案顔に変わった。

「あなた次第よ」とセオドシア。

「そうね」とデレイン。

「でも、さっきあなたが言ったように、彼にはあちこちに元恋人がいるし……」

「次の恋人の座を虎視眈々とねらってるのも大勢いる。彼に飛びかかって、鋭い爪を食いこませるチャンスをうかがってる連中がね」

「検討したほうがいいわ」セオドシアは言った。「鉄は熱いうちに打てと言うでしょ」

急ぎ足でティーテーブルに戻ったところ、とても信じられない顔ぶれが寄り集まっていた。ライル・マンシップとデイヴィッド・セダキスのふたりが、ティモシー・ネヴィルとごく打ち解けた様子で立ち話をしていた。

なんであのふたりがここにいるの？　セオドシアの頭にまず浮かんだのはそれだった。しかしすぐに、理由がわかった。マンシップはコーヒーとお茶の博覧会に来ていたから、あそこにいた人たちと一緒に流れてきたのだ。そしてセダキスはヘリテッジ協会の理事をつとめている。

ティモシーは即座にセオドシアに気づき、話の輪にくわわるよう親切にも声をかけてくれた。「セオドシア」小柄で年老いているわりには、張りのある力強い声だ。「ちょっと話さないか。このふたりのことは知っていると思うが」

「ええ、存じあげています」セオドシアは三人に近づいていきながら言った。

「興味深い実演でしたよ」マンシップが例のバラクーダのような笑顔で言った。チャイナカラーの黒いジャケットを着ているせいで、出来の悪いスティーヴン・セガールの映画から抜け出たようにしか見えない。

「お召しになっているそれは、またずいぶんと美しい着物だ」セダキスが言った。燃えるような目で見つめてくるので、セオドシアは一瞬、もうドゥーガン・グランヴィルに問いつめられたのだろうかと考えた。そうかもしれない。そうだといいけど。

「ドレイトンの説明はじつにみごとだったな」ティモシーが言った。セオドシア、マンシップ、セダキスのあいだを電気のように流れる緊張感にはまったく気づいていないらしい。

「まさに水を得た魚でしたね」セオドシアは応じた。

「あの男は、よほどお茶の布教が好きらしい」セダキスが冷ややかな口調で言った。

「情熱を持つことは悪いことじゃありません」セオドシアは反論した。「でも、ドレイトンがいろいろな方面にとても造詣《ぞうけい》が深いのは、セダキスさんもよくご存じですよね。なにしろ、彼と同じく、ここヘリテッジ協会の理事をつとめておいでなんですもの」

「いかにも」とセダキス。

セオドシアはわざとらしくまごついた顔をした。「でも、いまはネプチューン水族館の事務局長をしておいでですから、運営やら新しいレストランやらで想像を絶するほど忙しく、全身全霊でことにあたっておいでとお察しします。やることが多すぎて、そのうち手がまわらなくなるんじゃありませんか」

「たしかにそうだ」ティモシーがぐっと身を乗り出してきた。

「正直言って、このまま理事会の仕事もつづけていけるとはとても思えません」セオドシアはそこで数拍おいてから、ふたたび口をひらいた。「やる気に欠ける理事というのは……煙たがられてもしかたないのでは？」

「それについては、またいずれ話をしよう」ティモシーが人差し指を立てた。

ふだんのセオドシアは人を悪く思うたちではない。けれども、マンシップとセダキスのふたりを見ていると、どうしてもいやな自分が出てしまう。あのふたりには、最低のくずという言葉がぴったりだ。どのような工作をしようとも、とにかくにおう。それもぷんぷんと。

三人に背を向け、小走りでパティオを進んだ。その先で大きく広げた腕が待っていた……。

「マックス！」思わず大きな声が出た。「戻ったのね！」

長身で肩幅が広く、黒い髪を無造作に乱したマックスが、からかうような笑みを浮かべている。彼はセオドシアの体に腕をまわして強く抱きしめ、キスをした。

「間一髪、間に合ったみたいだ。厨房できみを探してたら、リビーおばさんが蜂に刺されたっていうひどい話をヘイリーから聞かされたよ」

「大変だったのよ」セオドシアはそう言うと、マックスの手を握り、低い石のベンチへと導いた。ふたりは手をつないだまま並んですわった。肩と膝が軽く触れ合ったり、強くぶつかったりする。

「全部聞かせてほしい」マックスは言った。「待って、もう一度キスをするほうが先だ」

竹がさわさわとそよぐ暗がりで、ふたりはさっきよりも長くてなかなか終わらないキスをした。

「待った甲斐があったよ」マックスは名残惜しそうに体を離した。「さて、全部聞かせてくれるね」

セオドシアは昼に道路から突き落とされたことをくわしく話し、それから何者かが――少なくとも彼女は誰かの仕業だと思っている――蜂を昂奮させたためにリビーおばさんが刺されたこと、心臓がとまる思いで病院まで車で運んだことを説明した。

「どれも偶発的に起こったわけじゃないな」とマックスは言った。「なにかの結果、そうなったんだ」

「ええ。わたしもそう思う」

「だから、この一週間のきみの武勇伝を、最初から全部話してもらわなきゃならない」

「わかったわ」

「でも、その前に、もう一度キスをさせてほしいな」

「いいわ」セオドシアは答えた。異論なんかあるわけないでしょ！

ふたりはキスをし、鼻をくっつけ合い、それから長いあいだ離ればなれでようやく再会できたカップルのように、にこにこ笑い合った。

「その着物、すてきだね」マックスが言った。

「ドレイトンのアイデアなの」

「そうだと思った。その髪型もすごくしゃれてる」

「これはわたしのアイデア」

「それで……」マックスは言いかけたが、いきなり体が大きく揺れはじめた。それでもしゃべろうとしているし、目をあけていようと懸命にがんばっている。

「ねえ？」セオドシアは言った。

「なんだい？」マックスの声は、ちょっと疲れているというレベルをはるかに超えていた。

「家に帰ったほうがいいわ」

「ふわあ……まだ来たばかりじゃないか。それに、まだ話を……」

「少し休まないと」とセオドシア。「くたくたで、いまにも気を失いそうじゃないの」

「頼むよ、そんな」とせがんだが、やはりあくびが出てしまう。

「ほらね？」セオドシアは言った。「長いこと飛行機、電車、車に乗ってたんだもの。だいいち、話なら明日、最初からちゃんとしてあげる」そして意味ありげに笑った。「借り物ゲームの二回戦につき合ってくれれば、話す時間くらいたっぷりあるわ」

「彼氏がやっと街に戻ったのね」デレインが歌うように声をかけてきた。

セオドシアは振り返り、メイジェル・カーターと腕を組んで立っているデレインに笑顔を向けた。ふたりとも、いたずらの共犯のようににやにや笑っている。

「ふたりともそこでなにをしてるの?」セオドシアは訊いた。マックスとわたしがキスするのを見てたんだわ、きっと。でなければデレインが、どうやればドゥーガンを自分のものにできるか、あれこれ知恵を絞っていたのだろう。

デレインがまじめくさって答えた。「心の奥にしまってあった秘密を打ち明けてたの」そう言って口に指をあてたものの、がまんできずにけたけた笑い出した。

「本当よ!」メイジェルも口を揃えた。

ふたりとも、よくたとえに使われるチェシャ猫そっくりだ。まったく今夜はこんなことばっかり。

「でね、いまものすごくビッグな計画を立ててるのよ、あたし」デレインはそこでくすくす笑った。「その計画には、大事な大事な親友ふたりにも関わってもらうつもり」

「デレインはドゥーガン・グランヴィルに結婚を迫るのかもしれないわね」セオドシアは言った。紫と黒に染まった夕闇のもと、愛車のジープはアーチデール・ストリートをひた走っていた。助手席にはドレイトンがすわり、うしろには彼の大事な盆栽を三鉢積んでいる。

「きみの車は腐った卵のようなにおいがするぞ。気づいていたかね?」ドレイトンが言った。

「ごめんなさい。道路から落ちたときの名残よ。沼にどぶんと突っこんじゃったまま、洗車機にかける時間もなかったの」セオドシアは言葉を切った。「ねえドレイトン、さっきのわたしの話、ちゃんと聞いてた？」

「デレインのことかね？」

「ええ、デレインのこと」

「結婚するかもしれないという話だったな」ドレイトンは黒いズボンからありもしない糸くずをつまみあげた。「こう言ってはなんだが、デレインは六分半ごとに恋に落ちているじゃないか。彼女の求愛本能はツェツェバエ並みだよ」

「ずいぶん意地悪なことを言うのね」車はティモシー・ネヴィルの豪勢な屋敷の前をすぎ――張り出し窓が明るく灯っていた――道の両側からオークが枝をのばしてできた緑のトンネルをくぐっていた。

「すまん」とドレイトン。「ただ、わたしはどうにも……鵜呑みにできなくてね」

「デレインが本気で恋をしているのが信じられないの？　本当に結婚するつもりなのが？」

「そうだ」ドレイトンは助手席ですわり直した。「だが、きょうの昼のことに話を戻そう。きみが言うところの、控えめに言っても心痛むあの一件に」

「本当にあったことよ」セオドシアは言った。

「疑っているわけじゃない。ただ、きみがいくらか過剰反応しているのではないかと思っただけだ。なにしろ、リビーおばさんを助手席に乗せていたわけだしな」

セオドシアはドレイトンの自宅の前の道ばたに車をとめた。セオドシアの家よりも小さなこの一戸建ては、その昔、南北戦争時代の有名な医師が住んでいたとされている。

「わたしたちの車はあきらかに突き落とされたの。そして養蜂場では、誰かが意図的に蜂を怒らせたのよ」

ふたりは暗い車内にじっとすわり、エンジンが冷えていくカチカチという音を聞いていた。

ようやくドレイトンが口をひらいた。「なら、決まりだ。調査をやめたまえ」

「そんなことはできない」

「できるとも。ベーコンだとかの健康に悪い食品を食べるのをやめるのと同じことだ。あるいは、受難節に甘いものをひかえるのとな。四の五の言わずに……やめればいい」

「いやよ。わたしはあっさり投げ出すような人間じゃないわ」

「誰かはさっぱり見当がつかないが、とにかく何者かがきみを脅威に感じているんだぞ」

「それで、その何者かはわたしに脅しをかけてきている」

「そうだ。ただし、正体を知られずに行動できるぶん、相手のほうが有利だ」

セオドシアは考えこんだ。たしかにドレイトンの言うとおりだ。セオドシアには敵の正体がさっぱりわからない。対して相手は――おそらくはかなり身近にいる誰かと思われる――すべてのカードを握っている。そうよね？

「こうも言えるんじゃないかしら」セオドシアはドレイトンに言った。

「うん？」

「わたしにいやがらせをしてる相手にも、ひとつだけとんでもなく不利な点がある」
「それはなんだね？」ドレイトンは訊いた。
「頭のたががはずれている点よ」

セオドシアは自宅に着くと、三つのことをした。まずはアール・グレイの毛皮に覆われた頭にキスをし、最後の運動にと裏庭に出してやった。それから病院のリビーおばさんに電話して元気なのを確認したものの、映画のつづきが見たいからすぐに切られてしまった。最後にカモミール・ティーを淹れ、キッチンのテーブルで考えこんだ。

なぜならキッチンのテーブルこそ、日常生活における真の難題が解決される場所だからだ。重要なデータの分析がおこなわれる豪勢な会議室などないし、何百人もの高度な訓練を受けた専門官が最新の情報を伝えてくれる、ホワイトハウスの状況分析室のような場所もない。

人生が危機に瀕したり、とてつもない個人的な障害にぶちあたったりしたときには、キッチンのテーブルについて、なんとか打開をこころみる。これまでに配られたカードを並べ、答えをひねり出そうとする。

あるいはドレイトンが言ったように、次の一手を考える。もちろん、もっといいのは、最後の一撃をくらわすことだ。そしてとどめを刺す。

じゃあ、とセオドシアは考える。どうすれば勝てるだろう？　どうすればその男——あるいはその人物（ピーチズか、場合によってはシェルビーが犯人とも考えられるからだ）——

を逆に負かすことができるだろう?

答えがゆらゆらと戻ってきた――わからない。

セオドシアはかぶりを振った。全然だめだ。なんとしても突きとめなくてはいけない。せめて、わずかなりとも先へ進み、なんらかの情報を得なくては。

お茶に顔を近づけ、青リンゴのような甘い香りを吸いこんだ。ほんのわずかでも前進し、いくつもの可能性を調べるよう自分の頭を叱咤《しった》する。理路整然として、感情に流されず、そしてできることならとてもとても賢明になるようにと。

さてと、何者かにつけねらわれていると感じたのはいつが最初だったろう?

セオドシアは目をつぶり、ここ数日で誰かにつけられていると意識したのはいつが最初か思い出そうとした。懸命に記憶をたどり、絵はがきの束を調べるかのように、平凡な活動をひとつひとつ振り返った。思いつかない。

本当にそう?

セオドシアは目をあけた。

昨夜、ハマグリ小屋にとまったトラックがあるじゃない。ウィンドウにスモークフィルムを貼り、くぐもった音楽を響かせていたトラックが。

あのトラックのドライバーはずっとわたしをつけていたのだろうか?

あれがきょう、わたしの車を道路から突き落とした車とは考えられないだろうか?

お茶をたっぷりひとくち飲むとカップを置き、足を揺すりながら考えた。

かもしれない。

とは言え、それがとても大きな〝かもしれない〟であるのはよくわかっている。恐ろしい〝かもしれない〟であることも。

セオドシアは歯をぎゅっと噛みしめ、胸の奥に残っている情熱をかき集めた。誰かがあとをつけていたのだとしたら、それはいったい何者だろう？　敵は本当にわたしに傷を負わせるつもりだったの？　それで車を突き落としたの？

だいいち、なにが起こっているのだろう。なにかの拍子でわたしがその端っこに関わってしまったとか？　そうと知らずに足を突っこんでしまったのかも。

最後の考えにはっとなった。

借り物ゲームで撮った写真が誰かの猜疑心に火をつけてしまったのかもしれない。

だとしても、どの写真だろう？

数分ほどその思いつきについて考えをめぐらし、お茶を飲み終えた。カツカツという爪の音がパティオを近づいてくるのが聞こえると、裏口に行って、アール・グレイをなかに入れた。鍵をかけながら、撮った写真をざっと調べてみようと思いたった。

バッグから携帯電話を出し、フォトギャラリーに目をとおしていく。

双胴船、アートギャラリー、天使のオーク、沖合に浮かぶトロール船を写した暗い写真、そして〈ホット・クラム・フィッシュ・シャック〉。どれもごくありふれた風景ばかりだ。

やっぱりない。誰かを怒らせるようなものはここにはない。なにひとつ。

26

好天の土曜の朝、リビーおばさんの容態は上々だった。それが証拠に、法律を振りかざさなくては病院から出そうにないほどだった。用務係とおしゃべりしたり、看護師とハグしたり、二年めのインターンにキスをしたり、朝食を運んでくれた女性職員には音だけのキスをしたりと大騒ぎだったのだ。

「本当にマーガレット・ローズは農園にいてくれるの？」セオドシアは訊いた。

「十分前に話したわ」リビーおばさんは言った。「もう到着して、待ってるんですって。『マグノリアの花たち』と『セックス・アンド・ザ・シティ』のＤＶＤを持ってきてもらったから、ふたりで映画マラソンとしゃれこむわ。もちろんポップコーンつきでね」

「おばさんも『セックス・アンド・ザ・シティ』なんか観るの？」

リビーおばさんはいたずらっぽくにやりと笑った。「あのくらいの内容なんか平気よ」

「ほっとしたわ。だってみんな、あいた口がふさがらないって言うんだもの」

「わたしはみんなとはちがうの」

「ええ。たしかにみんなとはちがうわね」

ふたりは病院の玄関を出た。セオドシアはその真ん前に車を二重駐車しておいたのだ。

「ねえ」セオドシアはリビーおばさんの容態にまだ不安を抱いていた。「おばさんさえよければ、きょうは付き添ってもいいのよ」

「大丈夫」リビーおばさんはセオドシアの介助で助手席に乗りこみながら言った。「きょうは借り物ゲームがあるんでしょ」

「わかってるけど、それはキャンセルしたっていいもの」セオドシアは身を乗り出し、おばをやさしく抱きしめた。「ゲームなんかよりおばさんのほうがずっとずっと大事だわ」

「でも、きょうのゲームはチャリティーだって言ってなかった？」

「そうよ。非行のリスクが高い子どものためのね」

「だったら、そっちをやらなきゃだめ。だいいちあなたはいつも、やりはじめたことはちゃんと終わらせるじゃないの。そこがあなたのすばらしいところなんだから」

「そう？」自分では、やりかけたものがそこらじゅうに散らばっているとしか思えないけど。

「そうよ」リビーおばさんは言った。

それからぴったり一時間後、セオドシアはギブズ美術館の裏にある円形の車回しに乗り入れた。マックスの短縮番号にかけると、三十秒後、彼がはずむようにして裏口から現われた。見たところ、たっぷり休んだようだ。そしてほれぼれするほどすてきで、いつになく真剣な表情をしている。

「やあ、スイートハート」彼は助手席に乗りこんだ。「まだ調査はつづけているんだよね」きのうの話をひと晩寝て考えたマックスが、細部にいたるまですべてを知りたがるのは予想できた。だからことを荒立てず、マックスがかんかんになって怒るような事態を避けるため、煙に巻くような答えをいくつか用意してきていた。しかしけっきょく、素直に事実を話すのがいいと覚悟を決めた。

マックスはしばらく考えを整理してから口をひらいた。「つまり、いまも彼に好意を持っているからかい?」

「パーカーとは別れたあとも友だちだったけど、あなたが思っているような仲じゃないわ。恋だとか愛だとかという気持ちはなかったの、本当に」セオドシアは彼の手を握った。「そういうのはみんな……過去の話。はるか昔のことよ」

「なら、いいんだ」マックスはさらにいろいろ考えをめぐらしてから言った。「こんなことを訊きたくはないけど、解決のめどはついているのかい?」

セオドシアは大きくため息をついた。「思ったようには進んでないわ。いくつか問題があって」

マックスはセオドシアの手をぎゅっと握ると、体の力を抜いた。シートに深く沈んで、シートベルトを締めた。「これから数時間、写真を撮りに車であちこちまわるんだろ。そのあいだに全部話してもらうよ」

「本気? 本当にこんなしっちゃかめっちゃかな話が聞きたいの?」セオドシアは大きく安

堵し、思わず泣き出しそうになった。

「きみに関係することなら、どんなことでも知っておきたいんだ」マックスは答えた。


午後は絶好の春の日和になった。巨大な黄色いボールのような太陽が照りつけ、白くまばらな雲が真っ青な空をものうげに流れていくなか、セオドシアは一切合切を打ち明けた。思い出すだけでも恐ろしいネプチューン水族館のオープニング・パーティでの様子から始まり、その後のあれこれも細大洩らさず語った。容疑者の名前を全部あげ――まさにバイキング料理のようによりどりみどりだ――そのひとりひとりについて栄誉あるリスト入りを果たした理由を説明した。話しながらも借り物ゲームのリストにちらちら目をやり、くねくねしたメイバンク・ハイウェイを運転した。そうこうするうち、チャールストン茶園の入り口正面にたどり着いた。

「お茶か」マックスはウィンドウから外を見やった。「まさかお茶があるとは思わなかったな」そう言って愉快そうな笑い声をあげた。

「でも、一服するのはなしよ」とセオドシア。「うしろの座席に隠した保温マグをあければ飲めるけどね。本当ならふたりで見学したいところだけど、きょうはさっさと写真を撮って、先を急がなきゃ」

マックスは振り返り、好奇心いっぱいの目で彼女を見つめた。

「ところでさ、あれは全部きみひとりで考えたの？」

「あれって……？」

「この三十分間、話してくれたことだよ。容疑者だとか、なにが動機と考えられるかとか」

「ドレイトンも一緒になって考えてくれたわ」セオドシアはゆっくりと言った。「ティドウエル刑事からシェルビーが相続人だと聞いて、それでぴんとひらめいたりもしたし」

「ふうん」

セオドシアはいまの反応をどう解釈していいかわからなかった。

「その、ふうんっていうのはよくない意味？」

しかしマックスの顔が笑みでほころんだ。「少女探偵ナンシー・ドルーみたいな人が恋人だなんて、とても信じられないという意味だよ」

セオドシアの顔が赤くなった。「ナンシーは恋らしい恋はしていないと思うけど。まだ子どもだし」

マックスは眉をグルーチョ・マルクスのように上げ下げした。

「でも、ぼくらは子どもじゃない」彼はシートベルトをはずし、彼女のほうに手をのばした。ぐっと引き寄せてキスをし、そのまま気遣うようにやさしく抱きしめた。「かわいそうに、先週はたいへんな思いの連続だったんだね。そばにいてやれなくて本当に申し訳ない。会えない状態がつづいてしまって」

「でも、こうして帰ってきたじゃない」

「力になるつもり満々でね」とマックス。「もちろん、きみが望めばだけど」

「そうね」セオドシアは携帯電話に手をのばしながら言った。「差し出された手はすべて、喜んで使わせていただくわ」

次の目的地、フェンウィック・ホールは煉瓦造りのマナーハウスで、オークの木が連なる大通りの突端にあった。いまは個人が所有しているわけではないが、ここには地下室から近くの小川に通じる地下道があると言われている。この家を建てて住んだジョン・フェンウィックという人物は、海賊や地元の下層階級と闇のつき合いがあったようだ。

「よし、撮れた」セオドシアがみごとな錬鉄の門のすぐ外で車をとめると、マックスは言った。彼は写真を二度確認してから言った。「次はどこ？」

「ボイケット・ロードを南に進んでキアワ・アイランドまで行くわよ」セオドシアは借り物ゲームのリストに目をやった。「ビーチウォーク公園を撮るの。そしたらジョンズ・アイランドまで引き返して、ジョンズ・アイランド長老派教会を探さなきゃ」

「そこは由緒ある教会じゃなかったかな？」

「一七〇〇年代初期の創立よ」とセオドシア。

「きみから聞いた話をぼくなりに考えてみたんだ」とマックス。「きみがリストアップした容疑者だけど、マンシップ、弁護士のボードリー、恋人だったシェルビー、それに水族館のセダキスの四人については、きみがマークしているのもわかる。でも、ピーチズ・パフォードだけは犯人像にそぐわないと思うな」

「そう？」

「彼女は単に、うまい話があると見ればぱっと飛びつくすべを知る実業家なだけさ」マックスはそこで間をおいた。「もっとも、きみの言うとおり、そうとうの変わり者であるのはまちがいないけどね」

「そうとうの難物よ」セオドシアは言った。「ニックネームをつけるとしたら、独裁者クロムウェルにちなんで、オールド・アイアンサイズがよさそう」

いたずらっぽい笑みがマックスの顔をさっとよぎった。「なんだか、そのピーチズ・パフォードなる女性にぼくも会ってみたほうがよさそうだな。早いほうがいい……なら今夜だ」

「今夜は絶対に無理よ」セオドシアは言った。「ピーチズのレストランで内輪の牡蠣の試食会があるんだもの」

「らしいね。ならよけいに好都合じゃないか」

セオドシアは首を振った。「だめ。だって、そのイベントは満席だって聞いたもの。チケットがなければ絶対に入れないわ」

マックスはジャケットのポケットに手を入れ、オレンジ色のチケットを四枚出した。

「これでどう？」

セオドシアは思わず目を剝き、それから道路に目を戻した。「冗談じゃなく？　チケットがあるの？〈オーバージーン〉のオイスター・フェストのチケットが？」

「広報担当の力を見くびっちゃいけないよ」とマックス。

セオドシアはにやりとした。「そうとうおべっかを使ったんでしょう?」

マックスは悲しみに耐えるように、わざとらしくまぶたを震わせた。

「ぼくがどれほど大変な思いで仕事をしてるか、きみにはわかりっこないさ」

「まあ……それはそれは」とセオドシア。「とにかく、これで一緒に行けるのね」〈オーバージーン〉に行くのははじめてで、うまくすればピーチズにもうちょっと探りを入れられるかもしれない。彼女の不意を突けそうだ。

「ただ、ひとつだけ問題がある」マックスが言った。

「やっぱりね」とセオドシア。「なにか落とし穴があるとは思ったわ。どんな問題? べつの人にあげるチケットだとか?」

「ちがうって。きみと一緒に行くけど、ぼくはちょっとしかいられないんだ。今夜は寄贈者を対象にした夕食会があってさ。八時ぴったりに。どうしても断れないんだよ」

「八時までに行かないと、カボチャに変わっちゃうわけ?」セオドシアは長老派教会の駐車場に車を入れて、ゆっくりととめた。

「それどころか、くびになっちゃうよ。というわけで、俗に言うよくないデート相手みたいに、きみを置いて帰らなきゃならないんだ」

「ねえ」セオドシアは言った。「帰ってきて、わずか……一日で、もうわたしを捨てる口実を探してるの?」

「きみを捨てるだって?」マックスは助手席から身を乗り出し、セオドシアに両腕をまわした。「まさか。とんでもない」そう言うとゆっくりと、うっとりするようなキスをした。セオドシアもそれに応えた——が、いまいるのが教会のすぐ外だと気づき、途中でやめにした。

「で、こうしようと思うんだ」マックスは言った。「きみにチケットを三枚預ける。ドレイトンとヘイリーに来てもらえばいい。なにしろぼくは、きみが思っているとおりの薄情者で、きみを置いて逃げるからさ」

「ふうん……わかった」

マックスは真剣なまなざしで見つめた。「いいのかい？　本当にそれで大丈夫？　だまされたみたいな気になったりしない？」

「全然。だいいち、おかげでまたピーチズをいじめる機会ができたもの」

マックスはかぶりを振った。「まったくきみにはかなわないな」


その日の午後五時には、マックスを彼のアパートメントで降ろし、自宅に向かった。彼とは七時に〈オーバージーン〉で待ち合わせたから、アール・グレイの相手をし、それから泡風呂に浸かる時間はいくらかある。

しかし、〈Tバス・バブル〉を入れた泡いっぱいの湯につま先を浸けたとたん、ドレイトンとヘイリーに電話するんだったと思い出した。

さきにそっちをすませなきゃ。

ヘイリーはいまのボーイフレンドとロック・コンサートに行く約束があるということだっ

た。スモーク・ジャマーズという名のかっこいい新人バンドだ。しかし、ドレイトンに電話がつながると、彼はオイスター・フェストに行けると聞いて、チャンスとばかりに飛びついた。

「わたしが牡蠣を食べる話にノーと言ったことがあるかね？」

「あなたならきっと行きたいと言うと思ってた」

「しかし……お邪魔ではないかな？　なにしろ、きみのマックスはニューヨークから戻ったばかりだ。きみたちふたりは丸一週間、顔を合わせていなかったじゃないか」

「きょうの午後、ふたりで借り物ゲームの二回戦をやってきたわ」

「彼のほうがわたしより役に立つからな」

「ちょっと、自分をそう卑下しなくてもいいでしょ」とセオドシアは言った。「あなたが撮った写真だってすばらしかったわ。で、大事なのはここからよ……マックスは八時から寄贈者を招いての食事会があるから、途中で抜けなきゃならないの。だから、あなたもわたしのデート相手なのよ」

「予備のデート相手か」とドレイトン。

「そんなようなものね」

「で、いま一度ピーチズの顔を見るチャンスが到来したわけだ」

「わたしも同じことを考えたわ。言うなれば、大当たりの二乗ってとこ」

「おもしろそうじゃないか」

「そう言うと思った」

「して、どこで待ち合わせようか？　ピーチズがやっているハイカラなレストランはどこにあるのだね？」

「こうしましょう」セオドシアは言った。「マックスとわたしはどうせそれぞれの車で行かなきゃいけないから、わたしがあなたの家に寄って拾ってく」


セオドシアはアリシア・キーズのCDを聴きながら、十分間だけ泡風呂で陶然と過ごした。それからおめかししようと、すっかりリフレッシュした気分で風呂から飛び出した。

おめかししたほうがいいのよね？　今夜のイベントはどの程度あらたまったものなんだろう。礼装の黒いカクテルドレスを着るべきか、それともまったく逆でボホシックで行くべきか。どんな場合でも明るくて派手なほうがいいと自分に言い聞かせ、ぴんとくる服を探しにクローゼットに飛びこんだ。

あった。ラズベリーピンクのとってもすてきなふわっとしたトップスに真珠をじゃらじゃらつけ、白い細身のシルクのスラックスを合わせればきっとすてきだ。もう完璧。

そうよね？　白を着ていっても大丈夫？　それとも白を着るべき？　たしかめる方法はひとつ。チャールストン大都市圏きってのファッションのご意見番に電話すればいい。

セオドシアからの電話に出たデレインは苛立った声をしていた。

「白を着ていいか知りたいですって？」

「そうなの」セオドシアは答え、こうつけくわえた。「だって、ほら、戦没将兵記念日《メモリアル・デー》の前だから」

「セオドシア！」デレインはおそろしく機嫌が悪かった。「そんな使い古されたドレスコードなんかとっくの昔になくなってるわよ。それを言うなら、どんなファッションルールもいまじゃ存在してないわ」

「だったら、どうしてわたしにはいつも、黒と茶色を合わせるなとか、オープントゥの靴のときはタイツを穿いちゃだめとか言うわけ？」

「なんなのよ！」デレインはわめいた。「電話してきたのは嫌みを言うためなの、それとも助言がほしいから？ 言っとくけど、ドゥーガンとあたしも今夜のオイスター・フェストに行くのよ。あたしだって、急いで支度してるとこなんですからね」

「ごめん」セオドシアは謝った。

いつものことだけれど、デレインの気分は大西洋の渦巻く波のようにころころ変わる。

「いいの、気にしないで、スイーティー。いまの話はまたあとで」


同じく土曜の夜六時半、クリーム色のリネンのジャケットに鳩羽鼠色のスラックスを着こんだドレイトンを助手席に乗せ、セオドシアは車を〈オーバージーン〉の裏の駐車場に入れた。最初の三列を流す。ＢＭＷにメルセデスにアウディが並んでいる。来ているのはかなりハイソな客らしい。それにこのへんはびっしり車で埋まっている。奥なら場所があるかもしれない。

奥へとまわり、地面がたいらなアスファルトからざくざくいう砂利に変わっても、セオドシアはまだとめる場所を探していた。

「大型ごみ容器のそばにひとつあいているようだ」ドレイトンが言った。

「わたしたちには分相応な場所ね」セオドシアはハンドルをめいっぱい切って、巨大な茶色のごみ容器とピックアップ・トラックにはさまれた狭いスペースにジープを入れた。次の瞬間、思わず目を剝いて叫んだ。「うそでしょ！」

ドレイトンの眉がかすかにあがった。「どうかしたかね？」

「そこのトラックが見える？」セオドシアは懸命に指や身振りでしめした。

ドレイトンはウィンドウの外に目をやった。「見えるが？」

「わたしの勘違いでなければ、きのうわたしの車を突き落としたのとそっくりなトラックだわ！」

27

ふたりは黒いトラックをじっと見つめた。まるでそれが占い遊びに使うマジック・エイト・ボールで、見つめていれば魔法のように答えが出てくるとでもいうように。〝かなり可能性が高い〟だの〝あらゆる可能性を探れ〟だのという答えが。

ようやくドレイトンが口をひらいた。「前にハマグリ小屋にいたときに入ってきたのと同じ車だろうか？」

「さあ」セオドシアは必死に目をこらしながら言った。「RV車はどれも同じに見えるんだもの。とりたてて車好きってわけじゃないから」

「車種はなんだろう？」ドレイトンは訊いた。

「うーん……シェヴィーかしら？」

「ふむ」

「そのくらいじゃ、たいした手がかりにはならないわね」

「運転していた人間に心当たりは？」

セオドシアは首を横に振った。「残念だけど。男の顔をよく見たわけじゃないから」

「女とも考えられる」ドレイトンがぼそぼそとつぶやいた。セオドシアが驚いた顔をすると、ドレイトンはこう言い足した。「いいかね、車はピーチズのレストランの裏にとまっているんだぞ」

セオドシアは言われたことを噛みしめた。「鋭いわね」

「だが、べつのトラックということもありうる。奇妙な偶然が重なっただけとも」ドレイトンは早口でそうつけくわえる。

「いいことを思いついた」セオドシアは言った。「なかに入ってたしかめましょう」

〈オーバージーン〉はミシュランで四つ星、ザガットで二十四点を獲得している高級感あふれる豪華なレストランだ。言い換えれば、白いリネンのクロスがかかったテーブルで上等な料理を食べさせ、天文学的数字に達する料金を請求するレストランということだ。

ゆったりしたロビーは濃いイトスギの壁板が張りめぐらされ、巨大な石造りの暖炉があり、流線的なデザインのソファに張られた布は当然のごとくナス《オーバージーン》色、壁には二十世紀初頭のパリの街角を描いたエッチングが金色の額に入れて飾ってある。

「すばらしい」ボーイ長がいる受付カウンターにできた短い列に並び、ドレイトンが洩らした。

〈オーバージーン〉はセオドシアが思っていたとおりの店だった。ピーチズ・パフォードはいつもやりすぎなくらいに飾り立てるのが好きだから、店が同じようにけばけばしいのも道理だ。

「ねえ見て」セオドシアは流れるような書体で彫られた、金めっきの銘板のほうに頭を傾けた。「ピーチズったら社訓まで飾ってる」

ドレイトンは興味をそそられ、眼鏡をかけて読みはじめた。

「なんて書いてあるの？」セオドシアが訊く。

「よくある決まり文句だ。それに願望だな」

「キルケゴールにはおよばないんでしょ？」セオドシアは歯を見せて笑った。

ドレイトンは口の両端をあげた。「とてもじゃないがね。そもそも、彼におよぶ者などそうそういない」

しばらくすると、タキシードを着こんだボーイ長が満面の笑みをふたりに向けた。

「いらっしゃいませ」とはきはきした口調で言う。「チケットを拝見いたします」

セオドシアがオレンジ色のチケットを二枚出すと、ボーイ長は了承の印にうなずいた。

「はい、二十二番テーブルですね。どうぞお入りください。先になにかお飲みになるようでしたら、カクテルラウンジがすぐ右にございます」

ボーイ長は手をすばやく動かして場所をしめした。「左においでいただきますとダイニングルームになっております。今夜は特別イベントを祝し、シーフードを生で召しあがれるロウ・バーを用意しておりますし、シェフのオリヴァーが牡蠣をローストするワゴンも出してございます。どうぞ、ごゆるりとお楽しみくださいませ」

ダイニングルームに向かうことにしてナス色のビロードのカーテンをぐるると、ピーチズ自慢のレストランが目の前に広がった。

なにもかもが大規模に設計されていた。大きな円形テーブル。フランスの城から持ってきたような、ゆったりした布張りの椅子。ここにも大きな暖炉があり、ほぼ球形に近い石だけを積みあげてできていた。しかもクリスタルの巨大なシャンデリアが、一個どころか三個も輝いている。なにもかも、どこもかしこも、ゴールドが惜しげもなく使われていた。椅子はゴールドで縁取られ、シャンデリアにもゴールドが使われ、皿やグラスの縁にもゴールドがあしらわれ、おまけにナイフやフォークまでゴールドだ。

「たまげたな」ドレイトンは少し圧倒されていた。「このような装飾様式はなんと呼べばいいのだろうね」

「めっきまみれ様式とか?」セオドシアは苦笑いした。

その答えはドレイトンのツボにはまった。「ほう、うまいことを言うじゃないか」

「二十二番テーブルを探しましょうよ」セオドシアは言った。「もうマックスは来てるかしら」

ふたりは〝すみません〟と何度ももごもご言い、ときには知った顔にあいさつするために立ちどまったりしながら、いくつものテーブルのあいだをそろそろと進んだ。

「それなりの人はみな来ているようだ」ドレイトンが言った。「あそこのテーブルを見てごらん。チャールストン交響楽団の事務局長と芸術協会の理事長がいる」

「なぜピーチズはこんなに人気があるのかしらね？」

「口が達者だからだろう。街のそこかしこで自分を売り込んでいるし、人気のある芸術団体や慈善事業には多額の寄付をしている。それに、彼女のレストランがじつにうまい料理を出していることも理由のひとつかもしれんな」

「出してるのは彼女が雇ってるシェフだけどね」二十二番テーブルまで来たが、誰もすわっていなかった。二脚の椅子の座面に白いディナーナプキンが置いてあった。先にこの席にいた誰かが、ここは自分の席だという印に置いたものだ。「さて、どうする？」

「とりあえず食べようではないか」ドレイトンは言った。「調査はすべて、たとえほんのちょっと調べるだけのときでも、常に満腹でおこなうべし、だ」


〈オーバージーン〉のロウ・バーは美しいのひとことだった——長さ二十フィートのテーブルにクラッシュアイスを敷きつめ、その上で牡蠣の殻に立つ半裸の女性の氷像が光を受けて輝いていた。しかし、いちばんの目玉は甲殻類と貝類だった。シルバーの皿に腰を曲げて横たわる大ぶりのエビ。塩水のなかでぷるぷる震える新鮮な牡蠣がクラッシュアイスのそこかしこに置かれている。ロブスター、カニの脚、輸入ものの小粒なタマキビガイまでもが気を惹くように並べてある。

「こいつはすばらしい」ドレイトンは言った。

「まさにごちそうだわ」セオドシアもうなずく。

ドレイトンが顔をぱっと輝かせた。「それにそこを見たまえ。新鮮な牡蠣を炭火で焼いている」

「おいしそうね」オークと潮とチリソースのにおいが渾然一体となってただよい、牡蠣が殻のなかでパチパチいう音までもが聞こえてきそうだ。しかし、まずは冷たい料理からいただくことにしよう。とくに生牡蠣だ。

「きみとわたしはよく似ているな」ふたりで牡蠣を皿に取りながらドレイトンが言った。「海に棲む小さな貝類に目がないところがそっくりだ」

「旬の時期なら、ここで獲れる牡蠣はブルークラブよりもおいしいわよね」ブルークラブも地元の名物だ。

「おもしろいことに、牡蠣はどこで収穫されるかで味がちがうそうだ」ドレイトンはそう言うと、なめらかなホースラディッシュのソースをひとすくい、皿に垂らした。「ブドウがテロワール、すなわち土地の味を吸収するのと同じらしい」

「牡蠣にとっての水はなんて言うの？」

「わからんな」とドレイトン。「アクアール？」

セオドシアは笑いを嚙み殺した。「いい線いってるけど、そんな言葉はないと思うわ」

ドレイトンは平然と言い返した。「あるとも」

セオドシアとドレイトンがシーフードを盛りつけた皿を手に戻ると、マックスがゆったりくつろいでいた。おしゃれな格子柄のジャケットにグレイのスラックスという恰好の彼は、愉快そうな笑顔と慎重に乱した髪がとてもすてきだ（あくまでわたしの感想だけど）。彼はフルートグラスからシャンパンをちびちび飲みながら、山盛りにしたピンク色の小エビをつまんでいる年配夫婦と気さくにしゃべっていた。

マックスは全員を紹介し、それからセオドシアに熱っぽい目を向けた。

「もうピーチズとは話した？」

セオドシアは首を振った。「見かけてもいないわ」

「きみの主張はかなり説得力があったよ」マックスは小声で言った。「ピーチズがきみの友だちの殺人に関わってるかもしれないという、あの話さ」

「そう？」自分ではほんのちょっぴりでも説得できた気がしない。せいぜい、異様に疑り深い自分をさらけ出した程度だと思う。

マックスはシーフード用の小さなゴールドのフォークを手にして、セオドシアの皿の牡蠣を突き刺した。それを口に放りこんだとたん、彼は目を大きくひらき、ダイニングルームの反対側の一点を見つめた。「彼女がいる」

セオドシアはマックスの視線を追って、広々としたダイニングルームの反対側に目を向けた。ピーチズ・パフォードが仰々しく登場し、女領主のようにしずしずと歩いてくる。裾が床につきそうなきらきらの金のドレスを着たピーチズは、ぱっと見たところ、なにかの賞のトロフィーのようだ。たっぷりとひだを寄せたドレスはくるぶしまで達し、裾から金色の靴がのぞいている。耳には長いゴールドのイヤリングがさがり、両の手首にはめたぽてっとしたゴールドのバングルが音をたてる。いつもはピンクがかった色合いの髪にも、金色のハイライトを入れているようだ。

「まるで金粉をまぶしたみたいだね」マックスが小声でささやいた。

ピーチズが大げさな仕種でお客にあいさつし、音だけのキスをし、選ばれたわずかな人にだけハグをするのを、セオドシアはじっと見ていた。そこへジョー・ボードリーが人混みから現われ、ハグをされる数少ないひとりとなった。

「あるいは、イスラエルの民が崇拝したという黄金の子牛なのかも」

「え？」とマックス。

「あれがジョー・ボードリー」セオドシアは素っ気なくこわばった声で言った。「さっきさんざん話した弁護士の人」

ドレイトンが身を乗り出して説明した。「シェルビーとピーチズの交渉を仲立ちした弁護士だ。〈ソルスティス〉の買収を」

「シェルビーって？」

「パーカーの新しいガールフレンドだった人」セオドシアは答えた。

「なるほど」椅子の背にもたれたマックスの顔を渋い表情がよぎった。これでマックスもようやく、そのうちの誰かが現実に人を殺したのだという事実をのみこんでくれたらしい。

「そろそろ」セオドシアは言いながら腰をあげた。「ちょっとぶらぶらして、焼き牡蠣をいくつかもらってくるわ」

「ついでに世間話もしてくるのだろう？」とドレイトン。

「ひょっとしたらね」

「お願いだから気をつけてくれよ」マックスが声をかける。

しかし、牡蠣を焼くワゴンまで行ってみると、ピーチズの姿はどこにもなかった。それにジョー・ボードリーも。

そこでシェフに目を向けた。「オークの炭で焼いているの？」

「はい。ほんの二、三分ですが。そのあと濡れぶきんをかけてわきに置いておくと、自分の汁気で煮込まれる感じになるんです」シェフは言葉を切った。「おいくつ差しあげましょう？」

「とりあえず四個」

シェフはセオドシアのうしろに目を向けた。「そちら様は？」

「六個だ」とライル・マンシップが言った。

セオドシアは驚いて一歩さがった。まさかここでマンシップに会うとは思ってもいなかった。

マンシップは彼女をまじまじと見つめ、感情のこもらない声で言った。

「やあ、セオドシア」

「まだこっちにいらしたの？　サヴァナにはいつ戻るんですか？」

「ずいぶんとぶしつけだな。チャールストンのすぐれたもてなしの精神はどこにいった？」

「ここでないことはたしかね」

外にとまっている黒いトラックはマンシップのものだろうか。そう思ったとたん、人差し指をこの男の胸に突きつけて、大声で問いただしてやりたいという残忍な衝動がこみあげた——あなたがきのう、わたしの車を突き落とした卑劣な犯人なんでしょ？　わたしとリビーおばさんを殺そうとしたのはあなたなんでしょ？　おまけにわたしたちのあとをつけてきて、わざと蜂を驚かせ、結果的におばさんを襲わせたのはあなたなんでしょ？

しかしそんなことはひとことも言わなかった。落ち着き払った態度に終始した。頭に血がのぼった状態でA地点からB地点に行き着くのはまれだからだ。とてもじゃないけど無理だ。

けれども、その晩はさらなるサプライズがセオドシアを待っていた。牡蠣を焼くワゴンから戻ろうとテーブルのあいだを縫って歩いていると、バート・ティドウェル刑事にぶつかったのだ。

不意を打たれたせいで、ぶっきらぼうな言葉が口を突いて出た。

「ここでなにしてるの？」

刑事は困惑したような、少し呆気にとられたような顔をした。「失礼」と素っ気なく言い返す。「そちらこそ、なぜここに？」

「招待されたからよ」それがこの時点で思いつける唯一あたりさわりのない答えだった。

「うるわしいミセス・パフォードから招待されたのではないのはあきらかですな」

「ええ、そんなに親しくないもの」

ティドウェル刑事は顎を引き、唇を引き結んでぶすっとした顔をした。

「おわかりでしょうが、ここに現われたことであなたは少々やっかいな状況に陥りましたぞ」

「は？」

「聞こえたでしょう。それに、ここではいかなる調査もなさらぬよう、心からお願いしますよ」

「ええ、そんなつもりはないわ」

「ならけっこう」ティドウェル刑事はセオドシアの答えが嘘だとわかっていたし、セオドシアも刑事にばれているのはわかっていた。

セオドシアは刑事をじっと見つめ、どんな目的で来ているのか見当をつけようとした。着ているのは特大サイズのスポーツジャケットで、肘のところが少しすり切れているし、ボタンがひとつ取れかかっていた。しかもネクタイが曲がっている。お相伴にあずかりにきたの？　誰かがいやいやながらも招待したとか？　そうよ、食べるために来たに決まってる。どこへ行っても、ティドウェル刑事はうまいこと食べるものにありつく人だ。けれどもセオドシアは、ほかにもなにかあるような気がしてならなかった。堂々たる体軀《たいく》の彼が出張ってきたほかの理由が。刑事は目を爛々と輝かせているのみならず、足を小刻みに揺らしている。

彼のような巨体にとっての小刻みであって、実際には揺さぶっていると言ったほうが近い。

「なにが始まるの？」セオドシアは尋ねた。体内のレーダーがけたたましく警報を発し、なにか大きなことが起こりそうだと告げている。事件に進展があったの？　逮捕まであと一歩のところまで迫ってるの？　まさか、こんな公衆の面前でピーチズ・パフォードにタックルをかける気？　彼女をパーカー殺害の容疑で逮捕するの？

「あなたはなんでもかんでも勘ぐりすぎです」刑事は怒ったように言うと、そそくさと彼女のわきを通りすぎた。

「ええ、そうね」セオドシアはつぶやいた。

28

「ピーチズとは話せた？」セオドシアがテーブルに戻るとマックスが訊いた。

「ううん、見つからなかった」

「だが、焼き牡蠣は持ってきたのだね」ドレイトンはにこにこ顔で言った。「見たところ、ぷっくりしていてうまそうだ」

「どうぞ、食べて」セオドシアは言った。

「いや、けっこう」ドレイトンは片手を振った。「自分で……いや、ひとつだけいただこうか」

マックスがいきなりセオドシアの手をつかみ、すばやくぎゅっと握った。

「え？」

「煙のごとく、硫黄のにおいをさせながら彼女が現われた」

「誰が？」

「デレインだよ」マックスは声をひそめて答えた。「小悪魔デレインが十歩前方から接近中だ」

マックスはデレインと何度かデートしている。彼がセオドシアにべた惚れし、デレインがドゥーガン・グランヴィルに首ったけになる前のことだ。

復縁を迫りにきたわけじゃないでしょうねと思いながら、セオドシアは顔をあげた。なにしろデレインという人は予測がつかない。どうということのない心の傷だの怒りだのをいつまでも根に持って、ある日突然ぶちまけるのだ。でも、今夜のデレインは光沢のある黒いカクテルドレスを着て、ロングヘアを頭のてっぺんでゆるいお団子に結い、ドゥーガン・グランヴィルの腕にぶらさがって、ここしばらく見たことがないほど幸せそうに顔を輝かせている。正確に言うなら、顔いっぱいににたにたした笑いを貼りつけている。その笑顔の意味するところは——みなさんにとても大事なお知らせがあります。

「デレイン」セオドシアのなかで好奇心が刻一刻と大きくなっていた。「いったい……?」

デレインが左手を突き出すと、薬指で四カラットはありそうなイエローダイヤモンドがきらきらと輝き、セオドシアはそのまぶしさに思わず目がくらんだ。

セオドシアははじかれたように立ちあがった。「驚いた! じゃあ、あなたたち……」

「婚約したの!」デレインは勝ち誇った声をあげた。「婚約したのよ! すごいでしょ? 最高でしょ?」

たちまちささやかなどよめきがあがった。全員が一斉に口をひらいてあれこれ言い、デレインに賛辞を贈り、ドゥーガン・グランヴィルには心からの祝福の言葉をかけた。

グランヴィルは真剣な顔を崩さないという役目をりっぱに果たしていたものの、セオドシアの目にはトラバサミにかかった哀れな動物のように映った。

マックスがすぐさまウェイターを呼んで、シャンパンのペリエジュエを持ってこさせた。

「Xデーはいつだね?」ウェイターがシャンパンを注ぎ、全員がフルートグラスを手にしたところでドレイトンが尋ねた。

「すぐよ。それも本当にすぐ!」デレインが断言すると、あらためてグラスを触れ合わせるチンという音が響き、幸せを願う言葉や心からの祝福の言葉が飛び交った。今度は近くのテーブルにいた人たちもくわわった。婚約と聞けば誰だって喜ぶ。結婚でもいい。このふたりのように派手なカップルならなおさらだ。

昂奮がおさまると、デレインはテーブルをこっそりまわりこんで、セオドシアのわきに膝をついた。「みんなあなたのおかげよ!」と耳障りなささやき声で言った。

「ずいぶん思い切ったわね」セオドシアは言った。「ドゥーガンも」

デレインは左手をあげて指をひらひら動かした。そのせいで豪華なダイヤモンドにますます多くの光があたってきらめいた。「ふふん、あの人はなにを言っても逆らわないもの」

「デレイン」セオドシアは急に真顔になった。「そんな簡単に決めていいの? 一生のことなのよ」

「わかってるわよ」デレインは言い返したが、ダイヤの指輪とドゥーガンにプロポーズされたという事実――本当に彼のほうからプロポーズしたならば、だけど――に、まだ酔いしれていた。「あたしがいますごく知りたいのはね、あなたの七月のスケジュールがどうなってるかってこと。できれば土曜日の午前中がいいんだけど」

「そんなにすぐ結婚するつもり？」セオドシアは訊いた。「婚約期間はたったの二カ月しかないじゃない」もうちょっと考える時間がいるんじゃないの？　計画を練るための時間が。あるいは頭を冷やす時間と言ってもいい。

「人生は短いのよ」デレインは高らかに笑った。「だから、めいっぱい楽しまなきゃ」

「デレイン」セオドシアは友の手を握った。「これは現実なのよ。ビールのコマーシャルなんかじゃないの」

しかしデレインに考え直すつもりはなかった。「セオ、あたしはりっぱな大人よ。事業だって成功させてるし、世の中というものを熟知してる。自分がなにをしてるかくらい、ちゃんとわかってるってば」

「だったら、心からお祝いを言うわ」

「それで、あなたにお願いしたいんだけどね」とデレイン。「どうかあたしの新婦介添人に――」

「手をあげろ！」

雷鳴のような声が響いた。あまりに大きくて有無を言わせぬ声にシャンデリアが揺れ、ウエイターが腰を抜かし、少なからぬ人々がいきおいよく立ちあがった。数秒後、三人の制服警官が人混みをかきわけながら進んできた。それも銃をかまえて！

女性が悲鳴をあげ、男性が抗議の声をあげるなか、警官たちは正確で慎重な足取りで、テーブルのあいだを足早に移動した。やがて、騒がしくなったのと同じくらいすみやかに音量がゼロにさがった。

「おまえら、いったいなにをしてる？」喉を詰まらせたような男の声があがった。

セオドシアは元気すぎるホリネズミのようにいきおいよく立ちあがると、どういうことかと首をのばした。目に飛びこんできた光景に彼女はその場で凍りついた。ドゥーガン・グランヴィルの自宅で会った、魚介類の卸をやっているバディ・クレブズが乱暴にうしろを向かされてボディチェックを受けていた。まるでドラマの『ロー&オーダー』みたいだ。

バディ・クレブズ？　魚介類を卸している人？　どういうこと、これは？

不可思議な捕物劇が終わると、今度はバート・ティドウェル刑事が四人の捜査官を引き連れ、猛然と近づいてきた。まるでドラマ『アンタッチャブル』のワンシーンのようだ。ただし、こっちの捜査官は全員がSCDNRの捜査官であることをしめすバッジと肩章のついた茶色い制服に身を固めていた。SCDNRとはサウス・カロライナ州自然資源局の略称だ。

腰に銃を帯びたSCDNRの四人は、即座にチャールストン警察からあとを引き継いだ。バディ・クレブズの体をつかむと、乱暴に壁のほうを向かせ、手錠を取り出した。

とたんに、またもや悲鳴と、抗議の声がいくつかあがった。

そこへ、喧噪を切り裂く霧笛のように、ヒステリックな声が響きわたった。

「いったいなんのつもり？」

たちまち人だかりが割れ、ピーチズ・パフォードがすべての帆を広げた十八世紀の軍艦よろしく最前列へと進み出た。

「令状を執行しているところです」ティドウェル刑事はピーチズのほうをろくに見もせずに答えた。

しかし、鼻先であしらわれて黙っているピーチズではない。

「大事なイベントの真っ最中だというのに、うちの店にずかずかあがりこんできていいと思っているの？」

クレブズは両脚を広げた状態で、手錠をかけられている。それを目にしたピーチズは大きく息をのんだ。

「いますぐ、わたしのお客様を解放なさい！」

「この男はもう、おたくのお客ではありません」ＳＣＤＮＲ捜査官のひとりが言った。「うちで勾留します」

「こんなこと、許しませんからね！」ピーチズは情けない声で言うと、糸をきつく巻きすぎたおもちゃの独楽《こま》のようにいきおいよく向きを変え、今度はティドウェル刑事に訴えた。「やめさせてちょうだい！　こんなこと、いますぐやめさせて！」

このときのティドウェル刑事はまともに彼女を見ようともしなかった。

「ミスタ・クレブズに権利を読んでやれ」と捜査官に指示した。

捜査官のひとりが尻ポケットからパウチした小さなカードを出し、早口でぼそぼそと権利を読みあげにかかった。

「だけどなんの……どうして？」ピーチズは声をうわずらせた。

ティドウェル刑事はため息をつくと、大声でそこにいる全員に告げた。

「漁業の違法操業です」

「なんですって！」ピーチズが叫んだ。ティドウェル刑事の強烈な一撃に、よろよろとあとずさりした。「漁業の……違法操業？」

「クレブズは保護対象であるケープ・ロメイン地域でトロール漁をおこなっていました」刑事は説明した。「この二カ月半、ＳＣＤＮＲが監視をつづけておりました」

ピーチズはまだ猛り狂っていた。「そんなの嘘よ。バディ・クレブズはりっぱな魚介類の卸業者よ。そもそも、うちでいちばんの仕入れ先なんですからね」

「ほう」刑事はぎょろりとした目をシーフード・バーのほうへ、うずたかく積まれたカニの脚やらエビやら牡蠣やらへ向けた。刑事の頭のなかで車輪がくるくるまわりはじめたようだが、そのねらいが違法に入手された魚介類を押収することにあるのか、それともありがたくいただくことにあるのかは判然としなかった。

ふいにピーチズはこのままいくとどうなるかを察し、すかさず抗議した。

「当店の牡蠣が違法に獲られたものとは思わないでいただきたいわ。定評ある業者からしか仕入れておりません！」

「そうでしょうとも」ティドウェル刑事はぶすっと答えた。

捜査官がクレブズを連行しようとすると、ピーチズがその前に躍り出て、行く手をさえぎった。

ティドウェル刑事の堪忍袋の緒が切れた。

「これ以上警察の邪魔をするならば、あなたも逮捕しますぞ。ついでに、ここにあるシーフードをすべて鑑識に持ちこんで分析させましょうか。おたくのシーフードが禁漁区で獲られたものかどうか、ひとつひとつ確認してもいいいんですぞ」

「そんなことをする必要はないわ！」ピーチズは大声で言い返した。「出所は、こ……このわたしが保証します！」

忍び笑いが集まった人全員に伝わった。ピーチズの必死の訴えは、もはや物笑いの種と化していた。

「牡蠣の出所は保証できるんですって」セオドシアはドレイトンにささやいた。

「なるほど」とドレイトン。「しかし、ハマグリはどうだろうな。密輸されたハマグリかもしれんぞ」

「こんなのって信じられるかい？」マックスは目の前で繰り広げられる出来事に、すっかり見とれていた。

「バディ・クレブズ。たしか彼はネプチューン水族館の役員だったはず」彼女はドレイトンのほうを向いて小声で言った。「ドゥーガンの家に招かれたときに、クレブズは使命というものについて自説を披露し、大事な海を守る監視役になりたいというようなことを言ってたの」そこであざけるように鼻で笑った。「とんだ大ぼら吹きだわ」

「水族館の評判はがた落ちだろうな」とドレイトン。「まずはパーカーの死があり、つづいてレストラン出店にまつわるいかがわしい選定過程、とどめは役員のひとりの起訴ときた」

「クレブズはまだ起訴されてないでしょ」セオドシアは指摘した。

「だが、起訴はまぬがれまい」

セオドシアは突然、ドレイトンの腕をつかんだ。「そうだわ！」目を見ひらき、雷に打たれたとしか思えない顔になった。

「どうした？」

「やっとどういうことかわかったの！」

「で、そのわかったこととは……？」

「〈ホット・フィッシュ・クラム・シャック〉に行った夜があったでしょ？　あのとき、わたしが写真を撮ったじゃない？」

ドレイトンがうなずき、マックスは熱心に耳を傾けている。

「遠くに釣り船が見えたの。あれはきっとクレブズの船だったんだわ。彼はきっと思ったのよ、その写真がアップされたら……」

「実際、その写真はアップされた」とドレイトン。

「そしたらSCDNRに目をつけられるとね」セオドシアは手で口を覆った。「やだ、クレブズはわたしに写真を撮られたのを知って、だからわたしをつけねらったんだわ。それにリビーおばさんも！」

「きっとそうだ」ドレイトンが昂奮した口ぶりで言った。

「なるほど！」とマックス。

セオドシアの頭のなかで車輪がどんどんまわりつづけたが、その顔がふっとせつなそうなものに変わった。「そしておそらく、そのせいでクレブズはパーカーを殺したんだわ」いくらか苦しそうな声で言った。

マックスはにわかにとまどった表情になった。「ちょっと待って。つまり、きみの友だちのパーカーはクレブズの違法操業に気づいてたってこと？」

「そうとしか考えられない」セオドシアはしばらくぼんやりしていたが、突然、両手をあげた。「そうだわ、ティドウェル刑事に話さなきゃ！　いますぐに！」あわてて立ちあがったものだから、もうちょっとで椅子をひっくり返すところだった。

「急いだほうがいい！」ドレイトンがせかす。

「気をつけるんだよ！」マックスが彼女の背中に声をかけた。

〈オーバージーン〉を出てすぐのところで、セオドシアはティドウェル刑事を見つけた。刑事はバーガンディー色のクラウン・ヴィクトリアの運転席にだらしなくすわり、無線でなにやら話していた。

「どうしたんです？」セオドシアがよろよろと近づいていくと、刑事はうなるような声で応じた。

セオドシアは通りに突っ立ち、言葉と身振りを駆使して、疑念と推論を思うがまま吐き出した。

刑事は注意深く耳を傾け、ときおりうなずきながら、バディ・クレブズがパーカー・スカリーを殺したという鋭い指摘に同調しているように見えた。少なくとも、セオドシアの目にはそう映った。

「裏にとまっている黒いトラックはクレブズのものなんでしょう？」セオドシアは訊いた。

「さよう」

「じゃあ、きのうわたしを尾行したのは彼だったのね。そして道路から突き落とした」

しかしながら、ティドウェル刑事はセオドシアほどの昂奮は見せなかった。おまけに意外にも、彼は一度として叫ばなかった。〝なるほど、クレブズが犯人で決まりですな！〟とは。

しかしセオドシアは自分の説に絶対の自信があった。「クレブズが犯人よ」とたたみかけた。「わたしにはわかるの。第六感がそう言ってるもの」

ティドウェル刑事は丁重ではあったが、どっちつかずの態度をつらぬいた。

「とにかくやつを取り調べますから。それで点と点がつながるか見てみましょう」

「しっかり取り調べてちょうだいね！」

十分後、半分の招待客が〈オーバージーン〉を去り、ピーチズの姿はどこにもなかった。まばらに残っているのは食欲を失わなかった半分の客で、彼らはまだテーブルを離れずに食事をつづけ、いましがたのおかしな出来事について語り合っている。

セオドシアにとっては残念だが、マックスもいとまを告げなくてはならない客のひとりだった。いいかげん、寄贈者を集めた夕食会に駆けつけなくてはいけない。

セオドシアは彼を玄関まで見送って、別れのキスをした。

「きみの友だちのことは本当に残念だよ」マックスは言った。「クレブズとかいうやつが犯人なのはほぼ確実らしいね」

「わたしもそう思うわ。ありがとう」

「本当にきみは素人探偵が板についてるね」

「そんなことないわ。クレブズ犯人説は思いもしない方向から飛んできたようなものだもの」

「でも、これで全部終わった」とマックス。

セオドシアは大きく安堵のため息を洩らした。

マックスはまだ彼女を大事そうに抱きしめたまま言った。

「でも、いちおう言っておくけどさ、セオ、ぼくらはまだいわゆる……普通のデートをしてないんじゃないかな」

セオドシアはまつげを震わせながら言った。「普通の定義は?」

しかしマックスは大まじめだった。「州警察がドアから突入して誰かを逮捕したりするようなことがない、静かなゆったりした夜のことさ」

セオドシアはちょっと考えてから答えた。「そう、わかったわ。静かで落ち着いた夜がいいのね。だったら、三週間前に室内楽のコンサートにふたりで行ったじゃないの」

マックスは指を一本立てた。「あれは例外。でも、それをべつにすれば、きみといるとなぜか、騒ぎだの逮捕令状だのが関係してくる」

「飽きなくていいでしょ」セオドシアはこの状況を少しでもやわらげようと思い、茶化した答えを返した。

「たしかに飽きないけど、ロマンチックとは言えないな」

「うぐぐ」セオドシアもロマンチックなのは嫌いじゃない。すてきだと思う。マックスと一緒のときならなおさらだ。「じゃあ、うんとロマンチックな方向に軌道修正するにはどうすればいいの?」

「よかった。訊いてもらえないかと思ったよ」マックスは白い歯を見せた。「ありきたりな希望なんだけどね」

「言ってみて」

「きみとぼく、そして明日の夜にきみの家でディナー」

「オーケーよ」

「ぼくのほうはオーケーじゃない。まだいくつか条件があるんだから」

「ええ」この会話はどこへ行くのだろう。

マックスはセオドシアに視線を据えた。

「令状だとか逮捕だとかはなし。警察官やスワット・チームの突入もなし。手錠もなし。あっていいのは静かな音楽と……」

マックスは急に表情をゆるめ、口もとをゆがめて笑った。

「まあ、よく考えたら、手錠くらいはあってもいいかな」

「マックスったら！　いやだもう！」

引きあげる人波に逆らい、川をのぼる鮭のような気分で戻ってみると、テーブルにはドレイトンしか残っていなかった。

「デレインはどうしたの？　それにドゥーガンは？」

「帰ったよ」とドレイトン。「彼女もグランヴィル氏も怯えたジャックウサギみたいに逃げ出した」

セオドシアは店内を見まわした。「まだ残ってる人もいるわね」

「この上等なシーフードを味わうためにたっぷり金を払ったからだろう」

セオドシアがいないあいだにドレイトンはいま一度ロウ・バーに行き、山のようなカニのつめとラムカン皿に入った溶かしバターをもらってきていた。

「あんな騒ぎがあったあとなのに、よく食欲が落ちないわね」

「シーフードなら平気だとも」ドレイトンは言うと、誰にも聞かれていないのをたしかめるように左、次に右をうかがった。「違法なものでもかまわんよ」

　セオドシアは隣の椅子にすとんと腰をおろした。

「わたしはもう食べる気になれないわ。あの最低な男がパーカーを殺したんだと思うと、胸がむかむかしてくるんだもの」

「やはり、クレブズが殺したと？」

　セオドシアはうなずいた。「ええ。動機は、パーカーが愚かにもあの男に警告したか、警察に通報すると脅したせいだと思う」

　ドレイトンはセオドシアの肩に腕をまわし、軽く抱き寄せた。

「かわいそうに。あのことがずっと心に引っかかっているんだな」

「わたし……」そう言いかけたとき、バッグのなかでチリンチリンとかすかな音がした。

「携帯だわ」

　ティドウェル刑事がかけてきたのかしら。クレブズから苦労の末に自供を引き出したと伝えるために。あるいはクレブズが突然、洗いざらい打ち明けたと伝えるために。

　しかしそうではなかった。電話はメイジェル・カーターからで、少しあわてた感じの声だった。

「セオ？　セオなの？」

「そうよ」メイジェルの声からは不安の色が伝わってくる。「ねえ、どうかしたの？」

　メイジェルは取り乱す寸前だった。「信じられないような話なんだけど」うろたえたような響きが声ににじんでいる。「あなたのチームの写真が一枚足りないの！　シティ・チャリティーズの関係者からたったいま連絡があったのよ」

まさか。

「いやだわ、どの写真？」セオドシアは訊きながらバッグをあけ、借り物ゲームのリストはどこかと中身を探った。

「どれのこと、メイジェル？　入っていなかった。どれを撮り忘れたの？」

「エンジェルズ・レストの正門よ！」

「あなたがやっているサマー・キャンプのこと？」

「ええ」メイジェルは叫んだ。「ホッパー・ロード沿いの」

あちゃ。

「やだ、とんだ大失敗だわ」セオドシアは言った。「本当にごめんなさい」

「いまからでもなんとか撮れない？」メイジェルは頼みこんだ。「ええ、こんな時間なのはわかってる。でも、〈火曜の子ども〉のための一万ドルがかかってるんだもの」

「大丈夫よ」セオドシアは力強く言った。「わたしが写真を撮って、送っておくから、ね？」

そこで少し間をおいた。「締め切りはいつ？」

「今夜の十時よ」メイジェルが答えた。

セオドシアはドレイトンがはめている古いパテック・フィリップの腕時計にすばやく目をやった。

「できるだけのことはするわ。だから……心配しないで」

「セオドシア、なんて優しい人なの！」

29

「やっぱりだ」ドレイトンが言った。「きみはやさしい心の持ち主だと前に言ったが、そのとおりじゃないか。こうやって努力を惜しまないところでそれがわかる」

「でも、集中力に欠けるところもあるわ」とセオドシアは言った。「借り物ゲームで写真を一枚撮り忘れるなんて信じられない。お金がかかっているというのに！」

すでに出発してからたっぷり四十五分が過ぎ、いまはアーリー・ブランチというのんびりした小さな町を通りすぎたところだった。あたりは真っ暗でしんと静まり返り、一軒の家も、それを言うなら目につくものはなにひとつなかった。ブルーブラックに染まった木立と水がひょいと現われては消えるだけだ。ハンノキとまばらなマツの林、それに増水した小川。上空では、ほのかな光を放つまばらな星々のすきまから銀色の月がうっすらと射している。

「この一週間というもの、きみの皿にはいろいろなものがてんこ盛り状態だったな」ドレイトンはほほえんだ。「牡蠣も含めて」

「あら、牡蠣がのってたのはあなたのお皿でしょ」セオドシアは言い返し、はやくエンジェルズ・レストに着きたい一心で、車のスピードを時速六十マイルにまで一気にあげた。

「鋭い指摘だ」とドレイトン。

「一緒に来てくれてありがとう」セオドシアは言った。

「わたしにはこのくらいしかできないからね」「誰か相手がいたほうがいいと思ったのだよ」

彼はそこで一瞬言いよどんだ。「きみがどれほどやりきれない思いでいたか、知っているからね。いまもやりきれない思いでいることを」

セオドシアはぐっと歯を食いしばった。「クレブズが彼を殺したのよ、ドレイトン。クレブズがパーカーを水槽に突き落とし、溺死するまで頭を水中に押さえつけたんだわ」セオドシアは関節が真っ白になるほどハンドルを強く握りしめた。「クレブズは許可されていない場所で魚や貝を獲っていた。そうやって何十万ドル分もの魚介類を違法に得ていたんだわ、きっと。そして気の毒なパーカーは、なにかのきっかけで彼の悪事に気づいた」

ドレイトンは首を左右に振った。「そうやってまたも、金のために理不尽な殺人がおこなわれたわけか」

「これがはじめてではないし、最後でもないでしょうね。最近は無意味に殺される人が多いわ。ほんの数ドルが動機の場合だってある。そんなはした金のために」

それからたっぷり五分間、ふたりは無言で車に揺られていた。

「しかし、少しは気持ちが晴れたのではないかね？」ドレイトンがようやく口をひらいた。

「クレブズが法の裁きを受ける希望が見えてきたわけだし」

「ティドウェル刑事はちっとも手の内を見せてくれないけど、なんとしてでもクレブズから自供を引き出してくれるはずよ。あるいは、クレブズの仲間に一切合切を吐かせるか。クレブズはひとりで船を動かしていたわけじゃないでしょうから」

「たしかにそうだ」とドレイトン。「かなり大がかりな組織にちがいない。トロール船も一艘ということはなかろう」

「魚介類を獲った場所が公海だったり、よその州に運んでいた場合は」とセオドシア。「連邦の捜査機関も関係してくるでしょうね」

「連邦捜査官のお世話にはなりたくないものだな。あそこの超重警備刑務所にはカメラやレーザーワイヤーが設置され、おまけに厚さ十五フィートもあるコンクリートの壁で囲まれているそうだ」

「いい話じゃない？」セオドシアは言った。「わたしたちの税金がちゃんと使われてるんだもの」

　S字カーブをいくつも抜けると、突然、道の両側に低い湿地が広がった。

「このあたりに来るのはずいぶんとひさしぶりだ」ドレイトンがぽつりと洩らした。

「わたしはこっちのほうに来た記憶がないわ」

「チャールストンからはそうとう遠いところなのはまちがいない」

セオドシアはシートのあいだの物入れに手をのばし、携帯電話を出した。

「目的地の住所を入力してきたけど、道をまちがったような気がする」

「気がするだけかね？」

「ええ。まだ大丈夫だとは思う。でも、ホッパー・ロードが見つかれば、この自信にも思いきりはずみがつくんだけど」

「ひとつ手前で曲がらなきゃいけなかったんじゃないのか。なにしろ、ずいぶん飛ばしていたからな」

「そうね」セオドシアはアクセルを踏む足をゆるめて少し速度を落とし、ふたりで前方の暗闇に目をこらした。

「どこだかさっぱりわからんな。もう何マイルも家や屋外灯を目にしてない」

「手つかずの自然があるじゃない」とセオドシア。「子ども向けのキャンプにはぴったりのロケーションよ」

「子どもたちを汚れた都会から連れ出せ」とドレイトン。「さすれば彼らは神の創造物のすばらしさを知るであろう」

「詩の一節みたいにかっこいい科白ね」

そこでセオドシアはふいに顔を輝かせた。

「ん、あら、この先に案内が出てる」

「ゆっくり行きたまえ、ゆっくり」ドレイトンが指示する。

セオドシアはのろのろ運転にまで速度を落とした。

「あったわ。ホッパー・ロード。よかった。道は合ってたみたいね」

「で、ここからはどう行くのだね？」

セオドシアは携帯電話の緑色の画面に目をこらした。

「ナビによれば、ここで左に曲がるみたい」

「では行こう」

車はアスファルトの道をはずれ、砂利道に入った。

「これはとんでもなくへんぴな場所だな」ドレイトンは言った。

「手つかずの自然よ」セオドシアは言って、大きくカーブをまわった。ひと組の黄色い目が暗闇のなかでふたりに向かってきらりと光る。

「いまのはなんだ？」ガタゴトと通りすぎながらドレイトンが訊いた。

「さあ。キツネかアライグマかしら。夜行性の動物でしょ」

「このあたりにはほかにどんなものがいるのだね？」

「鹿、オポッサム、イノシシ」セオドシアはそう言うとほほえんだ。「子どもたちが神の創造物のすばらしさを知ると言ったのはあなたじゃないの」

「夜見るとあんなに気味が悪いとは思わなかったのだよ」

「それを言うなら、このあたり全体が気味悪いわ。しかも路面がどんどん悪くなってる。もう轍《わだち》だらけ」

「拷問されている気分だよ」ドレイトンは身を乗り出し、ダッシュボードにつかまって体を支えた。「しかし、もうじき着くはずだ」

そのとき体が少しはずんだ。

「なにに乗りあげたのだね？」

「落ち着いて」セオドシアは言った。「想像をたくましくしすぎよ」

「たしかになにか見えた気が……」

「あった！　あそこよ！」

車は曲がり角をまわり、しだれた枝や背の高い雑草に側面をこすられながら進んだ。

「やれやれ、やっと着いたか」

暗闇のなかから一対の石柱とさびついた門が浮かびあがった。

「やったわ」セオドシアは言った。「きっとこれよ」

しかしそうではなかった。どう見ても。

セオドシアとドレイトンは呆気にとられた顔で、崩れかけた柱をしばらく見つめていた。

やがてドレイトンがか細く、震えるような声を出した。

「むしろ墓地という感じだが」

セオドシアは顔をしかめ、状況をのみこもうと、どこでどうまちがえたのかを突きとめようとした。「ええ、たしかに」ゆっくりと言葉を絞り出す。「でも……そんなわけないのに」

「そこにエンジェルズ・レストとあるな」

ドレイトンが蝶番《ちょうつがい》からはずれて傾いているさびた鉄の門をしめした。てっぺんにはらせん状のアーチがねじれた恰好でのっていて、〝エンジェルズ・レスト〟というゴシック調の文字が見える。

「たしかにそう書いてあるわね。でも、ここはどう見たって目的の場所とはちがうわ」

セオドシアはハンドルを指でコツコツ叩きながら考えた。

「同じ名前の場所がふたつあるのかしら？」

ドレイトンはわずかに肩をすくめた。「だとしても驚かんよ。そもそも、インディゴと名のつく場所も何十とある。インディゴ・ティーショップにインディゴ画廊、インディゴ・ガーデンズ保育園」

「そうよね」セオドシアは言った。しだいに焦りがつのり、少しいらいらしてきていた。なにしろもう時間がない。締めきりの十時は刻一刻と迫っている。

頭がこんがらがってくると、ドレイトンは論理に頼る。グローブボックスから道路地図を出してひらき、あっちこっちに向きを変えた。

「住所は合っているのだね？」

「そう思うけど」セオドシアは鳶色の髪をひと房、うしろに払った。「でも、もしかしたらまちがっているかも。まちがっていてもおかしくないわ」そう言いながら、湿度が高くなって生き物のようになってきた髪を押さえた。まったく、面倒な縮れ髪だ。

「そのアプルとかいうやつのせいかもしれんな。きみの電話の」とドレイトン。

「アプリね」とセオドシア。「ナビゲーションのアプリよ。これがまちがっているのかも」

実際、先週もナビどおりに行ったら、クーパー川で行き止まりだったことがあったばかりだ。

「ではどうする？」ドレイトンが訊いた。

「選択肢はたいしてないわ。そこを調べてみる」

ドレイトンは怪訝な顔をした。「そこに入るつもりかね？」

「簡単に調べるだけよ。だって、絶対になにかあやしいんだもの」

運転席側のドアを押しあけると、たちまち夜の濃密な空気に包まれた。木や川や湿地がまわりにあるせいか、ひどくむしむししていて、指で空気をなでまわすことさえできそうだ。

「でも、あなたはここにいて、ね？　車のなかでじっとしてて」

「それについてはなんの異論もないよ」とドレイトン。

「でもおかしな事態になったら……」セオドシアは墓地をちらりと見てから、視線をドレイトンに戻した。「駆けつけてちょうだいね」

「おかしな事態とはどういうことを想定しているのだね？」ドレイトンは落ち着かないだけでなく、不安な気持ちがじわじわとふくらみつつあった。

「そうねえ」セオドシアは答えた。「恐ろしい悲鳴があがったとか、わたしがゾンビかなにかにさらわれたとかしたら」

「ふざけている場合じゃないだろう」

「そんなカリカリしないで。わたしなら大丈夫。ちょっと見てくるだけだから」

セオドシアは自信たっぷりに言ったものの、門をくぐって墓地に足を踏み入れたとたん、その自信はたちまち溶けてなくなった。名前も日付もはるか昔に消えて読めない不気味な墓石が、苔《こけ》に覆われた塚の上で傾いている。古いオベリスクを葛がびっしりと覆い、傾いた灰色の石碑や風雨にさらされた十字架は鬱蒼とした藪《やぶ》に隠れてほとんど見えない。セオドシアの背中を恐怖がしずくとなって伝い落ちた。『エルム街の悪夢』のフレディ・クルーガーや『十三日の金曜日』に登場するホッケーマスクのジェイソンがしっくりくるような場所だ。たしかにこのエンジェルズ・レストという墓地は不気味で、恐ろしげで、さびれていた。

でも、さびれた墓地とはちがう、とセオドシアはひとりごちた。放置された墓地だ。

そう思ったとたん、うなじの毛が逆立ち、全身が骨の髄まで凍りついた。放置された墓地などというものが本当にあるの？　古い墓を荒れるにまかせるなんてことが？　それともそんなのはイギリスのホラー映画のなかだけのこと？　あるいは吸血鬼映画とか。

しかし、うっすらとした地霧がじわじわと濃さを増し、身をくねらす生き物のように傾いた墓標や塚を包みこんでいる。花をたむける人も、手入れをしに訪れる人も、すっかり絶えてひさしいようだ。

つまり、ここはあきらかに放置されていると言える。

セオドシアは不安な気持ちを追い払おうと、こぶしを握ってかかとを上げ下げした。さて、どうしよう？　時間はどんどんなくなるし、微量のアドレナリンが血液中に流れこんで、ただでさえ不安な気持ちに拍車がかかっている。

擦りきれた布のようなスパニッシュ・モスがしだれる草ぼうぼうの墓地の真ん中で、セオドシアは身じろぎひとつせずに考えた。選択肢はひとつだ。メイジェルに電話しよう。

運よく、メイジェルはふたつめの呼び出し音で応答した。

「もしもし？」

「メイジェル、よかった、出てくれて」それに電波状況もいいみたい。セオドシアは大きく息をついた。「変な話だけど、ちょっと迷っちゃったみたいなの。アーリー・ブランチの町を過ぎてホッパー・ロードまでは来たの。で、エンジェルズ・レストにたどり着いたと思ったんだけど、ナビがちゃんと作動しなかったみたい。それでいまは……変な話だけど……古い墓地の真ん中にいるの！」

「まあ、大変！」メイジェルは大声を出した。「曲がるところをまちがえて、裏の道から入っちゃったみたいね」

「裏の道？」朽ち果てて気味の悪い墓石に囲まれているせいか、セオドシアの声は裏返ってか細かく聞こえた。「ほかにも道があるの？」

「もちろんよ」とメイジェル。「ホッパー・ロードでぐるりとまわれば、うちのキャンプの正門に出るわよ」

「まあ。そういうわけだったのね。じゃあ、やっぱり曲がるところに気づかなかったんだわ」セオドシアは前歯で下唇を軽く嚙んだ。「もう、締めきりまで十分かそこらしかないというのに！」

「ねえ、聞いて」とメイジェル。「いま思いついたの。いやじゃなかったらでいいんだけど、そのまま古い墓地をまっすぐ進んでみて。だいたい、六、七十ヤードも歩くと、高い木のフエンスのところまで行くと門が見えるはず。それをくぐればキャンプに入れるわ」

「雑な造りの、古い防御柵みたいな感じなんだけどね」とメイジェル。「とにかく、そのフエンスが見えてくるの……」

「ええ」セオドシアはあまり気が進まないものの、そのルートで行くつもりになっていた。

とんでもないキャンプ場だわ。

セオドシアはあたりを見まわした。暗闇と夜の音がひたひたと迫ってくる。

「その方法でたどり着けるの？　本当にそれがいちばんの近道なのね？」

「ええ、本当。とっても簡単だから」

「ならいいわ」たぶん、と心のなかでつけくわえる。

「ひとりでそんなところにいるなんて気の毒でならないわ」メイジェルは言った。「しかも、古い墓地だからさぞ怖い思いをしていることでしょうね」

「ええ」とセオドシア。

「でも、大丈夫。すぐ近くだから。全然、たいしたことじゃないわ」

「じゃあね。またあとで連絡する」セオドシアは電話をたたみ、長いことそこに立っていた。

地面はふかふかして湿っぽく、靴の底から水が染みこんでくるのがわかる。

濡れているんだわ。どうして濡れているのかしら？

それについてはあまり深く考えたくなかった。

倒れかけた墓石や沈みかけた墓を注意深くよけながら、セオドシアはゆっくりと慎重に歩を進めた。くるぶしをひねったり、あたり一面をうねうね這う蔓に足を取られるのは避けたい。このあたりの地面もやわらかく、湿地と言ってもいいくらいだ。

遠くのほうから低く悲しげなホーというフクロウの鳴き声がした。枝がそよぐ音もする。

誰かいるの？

セオドシアはその場で足をとめた。ううん、誰もいないわ。夜行性の小動物がいるだけ。黄色く光る目を持つ動物が。でも、彼らのほうがわたしを恐れているはずだわ、そうよね？

そうでありますように。

墓地に生えているクロウメモドキの木立を縫うように歩いていくと、やがてまっすぐ前方に木のフェンスがぬっと現われた。

よかった、なんとかなりそうだわ。メイジェルが言っていたように、あとは門を抜ければ目的地に行ける。そしたら写真を撮ってシティ・チャリティーズのウェブサイトに送信し、さっさとここからおさらばしよう。

けれどもフェンスの前まで行ってみると――高さ七フィートの板塀は砦《とりで》の外周にめぐらした囲いのようで、板が湿って朽ちかけている――門などどこにもなかった。

やだ。わたしったら、またまちがえた？　ちがう道を来ちゃったの？

セオドシアは手を前にのばし、ざらざらの板を指先で軽くなでた。まぼろしなんかじゃなく、本当に手で触れられるものだと確認するように。

フェンスはあるが、門はない。場所が変わったのかしら？　しかたない。台本を離れて、次の策に切り替えよう。なんとかしてフェンスを乗り越え、写真を撮らなくては。

フェンスを乗り越えるといっても、どうすればいいの？　引き返してドレイトンを連れてくる？

しかしそこで思い出した。そんな時間はないのだ。

ぎくしゃくした足取りでフェンス沿いに進んでいくと、解決の糸口になりそうなものが目に入った。高さおよそ六フィートほどもある正方形の古い墓石が地面からぬっと突き出て、フェンスのほうに傾いていた。あれにのぼれば……あとは一気にフェンスを越えて……自由の身となって家に帰れる。

墓石は古くてもろく、全面に湿った苔がびっしり生えていた。ふかふかして気持ちが悪いが、滑りにくくしてくれる効果もあった。這うような、よじのぼるような動きでゆっくりのぼっていくと、ようやく両手がフェンスのてっぺんにかかった。

セオドシアは大きくいきおいをつけて身を乗り出し、フェンスの向こうが見えるよう体を持ちあげた。

うまくいった。

しかし見えたのは……沼だった。見わたすかぎり、塩を含んだ水とヌマミズキの木しかない。

沼？

心臓が胸のなかで大きくどくんと鳴った。セオドシアは自分の目が信じられず、せわしなくまたたきをした。宿泊施設はどこ？　旗だとかキャンプファイヤー場があるキャンプはどこなの？　今度はどこでどうまちがったのだろう？　それに——。

それにもうひとつ、恐ろしい疑問がある。どうしてわたしは、こんなところで雲をつかむようなことをさせられているの？

うしろで小さな足音がした。吸いつくような泥のなかを、誰かが音をひそめて歩いてくる。あわてたセオドシアは、あぶなっかしくバランスを取りながらうしろを振り返ろうとした。けれども完全に振り返るより先に、うしろから強く殴られた。肋骨や背中の下のほうに強烈な一打を受けたとたん、目に涙がこみあげ、焼けつくような痛みが全身をつらぬいた。

次の瞬間、ホラー映画の幻想シーンのように、セオドシアはひたすら落ちていった……。

30

骨が砕けそうないきおいで、どすんと尻もちをついた。まず感じたのは暗闇だった。つづいて、ぐっしょりと濡れた感じ。すさまじい腐敗臭を放つ湿り気が染みこんで、全身が骨の髄まで冷たくなってくる。

体は動く？　麻痺してしまったとか？　ううん、ちゃんと痛みは感じている。焼けつくような痛みを。

なんとか足を動かそうとするものの、指一本を動かすのがやっとだった。セオドシアはうめき声をあげ、意識を失うまいと目をあけることに全神経を集中させた。何度か頼りなげなまばたきを繰り返すうち、ようやく焦点が合ってきた。

目の前に一対の脚があった。

誰の脚？

「ハロー、セオドシア」

メイジェル・カーターが上から見おろしていた。目のなかで狂気をはらんだ光がくるくる躍り、口はうなり声をあげる野獣そっくりにゆがんでいる。

「こんなところで会うとは奇遇ね」

メイジェルは手にしていた大きな木片を放り投げ、ショルダーバッグに手を突っこんだ。

「メイジェル？」

セオドシアは震える声で呼びかけた。少し体を動かしたとき、下にあった湿ったものが鋭い音をたてて崩れた。古い板が割れるように。

板？　うそでしょ！

体をねじってみると、深さ六フィートも沈みこんだ墓の上に仰向けに倒れていた。この下はまさか棺？　いま聞こえた割れるような音の正体はそれ？　頭をあげようとしたものの、めまいと激痛にあっさり動きを封じられた。

「あらあら」とメイジェルの声がした。

「ひどい落ち方をしたじゃないの。あいにくだったわね。しかもよりによって落ちたところがそことはねえ。まあ、そのかびくさい古いお墓なら、もうひとり増えても大丈夫でしょ」

メイジェルは勝ち誇ったような表情を浮かべていたが、次の瞬間、頭が一瞬にして高速回転モードに切り替わったのか、キンキン声でわめきはじめた。

「よくもそこらじゅうを嗅ぎまわってくれたわね。いらぬことに首を突っこんだり、あれこれ訊いてまわったり。そんなザマになったのはそのせいよ。まったく、よけいな手間をかけさせるんだから」

泣き妖精《バンシー》のようにわめきたてるメイジェルを見あげたセオドシアは、天空からお告げを受けたように一瞬にして悟った。メイジェルがパーカーを殺した犯人だ。この数日間、頭のなかで名もなきシチューのようにぐつぐついっていたのはこれだったのだ。パーカーが〈火曜の子ども〉のためにおこなった資金集めイベントのポスターを、彼のオフィスで目にしていたのに。あのときにはぴんとこず、つながりにはまったく気づかなかった。

しかしようやく、行儀のいいドミノの牌《ペイ》のように、すべてのピースが正しい位置におさまった。

キャンプが存在しないなら、慈善事業も存在しない。それを知ったことがパーカーにとって運のつきだったの？　死への切符になったの？　パーカーは〈火曜の子ども〉が偽装なのを知ってしまったの？　メイジェルの資金集めイベントが、私腹を肥やすための道具にすぎないことを？　そうとしか考えられない！

ということは、メイジェルがパーカーをおびき寄せて殺した？

ああ、そうよ、そうに決まってる。恐ろしくも残忍な悪魔のような人間だわ。そしていま、セオドシアもメイジェルの餌食になろうとしている。こんな人里離れた物騒な場所まで、うっかりおびき寄せられてしまった。でも、なんの目的で？

そういったもろもろの考えを混濁した頭で猛然と処理しながら、セオドシアは墓の上に横たわっていた。しかし、いまは情報を整理している場合ではない。行動しなくては！　なんとかして……。

メイジェルが小さな灰色のリボルバーをまっすぐ穴に向けていた。その手はいくらか震えているようだが、セオドシアの胸をしっかりとねらいさだめている。

「言うべきことはたいしてなさそうね」メイジェルは歯を剝き出して笑った。「安らかに眠ることね！」そう言うと、銃を握った右手を突き出し、肩をすぼめ、目を薄く閉じた。

セオドシアが身をひるがえしてわきに逃れ、悲鳴をあげたそのとき、とてつもなく大きな発砲音が空気を切り裂き、メイジェルの手のなかの銃が跳ねあがった。泥が飛び散り、木くずが四方八方に飛んだ。そして静寂が広がった。

死んだの？　わたし、死んだの？

とたんに墓の強烈な悪臭が鼻を突き、すんでのところで致命傷を避けられたのだと知った。メイジェルははずしたんだわ。はずしたからこそ、わたしはまだ生きている。頭も心もゆがんだ素人ガンマンのメイジェルはわたしを殺したと思いこんでいるけど、実際はちがう。そしてつづけて思った。メイジェルはまだそこにいるの？　わたしがまだ息をしてるかどうかたしかめてるの？　もう一発見舞うべきか思案しているのかも。

そう思ったセオドシアは、よくアール・グレイとするゲームをした。死んだふりをしたのだ。メイジェルの立ち去る足音が聞こえるまで、腐敗臭ただよう暗く湿った場所でじっとしていた。

メイジェルが次の手に出ることはなさそうだと確信すると、セオドシアはのろのろと墓の外に出た。

頭から足のつま先まで泥まみれなうえ、わき腹が火がついたように痛む。骨が折れたかしら？　手で押してみる。折れてはいないが、どうやらひびが入っているようだ。

セオドシアは弱々しく息を吸いこんだ。あとはなんとかして……。

しかしべつの考えがすばやく割って入った。ドレイトン！

たいへん！

メイジェルは墓地の門のほうに歩き去った。そこにとまっているセオドシアのジープでは、ドレイトンが身を小さくして待っている。まさにいいカモだ！

セオドシアはよろける足で歩きはじめ、すぐに急ぎ足にまで速度をあげた。方向はわからないし、頭には血がのぼっているし、痛みもある。でも、メイジェルがドレイトンに発砲するかもしれないという思いが、足を前へ前へと駆り立てた。走ったり転んだりするうち、いつしか湿ってやわらかな地面を、墓石をひょいひょいとよけながら力強く走っていた。まるで七人もの悪魔に追われているかのようないきおいで。

はやくドレイトンのところに駆けつけなくては。そう自分に言い聞かせる。もっとスピードを出さないと……。

墓石をよけ、ひび割れた墓碑銘を飛び越え、さびついた鉄の十字架を迂回した。長年走りつづけている人のような根性と耐久力を発揮し、たったひとつのことに全神経を集中させた。まっすぐ前方にそびえる墓地の門。あそこまでたどり着けば……。

そのとき、ゴンッという大きな音が響いた。

いまのは……？

セオドシアは走る足にいっそうの力をこめた。つんのめるようにして前に進み、痛むわき腹をおさえ、自分の命が——というかドレイトンの命が——かかっているといわんばかりに足を懸命に動かした。

ようやく墓地の門まであと十歩のところに達した。猛然と走るセオドシアに、枝が服をつかんだり、髪を乱したりとちょっかいをかけてくる。それでも彼女は全力で走ることをやめなかった。

墓地の門を駆け抜けると、ジープのわきに人影がひとつ、ぽつんと立っていた。

「メイジェル！」息をあえがせながら悲鳴ともつかない声をあげた。「やめて！」

「セオドシア！」大声が返ってきた。「助けてくれ！」男性の声。あの声はあきらかにドレイトンだ！

「ドレイトン！　いったいどういう……それより大丈夫？」

わかしすぎのやかんみたいなヒューヒューという甲高い息をさせながら、よろよろとドレイトンに駆け寄った。彼の表情は硬く、憔悴しきっていた。

見るとメイジェルが大の字にのびていた。どうやら気絶しているようだ。

「仕留めたのね！」セオドシアは大声をあげた。ドレイトンをきつく抱きしめて背中を軽く叩く。安堵の気持ちといまだ残る恐怖心とを同時に感じつつ、彼が自分の足で立ってぴんぴんしていることをわが事のように喜んだ。

「銃声が聞こえた！」ドレイトンは大声で訴えた。「まもなく女性が墓地からものすごいきおいで駆け出してきた。最初はきみかと思ったが、近くまで来たときにメイジェルだとわかったのだよ」

「それで……」

「彼女がここにいるはずがないのはすぐにわかった。メイジェルはなにか罠《わな》を仕掛けたにちがいないと、ぴんときたよ。しかも近くまで来たとき、彼女が銃を持っているのが見えた」

彼は胸のところを手で軽く叩いた。「セオ、あのときはもう生きた心地がしなかったよ」

セオドシアは地面にのびているメイジェルを見おろした。ときどき右脚がひくひくと動き、無意識に小さなうめき声を洩らしている。

「それにしても、彼女になにをしたの？」

「車のドアをいきおいよくあけてやったのだよ。彼女がわきを通りすぎようとした瞬間に。彼女はわたしに気づいていないようだったから、そこでわたしは……まあ、はっきり覚えているわけじゃないが、タイミングをはかって彼女をのしたらしい」

「あなたが彼女をのしたなんて」車のドアと銃を持った女の対決。正気の沙汰とは思えない。

「彼女のほうが勝手に倒れただけだ。ぎゃーとか妙な声を発し、ひっくり返ったのだよ。で、まあ、それっきり動かなくなってしまったというわけだ」

「すごいわ、ドレイトン！」

しかしドレイトンは不安そうな表情をしていた。「まさか死んだりしないだろうね？」

「呼吸は安定しているようだもの。命に別状はないと思うわ」

「過失致死で起訴されるのはごめんだからね」

「冗談言わないで。メイジェルはわたしを殺そうとしたのよ！　わたしを沈みこんだお墓の上に突き落として、銃で撃ったんだから！」

「なんということだ。弾はあたったのかね？」

「ううん。あたってないと思う。ええ、あたってないわ。彼女がへたくそだったおかげでね」

セオドシアの顔を数粒の熱い涙が滑り落ち、彼女は弱々しいため息を洩らした。

「パーカーを殺したのは彼女だったのよ。バディ・クレブズじゃなく」

ドレイトンはあとずさった。「本当かね？」

セオドシアはうなずいた。「たしかよ」

「たまげたな」ドレイトンはメイジェルを見おろし、愁《うれ》いを帯びた声でぽつりと言った。

「そして、きみをも殺そうとした」

「そういうこと。だから、急いで彼女の手と足を縛りあげなきゃ」

「それでどうするのだね？」

「墓地まで引きずっていって、墓穴に投げ落とすの。土をかぶせて生き埋めにしてやるわ」

「セオ！」ドレイトンは口をあんぐりさせた。「まさか本気じゃないだろうね。いくら彼女が……」

セオドシアは弱々しくほほえんだ。「そうしたいのはやまやまだけどね。考えただけで心がはずんでくるわ。でも、実際にやるのは警察に電話することよ」

「地元警察に?」ドレイトンが訊いた。

「それにティドウェル刑事にもね。あの人にも知らせないと」

ふたりはジープのトランクからロープを出して、メイジェルの手首と足首を縛った。それからセオドシアは電話をかけた。


「話はまだあるのだよ」警察を待つあいだ、ドレイトンが言った。「茂みの奥に真っ赤な小さい車がとまっていてね」ふたりは来た道を引き返して車を見に行った。「入ってきたときにちらりと見えたのはこれじゃないかと思うのだが」

「ポルシェじゃない」セオドシアは言った。「めちゃくちゃいい車だわ」

ドレイトンは頭をかいた。「メイジェルの収入でこんな高級なスポーツカーが買えるものかね?」

「キャンプと同じ手を使ったのよ」

「なんだって?」

「キャンプなんかないの。あくまでわたしの推測だけど、メイジェルは偽の慈善事業を運営し、そこからお金を吸いあげていたんだと思う」

「キャンプがない?」ドレイトンは言った。「つまり彼女は……」

「とんでもない詐欺師ってこと。冷酷無慈悲な人殺しであることにくわえてね」

ハンプトン郡のジョン・ビオール保安官とバート・ティドウェル刑事はほぼ同時に到着した――保安官のほうはカーキ色のパトロールカーを自分で運転し、ティドウェル刑事はチャールストン警察の制服警官が運転する白黒の警察車両で現われた。

セオドシアが五分で早口に説明するあいだ、意識を取り戻したメイジェルは、相変わらず縛られたまま、保安官事務所の車の後部座席でくさっていた。

セオドシアのいきおいが鈍りはじめた隙をとらえ、ビオール保安官は頭をかきながら言った。

「ではそこの女性は……捜査中の殺人事件の関係者というわけですか」

「さよう」ティドウェル刑事は言った。「ネプチューン水族館で人が死んだ事件はご存じでしょうな？」

ビオール保安官はうなずいた。

「その女性が犯人とわれわれは考えております」とティドウェル刑事は言った。

「それに彼女は蜂のことも知っていたんです」ドレイトンが突然、口をはさんだ。

「蜂ですと？」

そこでセオドシアはリビーおばさんとデュボス養蜂場に出かけたこと、うしろから来た車に道路から追い落とされたこと、リビーおばさんが蜂に刺されたことを説明した。

「けっきょくバディ・クレブズじゃなかったんだわ。黒いトラックのことがあったから、てっきりあの男の仕業と思ったけど、メイジェルはリビーおばさんのお茶会に来ていたのだから、養蜂場を訪れる話も聞いていたはずではないか」

「そうとも」とドレイトン。「メイジェルはリビーおばさんのお茶会に来ていたのだから、養蜂場を訪れる話も聞いていたはずではないか」

ビオール保安官は信じられないというようにかぶりを振り、それからセオドシアをじっと見つめた。

「そこの女性があなたを殺そうとしたというのはたしかなんですか？」

セオドシアは大きくうなずいた。「ええ。たしかです」

「とりあえず、被疑者の手の硝煙反応調べてみますけどね」保安官は言った。「それに現場の墓から銃弾を採取してみます」

「ええ、お願い」セオドシアは言った。

ティドウェル刑事はビオール保安官の車の後部座席で丸くなっているメイジェルを見やった。「そこにいる女があなたをここまでおびき寄せ、墓の上に落下させたとはね」その声には、とても信じがたいというニュアンスがこもっていた。

「しかもわたしに向けて発砲したんですってば！」セオドシアはまだ怒りで体を震わせながら言った。

ドレイトンはすっくと立ちあがり、ヘリテッジ協会向けのよくとおる声で言った。

「セオドシアは作り話などする人間ではありません。これは虚言妄言のたぐいではないのです。実際にあったことなのですよ。なにしろ、このわたしも銃声を聞いておりますのでね」

それを聞いてようやく、ティドウェル刑事の肉づきのいい顔が怒りで真っ赤になった。

「なんたることだ」目がぎらぎらと燃え、顎の贅肉が大きく揺れる。「この女に関して、われわれはまったくノーマークだった」

「わたしもノーマークだったわ」セオドシアは言った。「でも……とにかくこういう結果になった」

むすっとした顔でぶつぶつひとりごとを言っているメイジェルに、全員の目が注がれた。ティドウェル刑事はベストの裾を引っ張り、わざとらしく大きな咳払いをした。

「二、三、電話をしてきます」

彼は白黒の警察車両に戻ると、運転席にどっかり腰をおろした。セオドシアが見ていると、刑事は一方的にしゃべったり、ときおりうなずいたりを繰り返していた。それからセオドシアに、次にメイジェルに目を向け、首を振った。ようやく通話を終えると、刑事はしばらく運転席にすわったまま、肉づきのいい指でダッシュボードをトントンと叩いた。やがて巨体を車から出した。

「で？」ドレイトンが言った。

「メイジェル・カーターは不正な慈善事業をおこなっていたとして、捜査対象になっておりました」

「やっぱりね」とセオドシア。「もっと早く気づけなくて残念だわ」

「シティ・チャリティーズのレビュー掲示板には注意をうながす書き込みがいくつかなされておりましたし、州検事局も対応に乗り出しました」

「彼女も黒いトラックを持っているの?」セオドシアは訊いた。

「ええ。黒いフォード・レンジャーが〈火曜の子ども〉名義で登録されております」

「思ったとおりだわ」

ティドウェル刑事はこれらの事実すべてを検討するように、かかとに体重をあずけた。それからビオール保安官に向き直った。

「そちらではこの女をどうされるつもりですかな?」

「そちらで連行なさってけっこうですよ」ビオール保安官は言った。「あきらかにそちらの事件のようなので」

「たしかに」ティドウェル刑事はうなずいた。「しかしそちらの管轄ですし、どなたの感情も害したくはありませんのでね。移送に関してはのちほど話し合うということでもかまいませんよ」

「お断りしておかねばならんのですが、うちの留置場は最低限のものしかありませんでね。女性を収容するようにはできておらんのです」

「では決まりですな。おたくで預かっていただこう」ティドウェル刑事はセオドシアとドレイトンに向き直った。「もうこんな時間だ。おふたりともチャールストンに戻ったほうがよろしいでしょう」そこで彼は口調をやわらげた。「ミス・ブラウニング、その様子では病院で診察を受けたほうがよさそうですな」

「そんな必要はないわ」彼女は言った。「わき腹を痛めただけだもの」

「悪いことは言いませんから、レントゲンを撮ってもらいなさい」とティドウェル刑事。

「わたしが責任を持ってレントゲンを撮らせますよ」とドレイトンが割って入った。

「当然のことながら、あの車で帰ってもらっては困りますぞ。助手席側のドアが完全にはずれておりますから、危険きわまりないのでね」

「両方のドアをとっぱらって、デューンバギーにするならけっこうですよ」ビオール保安官が言った。

「やめておく」セオドシアは言った。「今夜はそんな気分じゃないもの」

「ではこうしたらどうですかな」ティドウェル刑事が言った。「ジープはレッカー車に保安官事務所の押収品置き場まで運ばせます。あとは明朝、保険会社に電話して処理をまかせればいい」

「しかし、われわれはどうやって家に帰ればいいんでしょう？」ドレイトンが訊いた。「刑事さんの車に乗せていただくのですかね？」

刑事は親指でメイジェルのスポーツカーをしめした。

「ポルシェをお使いなさい。どうせミス・カーターは当分、乗れないのですから」

「冗談じゃないわ」保安官の車の後部座席でメイジェルの怒りに満ちた絶叫があがった。

「わたしのポルシェよ！」彼女は車の前部と後部を仕切る鉄のメッシュ板を握り、力まかせに揺さぶった。

「お黙りなさい！」

ティドウェル刑事は一喝した。彼は市警察の車のリアフェンダーに置いてあったメイジェルのバッグをつかむと、なかをかきまわして鍵束を出した。それをセオドシアにひょいと投げた。

「どうぞ。ただし、法律に違反するようなことはなさらぬように」

セオドシアは驚きのあまり顔を輝かせ、鍵を受け取った。「ええ……わかってる」

ポルシェのところまで行き、運転席側のドアをあけた。豪華な革シート、節のある木のハンドル、戦闘機にも匹敵するほどかっこいいコントロールパネルに見入った。スマートで美しく、最高にいかしている。ひとことで言うなら、ものすごく高価。

「その女に運転させないで！」メイジェルのくぐもった金切り声が聞こえてくる。「ちょっと、あんたたちに言ってんのよ！」金切り声は哀れな絶叫にまで達した。「六万五千ドルもした車なんだから。あんたたちにはどうでもいいんでしょうけど」

セオドシアはひとりほくそえみ、贅沢な車内に乗りこんだ。

「ええ、わたしにはどうでもいいことよ」

31

「運転は大丈夫かね？」ドレイトンが訊いた。

「平気よ」セオドシアは言った。車はパーカーズ・フェリーを過ぎ、ハイウェイ一七号線でチャールストンに戻るべく走っていた。

「わき腹が痛むようなら、わたしが運転してもいいんだぞ」

「さっきよりもよくなったわ」鎮痛剤のモトリンを二錠、水なしで飲み下したのだが、それが効いてきていた。

「本当なんだね？」とドレイトン。

「マニュアル車を運転したことはあるの？」

「失敬な。マニュアル車など子どもの頃から運転しているぞ。きみが生まれるよりも前からな」

セオドシアは暗いなかでほほえんだ。たしかにそうだろう。「それにしても、いい車」

「汚れた車だがな」

セオドシアは狭い橋を渡りながら、車の下で橋板がカタカタと鳴る音に耳をかたむけながら、本当に走りがよくて反応のいい車だわとつくづく思っていた。きっと返すときになったら……。

「あの耳ざわりな音はなんだね？」ドレイトンが訊いた。

「さあ」セオドシアは答えた。たしかにガチャガチャという音がするが、てっきりそれもこの車の仕様かと思っていた。シャシーが極端に低いせい？　気むずかしい排気システムのせい？　それともあの音は車のなかでしているの？

「正直言って」とドレイトン。「いいかげん、頭がおかしくなりそうだ。テールパイプがはずれているかなにかしているのではないかね？」

セオドシアはアクセルから足を離し、そのまま暗い道を惰性で五十ヤードほど走らせた。速度がいくらか落ちたところで振り返り、すばやく後部座席をのぞいた。そこで目にしたのは思いがけないものだった。「ねえねえ、ドレイトン。例の金魚鉢よ！」

ドレイトンは最初、セオドシアがなにを言っているのか理解できなかった。

「本物の金魚が入っているやつかね？」

「そうじゃないの」セオドシアはふたたびアクセルを踏み、速度をあげた。「この一カ月間、ギブズ美術館の円形広間に置いてあった大きなガラスのボウルよ。ほら、みんなが寄付金を入れる募金ボウルのこと」

「なんたることだ」ドレイトンは大声をあげた。「メイジェルはその金まで持って逃げるつもりだったのか？　彼女の強欲には際限がないようだ」

「そのようね」セオドシアは言った。ひとしきり怒ったあと、ふたりの頭に同じ疑問が浮かんだ――このお金はどうするべき？

せっかく財布から十ドル、二十ドルを抜いて寄付したお金がだまし取られる結果となった人々に思いを馳せた。彼らが金魚鉢にお金を入れてくれたのは、有意義で価値のある公明正大な慈善事業に使われると信じてのことだ。それがあやうくメイジェル個人のものになるところだった。

ではどうしよう？　どうすれば正しい使い道になるだろう？　このまま……美術館に返す？　警察に届ける？　それがもっとも筋のとおった行動だとは思う。ただし、その場合、お金は勘定され、目録に記入され、今後十年は誰の役にもたたないまま、証拠保管室で眠ることになるだろう。

そうよ、それじゃなんの役にも立たない。

セオドシアはさらに無言で数マイル走りながら、このあらたな展開について頭をめぐらせていた。新車のにおいのする革張りの繭《まゆ》のなかは、暖かくて心地よい音が流れている。じきにドレイトンの頭がこっくりこっくりしはじめた。それから二分もしないうちに、彼は助手席からずり落ちそうになりながら、小さくいびきをかきはじめた。

セオドシアは無言で暗闇のなかを走った。メイジェルの計略について考え、パーカー殺害について考えた。自宅に帰るのが楽しみだ。愛犬にキスをしてベッドにもぐりこむのが。明日の朝遅くまでたっぷり眠るのが。それからマックスのためにディナーをつくり、一部始終を聞かせよう。一緒に笑い合えるといいな。できることなら。

なのに、ミーティング・ストリートをしめす緑色の大きな標識が頭上に現われても、ハイウェイをおりなかった。

クーパー・リバー橋を渡っていると、ドレイトンがもぞもぞと動き、頭をあげた。彼は何度かまばたきを繰り返し、しわがれた声で言った。「家に向かっているのではないようだが」

「ええ、まだね」セオドシアは毅然とした笑みをうっすら浮かべた。

「救急治療室に寄らなくてはいかんぞ」ドレイトンは眠そうな抑揚のない声で言った。「レントゲンを撮らないとな」

「そうね。でもまわり道をしていくわ。先にやらなきゃいけないことがあるの」


十五分後、車はマウント・プレザントの町に入り、その数分後、ポルシェのヘッドライトが古ぼけた大きな建物の正面をさっと照らした。以前は白いペンキで塗ってあったのだろうが、いまではペンキがめくれあがっている。けれども、ブーゲンビリアがこぼれそうなほど植わった大きなバスケットがいくつも置かれ、ドアの上には〝ハートソング・キッズ・クラブ〟と手書きしたサクラの木の看板がかかっている。セオドシアは車をとめ、建物をまじまじとながめた。真っ赤なドアの中央に、真鍮でできた郵便受けがついている。完璧だ。

「ここはどこだね？」ドレイトンが眠くけだるそうな声で訊きながら、あたりを見まわした。それからドレイトンは驚いたらしく、息を短くのむ音が聞こえた。「ほう、これは……デクスターが言っていたクラブハウスかね？」

「そうよ」

「ここでなにをしようというのだね？　完全に閉まっているように見えるが」

「有意義な慈善事業に匿名《とくめい》で寄付をするの」セオドシアは説明した。車からそっと降りると、肩の凝りをほぐすように肩を動かしてから、ポルシェのうしろにまわってハッチをいきおいよくあけた。それから前に身を乗り出し、金魚鉢を取り出しにかかった。

ドレイトンはセオドシアがなにをやっているのか気づき、すぐさま車を降りた。

「手を貸そうか？」

「助かるわ」

つるつるしたガラスのボウルをふたりで持ちあげると、カニの横歩きで未舗装の駐車場を進み、みすぼらしいクラブハウスの玄関まで運んだ。街灯からこぼれる光だけが、明かりらしい明かりだった。通りに人けはなく、犬が一匹、このブロックのどこかで甲高く吠えた。しかし、吠えはじめたのと同じくらい唐突に、声はやんだ。

セオドシアは膝を曲げて大きく息を吸うと、ドレイトンの手からボウルを引き取った。頭で玄関のほうをしきりにしめした。

「あそこに行って、真鍮の郵便受けの口をひらいてくれる？」

ドレイトンはドアに駆け寄った。手を差し入れ、郵便受けの口をあけた。

「で、どうするのだね？」

「本気かね？　それを全部？」

ドレイトンは少し驚いたようだ。

セオドシアに迷いはなかった。「一セントも残らず」

ドレイトンは急いで指示に従い、セオドシアは大きな金魚鉢を左肩に抱えあげると数歩進み、鉢を慎重に傾けた。ガラスがドアにぶつかって音をたて、なかのお金が緑色の液体に姿を変えたかのように動いた。

セオドシアは苦労しながらボウルをさらに数インチ傾けた。するとあっさり、ボウルの口と郵便受けの口とがつながった。

「いいぞ！」ドレイトンがはやしたてる。

セオドシアは最後にもう数インチ傾けた。そこでようやく、くしゃくしゃの五ドル札、十ドル札、ときには五十ドル札がガラスのボウルの側面を滑り落ち、郵便受けの口からなだれこんだ。これぞ本当の意味の現金注入だ。

お金が全部郵便受けのなかに消え、ドレイトンが金属のフラップを音をたてて閉めるとようやく、セオドシアはわれに返った。

「あーあ、やっちゃったわ」セオドシアはたっぷりした髪を指で梳きながら言った。「正しいことをしたと思う？」

ドレイトンは暗いなかでほほえんだ。うっすらとした笑みだった。

「きみはどう思うのだね？」

セオドシアは子どもたちがチャーリー・パーカーやベートーヴェンに聴き入り、美術館をめぐってモネの幻想的な水彩画に見入る姿を思い浮かべた。なんてすてきな光景だろう。本当に。

「ええ」

セオドシアの声が急にかすれ声に変わった。

「正しいことをしたと自信を持って言えるわ」

作り方

1 バター大さじ2をフライパンで熱してリンゴを入れ、よくかきまぜながら中火でいためる。全体がやわらかくなって水気が出なくなったら火からおろす。

2 ボウルに薄力粉、砂糖、ベーキングパウダー、食塩を入れて混ぜたところへ、残りのバターを切り混ぜる。全体がポロポロした感じになったら生クリームと**1**のリンゴをくわえ、しっかりまとまるまで手で混ぜる。

3 打ち粉をした上に**2**の生地を置いて5、6回こね、直径20〜25cmの円形になるまでのばす。

4 **3**の表面に砂糖を振りかけ、楔形に12等分する。

5 油を塗ったベーキングシートに**4**を並べ、200℃に熱しておいたオーブンで 20 〜 25 分、あるいは全体がキツネ色になるまで焼く。温かいうちにバター、クロテッドクリーム、ホイップクリームのどれかひとつとジャムを添えて出す。

※米国の１カップは約240ml

リンゴのスコーン

＊用意するもの＊

バター……大さじ6

製菓用リンゴ……小さく刻んだものを2カップ

薄力粉……2カップ

砂糖……⅓カップ

ベーキングパウダー……大さじ1

食塩……小さじ¼

生クリーム……½カップ

飾り用の砂糖……適宜

＊作り方＊

1 モツァレラチーズとプラムトマトを薄くスライスする。

2 フラットブレッドの表面に刷毛でオリーブオイルを塗り、パルメザンチーズとミックススパイスを振りかける。200℃のオーブンで8分、またはチーズが溶けるまで焼く。

3 オーブンから出した**2**にビネグレットソースをたらし、4枚とも6等分に切り分ける。

4 **3**のうち12切れにはベビーリーフとスライスしたモツァレラチーズをのせ、チーズにジェノベーゼソースを少し塗り、その上からトマトの薄切りをのせる。

5 **4**に残りの12切れのフラットブレッドをかぶせ、チーズがあるほうを上にする。

カプレーゼのティーサンドイッチ

＊用意するもの＊

オリーブオイル……大さじ2

フラットブレッド（ポケットのないピタパン）……4枚

パルメザンチーズ（おろしたもの）……½カップ

イタリアン用ミックススパイス……小さじ¼

ビネグレットソース……大さじ2

サラダ用ベビーリーフ……2カップ

モツァレラチーズ……250g前後

ジェノベーゼソース……1瓶

プラムトマト……2個

＊作り方＊

1　やわらかくしておいたバターにブラウンシュガーをくわえてよく練ったのち、卵を割り入れる。

2　**1**に薄力粉、ベーキングパウダー、ベーキングソーダ、食塩をくわえてよく混ぜ合わせる。さらにペカンとチョコチップもくわえて混ぜる。

3　11×18cmの焼き型に油（分量外）を塗って小麦粉（分量外）を振り、そこに**2**の生地を流し入れ、175℃のオーブンで20〜22分焼く。

チャールストン風
ペカン入りブラウニーバー

＊用意するもの＊

バター……115g

ブラウンシュガー……1カップ（きっちり詰めて量る）

卵……1個

薄力粉……1カップ

ベーキングパウダー……小さじ¼

ベーキングソーダ……小さじ⅛

食塩……ひとつまみ

刻んだペカン……¾カップ

セミスイートのチョコチップ……1カップ

ヘイリーのバターケーキ

＊用意するもの＊

中力粉……1¾カップ

ベーキングパウダー……大さじ½

食塩……小さじ½

バター……¾カップ

砂糖……1½カップ

卵……2個

牛乳……¾カップ

バニラエッセンス……小さじ1

＊作り方＊

1 バターはやわらかくしておく。

2 材料をすべて大きなボウルに入れ、なめらかなクリーム状になるまで電動ミキサーで混ぜ合わせる。

3 **2**の生地を油を塗って小麦粉（分量外）を振った23×13cmのパウンド型に流し入れ、180℃のオーブンで55分ほど焼く。全体がキツネ色になって真ん中に竹ぐしをさしてもなにもついてこなければ焼きあがり。

4 ティータイムにはジャムを、デザートとして出す場合はベリー類を添える。

桃とペカンのクイックブレッド

＊用意するもの＊

桃の缶詰……1缶(450g)
溶かしバター……大さじ6
卵……2個
レモン果汁……大さじ1
薄力粉……2カップ
砂糖……¾カップ
ベーキングパウダー……小さじ3
食塩……小さじ½
刻んだペカン……¾カップ
桃のジャム……大さじ2

＊作り方＊

1 桃の缶詰は桃とシロップを分け、シロップのうち¼カップ分は使うので残しておく。桃は1カップ分のさいの目切りを作ったのち、残りをスライスする。

2 フードプロセッサーに**1**でスライスした桃、溶かしバター、卵、レモン果汁、**1**で残しておいたシロップを入れ、なめらかになるまで攪拌する。

3 **2**を大きめのボウルにあけ、薄力粉、砂糖、ベーキングパウダー、食塩をくわえて軽く混ぜる。刻んだ桃とペカンも混ぜる。

4 **3**の生地を油を塗った20×10cmのパウンド型に流し入れ、175℃のオーブンで1時間焼く。

5 型に入れたまま15分間おいたのち、型から出してワイヤーラックの上で冷ます。

＊作り方＊

1　バゲットはスライスしてグリルで軽くトーストしておく。

2　1の半分にマヨネーズを、残り半分にディジョンマスタードを塗る。マスタードを塗ったほうにターキーの胸肉のスライスを1枚、クランベリーソースをスプーン1杯、ルッコラを少々のせ、最後にマヨネーズを塗ったパンをかぶせる

ゴロゴロ・ターキーのティーサンドイッチ

＊用意するもの＊

バゲット……1本

マヨネーズ

ディジョンマスタード

調理済みターキーの胸肉

クランベリーのソース……1瓶

ルッコラ

ブリーチーズとイチジクのティーサンドイッチ

＊用意するもの＊

バゲット……1本

ブリーチーズ……三角に切ったものを1個

イチジクのスプレッド……1瓶

＊作り方＊

1　ブリーチーズは室温でやわらかくしておく。

2　バゲットを薄くスライスしてクッキングシートに並べ、グリルで軽くトーストし、カリカリのクロスティーニをつくる。

3　**2**のクロスティーニにブリーチーズを塗り、その上にイチジクのスプレッドを重ねる。

蜂蜜のスコーン

＊用意するもの＊

薄力粉……2カップ

砂糖……¼カップ

食塩……小さじ½

ベーキングパウダー……大さじ1

バター……大さじ6

卵……1個

牛乳……¼カップ

蜂蜜……大さじ2

＊作り方＊

1 バターはあらかじめやわらかくしておく。

2 薄力粉、砂糖、食塩、ベーキングパウダーをふるい、そこに**1**のバターを切り混ぜ、全体がポロポロした感じになるようにする。

3 **2**に卵、牛乳、蜂蜜をくわえ、しっとりまとまるまで混ぜる。

4 小麦粉(分量)をふるった板の上で**3**をこね、直径23センチの円形にまとめる。

5 **4**を楔形に等分し、油を塗った天板に並べ、200℃のオーブンで13〜15分、あるいは全体がキツネ色になるまで焼く。

6 熱いうちに表面に蜂蜜（分量外）を塗る。

column and recipe illustration by GOTO Takashi
artwork by KAMIMURA Tatsuya (**l'autonomie!**)

訳者あとがき

突然ですが、みなさんは水族館はお好きですか？　最近はどこの水族館も展示の見せ方を工夫していて、本当に楽しいですよね。ジンベイザメとマンタがゆったりと泳いでいるかと思えば、無数の小さなイワシが陣形を変えながら縦横無尽に泳ぎまわる。そんな海をそのまま切り取ったかのような巨大水槽は、見飽きることがありません。ちっちゃな水槽で展示されるめずらしい海の仲間は心をときめかせてくれるし、深海を模した薄暗い水槽は、どこになにがいるんだろうと思わず目をこらしてしまいます。

〈お茶と探偵〉シリーズ第十三弾『ローズ・ティーは昔の恋人に』は、そんな水族館のシーンから始まります。

陽射しに夏を感じ、主人公セオドシアの鳶色の豊かな髪が湿気で手がつけられないほどふくらんでしまう五月のなかばすぎのこと、チャールストンにネプチューン水族館がオープンし、街の名士や寄付をしてくれた人たちを集めたイベントがひらかれます。セオドシアが経営するインディゴ・ティーショップを含めた四軒もの飲食店がケータリングを担当するということからも、水族館側の力の入れようがうかがえますね。

　そんな華やかなイベントのさなか、サンゴの海を模した巨大水槽で男性が溺死するという事件が起こります。たまたまその水槽をひとりうっとり見とれていたセオドシアは、男性の体から生命が抜けていく瞬間を目撃してしまうことに。それだけでも充分におぞましいことですが、なんと亡くなったのはセオドシアの元恋人のパーカー・スカリーとわかり、セオドシアは大きな衝撃を受けます。パーカーの死は事故なのか、事件なのか。事件だとしたらいったい誰がなんの目的で、彼を亡き者にしたのか。動揺する気持ちを抑えつつ、セオドシアは調査を開始するのですが……。

　パーカーの死に驚かれた方は多いのではないでしょうか。明るくてなにごとにも前向きで、おいしいものに精通しているパーカーはわたしもお気に入りのキャラクターでした。セオドシアと別れたあともときどき登場して楽しませてほしいと思っていたので、本当に残念です。彼が経営していた〈ソルスティス〉はどうなってしまうのでしょう？　本当にあの人のものになってしまうのでしょうか？　その点もとても気になります。

　次作は *Sweet Tea Revenge*、すなわち〝スイートティーの復讐〟と、またまたおだやかでないタイトルですね。セオドシアの友人デレインが晴れの舞台で事件に巻きこまれるお話です。どうぞ楽しみにお待ちください。

二〇一四年九月

コージーブックス

お茶《ちゃ》と探偵《たんてい》⑬
ローズ・ティーは昔《むかし》の恋人《こいびと》に

著者　ローラ・チャイルズ
訳者　東野《ひがしの》さやか

2014年　9月20日　初版第1刷発行

発行人　成瀬雅人
発行所　株式会社　原書房
〒160-0022 東京都新宿区新宿1-25-13
電話・代表　03-3354-0685
振替・00150-6-151594
http://www.harashobo.co.jp
ブックデザイン　川村哲司(atmosphere ltd.)
印刷所　中央精版印刷株式会社

落丁・乱丁本はお取り替えいたします。
定価は、カバーに表示してあります。
 ISBN978-4-562-06031-3 Printed in Japan